O FILHO REBELDE

SÉRIE SIMON SNOW
Sempre em frente (vol. 1)
O filho rebelde (vol. 2)

TAMBÉM DE RAINBOW ROWELL
Eleanor & Park
Fangirl

RAINBOW ROWELL

O FILHO REBELDE

SIMON SNOW VOL. 2

Tradução
LÍGIA AZEVEDO

2ª reimpressão

O selo jovem da Companhia das Letras

Copyright © 2019 by Rainbow Rowell
Publicado mediante acordo com a autora por intermédio de The Lotts Agency, Ltd.

O selo Seguinte pertence à Editora Schwarcz S.A.

*Grafia atualizada segundo o Acordo Ortográfico da Língua Portuguesa de 1990,
que entrou em vigor no Brasil em 2009.*

TÍTULO ORIGINAL Wayward Son
CAPA Olga Grlic
ILUSTRAÇÃO DE CAPA Kevin Wada
ILUSTRAÇÕES DE MIOLO Jim Tierney
PREPARAÇÃO Sofia Soter
REVISÃO Jane Pessoa e Luciana Baraldi

Dados Internacionais de Catalogação na Publicação (CIP)
(Câmara Brasileira do Livro, SP, Brasil)

Rowell, Rainbow
    O filho rebelde / Rainbow Rowell ; tradução Lígia
Azevedo. — 1ª ed. — São Paulo : Seguinte, 2020. —
(Simon Snow ; v. 2)

    Título original: Wayward Son
    ISBN 978-85-5534-117-5

    1. Ficção juvenil I. Título. II. Série.

20-45215   CDD-028.5

Índice para catálogo sistemático:
1. Ficção : Literatura juvenil 028.5
Cibele Maria Dias – Bibliotecária – CRB-8/9427

[2021]
Todos os direitos desta edição reservados à
EDITORA SCHWARCZ S.A.
Rua Bandeira Paulista, 702, cj. 32
04532-002 — São Paulo — SP
Telefone: (11) 3707-3500
www.seguinte.com.br
contato@seguinte.com.br

Para Rosey e Laddie.
Que vocês saibam que são amados
mesmo quando estão perdidos.

EPÍLOGO

Simon Snow fez o que devia fazer.

O que todos disseram que um dia ele faria. Encontrou o grande vilão — encontrou *dois* grandes vilões, aliás, e acabou com eles.

Não esperava sobreviver a isso. E não sobreviveu.

Baz lhe disse uma vez que tudo era uma história, e Simon era o herói. Foi quando eles estavam dançando. Se tocando. Baz olhava para Simon como se tudo fosse possível para eles a partir daquele momento, como se o amor fosse inevitável.

Tudo *era* uma história. E Simon *era* o herói. Ele salvou o dia. É nesse momento que as histórias acabam: todo mundo olhando adiante, rumo ao "felizes para sempre".

Isto é o que acontece quando você tenta continuar depois do fim. Quando sua hora já chegou e passou. Quando você já fez o que deveria fazer.

As luzes do cinema se apagam, as páginas ficam em branco.

Tudo é uma história, e a de Simon Snow acabou.

1

BAZ

Simon Snow está deitado no sofá.

Simon Snow está quase o tempo todo deitado no sofá ultimamente. Com as asas de couro vermelho encolhidas atrás dele como um travesseiro e uma lata de sidra barata na mão.

Ele costumava segurar a espada assim. Como se fosse um apêndice.

O verão finalmente chegou a Londres. Passei o dia estudando — as provas serão na semana que vem. Bunce e eu estamos enterrados em livros. Ambos fingimos que Snow também está estudando para as provas. Aposto que ele não aparece na faculdade há semanas. Não sai do sofá a menos que seja para ir até a esquina comprar salgadinho e sidra. Ele enrola o rabo na cintura e esconde as asas sob uma capa impermeável bege horrorosa — parece o Quasímodo. Ou que está pelado por baixo. Ou três crianças, uma em cima da outra, fingindo ser um adulto babaca.

Da última vez que vi Snow sem as asas e o rabo, Bunce tinha acabado de voltar de uma aula. Ela lançou um feitiço de encobrimento nele sem nem pensar — e Simon ficou puto com ela. "Caralho, Penny, eu aviso quando precisar da sua magia!"

Sua magia.

Minha magia.

Não faz muito tempo que toda a magia era *dele*.

Ele era o Escolhido, né? O maioral. O mais mágico de todos.

Bunce e eu tentamos nunca deixá-lo sozinho. Vamos à aula, estudamos. (É o que nós dois fazemos. Somos assim.) Mas tem sempre um de nós por perto — fazendo um chá que Snow não vai beber, oferecendo legumes que ele não vai comer, fazendo perguntas que não vai responder...

Acho que, na maioria dos dias, ele odeia olhar pra nossa cara.

Acho que ele odeia olhar pra *minha* cara. Talvez eu devesse entender o recado...

Mas Simon Snow sempre odiou olhar pra minha cara — com algumas exceções recentes e agridoces. De certo modo, a cara que ele faz quando chego (como se tivesse acabado de lembrar de uma história horrível) é a única coisa que ainda reconheço.

Eu o amei em momentos piores. Eu o amei desesperadamente...

Então o que é um pouquinho mais de desespero?

— Vou comprar comida — digo. — Quer alguma coisa?

Ele não desvia o olhar da televisão.

Tento de novo.

— Quer alguma coisa, Snow?

Um mês atrás, eu teria ido até o sofá e cutucado seu ombro. Três meses atrás, teria dado um beijo em sua bochecha. Em setembro, quando Snow e Bunce se mudaram para este apartamento, eu teria que afastar minha boca da dele para poder fazer essa pergunta, e talvez ele nem me deixasse terminar.

Snow nega com a cabeça.

2

SIMON

Maya Angelou disse que, quando uma pessoa lhe mostra quem ela é, você deve acreditar.

Ouvi isso em um programa de televisão inspirador. Começou depois de *Law & Order*, e não mudei de canal.

Quando uma pessoa lhe mostra quem é, acredite nela.

É o que vou a dizer a Baz quando terminar com ele.

Vou fazer isso para que Baz não tenha que fazer.

Dá pra notar que ele quer terminar. É visível no jeito como olha para mim. Ou no jeito como *não* olha para mim — porque, se olhasse, teria que encarar o inútil com quem acabou ficando. O completo fracasso.

Baz está na faculdade. E se dando bem.

Está lindo como sempre. (Mais lindo do que nunca, na verdade. Mais alto, mais atrevido, e agora pode deixar crescer a barba se quiser. Como se a adolescência ainda não tivesse terminado de lhe dar as cartas mais altas do jogo.)

Tudo o que aconteceu no ano passado...

Tudo o que aconteceu com o Mago e o Oco só levou Baz para mais perto de quem deveria ser. Ele vingou a mãe. Solucionou um mistério que o assombrava desde os cinco anos de idade. Se provou tanto como homem quanto como feiticeiro.

E ainda provou que estava *certo*: o Mago era mesmo malvado! E eu era mesmo uma fraude — "o pior Escolhido que já foi escolhido no mundo", como Baz costumava dizer. Ele estava certo o tempo todo a meu respeito.

Quando uma pessoa lhe mostra quem é, acredite nela.

Quando uma pessoa fode com absolutamente tudo, essa pessoa fica toda fodida.

Não sei como deixar isso mais óbvio para ele. Fico deitado aqui no sofá. Não tenho nenhum plano. Não tenho nenhum potencial. É assim que eu *sou*.

Baz se apaixonou pelo que eu *era* — poder e potência sem controle. Bombas nucleares não são nada além de potência.

Agora, sou o que vem depois.

Agora, sou o sapo de três cabeças. Sou partículas radioativas.

Acho que Baz já teria terminado se não sentisse tanta pena de mim. (E se não tivesse prometido me amar. Feiticeiros são ligados nesse lance de honra.)

Então eu mesmo vou fazer isso. Sou capaz. Uma vez, um ogro-espinho lançou um ferrão no meu ombro, e eu o arranquei com meus próprios dentes — sei lidar com a dor.

É só que...

Queria mais algumas noites assim. Dele aqui comigo, sendo meu ao menos na superfície.

Nunca terei outra pessoa como Baz. Não tem ninguém como ele; é como namorar um personagem lendário. Ele é um vampiro heroico, um feiticeiro talentoso. É muito lindo. (Eu também já fui um personagem lendário. Fui profetizado, sabia? Fazia parte da tradição oral.)

Queria mais algumas noites disso...

Mas odeio ver Baz sofrer. Odeio ser o motivo de seu sofrimento.

— Baz — eu digo.

Sento e deixo de lado a lata de sidra. (Ele odeia sidra, não suporta nem o cheiro.)

Baz está de pé na porta.

— Oi?

Engulo em seco.

— Quando uma pessoa te mostra quem é…

Então Penny entra, batendo a porta no ombro de Baz.

— Pelo amor de Crowley, Bunce!

— Pronto!

Penny deixa a mochila cair. Está usando uma camiseta roxa larga, e seu cabelo castanho-escuro está preso em um coque bagunçado no alto da cabeça.

— O quê? — Baz franze a testa.

— *Nós* — ela aponta para Baz e para mim — vamos *sair de férias!*

Esfrego os olhos com as palmas da mão. Estão cheios de remela, mesmo eu já tendo acordado há horas.

— Não vamos, não — murmuro.

— Vamos para os Estados Unidos! — ela insiste, então empurra meus pés para fora do sofá e senta no braço, me encarando. — Visitar Agatha!

Baz solta uma risada irônica.

— Rá! Agatha sabe disso?

— É uma surpresa! — Penny diz.

— *Surpresa!* — Baz cantarola. — *É o seu ex com o namorado atual e aquela menina de quem você nunca gostou muito!*

— Agatha gosta de mim! — Penny parece ofendida. — Ela só não é uma pessoa efusiva.

Baz desdenha.

— Ela pareceu bem efusiva quando abandonou a Inglaterra e a magia.

— Pra falar a verdade, estou preocupada com Agatha. Ela não tem respondido minhas mensagens.

— Porque ela *não gosta de você*, Bunce.

Olho para Penelope.

— Quando foi a última vez que teve notícias dela?

— Faz umas semanas. Normalmente Agatha já teria me respondido. Nem que fosse pra me dizer pra deixar ela em paz. E não tem postado mais tantas fotos de Lucy no Instagram. — Lucy era a cachorrinha dela. — Acho que pode estar se sentindo só. E deprimida.

— Deprimida — repito.

— É uma viagem de férias ou uma intervenção? — Baz pergunta. Ele está encostado na porta, com os braços cruzados e as mangas arregaçadas. Sempre parece que está em um comercial de relógio caro. Mesmo quando não usa relógio.

— Por que não pode ser os dois? — Penny diz. — Sempre quisemos viajar pelos Estados Unidos de carro.

Baz inclina a cabeça.

— É mesmo?

Penny olha para mim e sorri.

— Simon e eu, pelo menos.

É verdade, sempre quisemos. E por um momento consigo visualizar: nós três acelerando por uma rua vazia — não, uma *estrada* — em um conversível antigo. Eu dirijo. Todos usando óculos escuros. Ouvindo The Doors, enquanto Baz reclama. A camisa dele está aberta até o umbigo, de modo que eu não reclamo de nada. O céu enorme, azul, o sol brilhando... *Estados Unidos...*

Minhas asas estremecem. Acontece isso agora quando estou desconfortável.

— Não posso ir para os Estados Unidos.

Penny me dá um chute.

— Por que não?

— Porque não vou conseguir passar pela segurança do aeroporto.

A maior parte do meu rabo está amassada debaixo de mim neste momento, mas enrolo a ponta na coxa para lembrar Penny de que ele existe.

—Vou te *cobrir* de feitiços — ela diz.

— Não quero ser coberto de feitiços.

— Andei trabalhando em um novo, Simon, e é maravilhoso...

— Oito horas em um avião com minhas asas espremidas...

— Com o novo feitiço, elas desaparecem — Penny diz, sorrindo. Olho para ela, assustado.

— Não quero que desapareçam.

É mentira. Quero que elas *sumam*. Quero voltar a ser eu mesmo. Quero ser livre. Mas... não posso. Ainda. E não sei explicar por quê. (Nem mesmo para mim.)

— Temporariamente — Penny diz. — Só vai fazer elas desaparecerem por um período, até que o feitiço passe.

— E quanto a isso? — Volto a movimentar o rabo.

— Vamos ter que usar outro feitiço nele. Ou você pode esconder. *Estados Unidos...*

Eu nunca achei de verdade que iria para os Estados Unidos. A menos que tivesse que perseguir o Oco até lá.

— A questão é... — Penny morde o lábio inferior e franze o nariz, como se estivesse envergonhada e animada ao mesmo tempo. — Já comprei as passagens!

— Penelope! — É uma má ideia. Eu tenho *asas*. E não tenho dinheiro. E não quero levar um fora do meu namorado na Estátua da Liberdade. Prefiro levar um fora aqui mesmo, muito obrigado. Sem contar que nem sei dirigir. — Não podemos...

Ela começa a cantar "Don't Stop Believing". Não chega a ser o hino dos Estados Unidos, mas era nossa música preferida no terceiro ano, quando dissemos pela primeira vez que íamos fazer aquela viagem de carro um dia, depois que vencêssemos a guerra.

Bom... vencemos a guerra, não é? (Nunca achei que isso significaria matar o Mago e sacrificar minha própria magia, mas, ainda assim, tecnicamente vencemos.)

Penny está na parte da música do *"hold on to that feelliiiing"*. Baz nos observa da porta.

— Se você já comprou as passagens… — digo.

Penny levanta do sofá num pulo.

— Eba! Vamos viajar! — Ela para e olha para Baz. — Topa?

Ele continua olhando para mim.

— Se acha que vou deixar vocês vadiarem por um país estrangeiro sozinhos, do jeito que anda a política…

Penelope já está pulando de novo.

— Estados Unidos!

3

PENELOPE

Tá bom, as coisas não andavam muito bem. *Eu* deveria ter previsto.

Simon teria previsto? Ele não prevê nada! A chegada de uma terça-feira o surpreende!

Baz teria previsto? No último ano, ele não conseguiu pensar em nada além de Simon. Não consegue ver nada com aqueles coraçõezinhos no lugar dos olhos.

Não, só eu poderia ter previsto.

Mas eu estava tão feliz de ter acabado *tudo*. O Oco tinha sido derrotado, o Mago, desmascarado, e a maior parte de nós continuava viva para contar a história... O próprio Simon tinha escapado ileso! Adquirira alguns apêndices, claro, mas são e salvo, com o futuro à frente!

Simon Snow livre de perigo — minha súplica mais ardente tinha sido atendida.

Eu só queria *curtir*.

Queria alugar um apartamento e ir para a faculdade, queria ser uma adolescente normal uma vez na vida, antes que esses anos passassem de vez. Não queria fazer nada radical — não fugi para a Califórnia deixando minha varinha para trás, por exemplo. Mas queria relaxar.

Lição aprendida: relaxamento é o oco mais insidioso do mundo.

Todos nos mudamos para Londres no ano passado e entramos na faculdade, como se nosso mundo não tivesse sido virado de cabeça para baixo e sacudido. Como se não tivessem acabado de virar Simon do avesso.

Quer dizer... Simon matou o *Mago*, a pessoa mais próxima de um pai que ele já teve. Foi um acidente, mas mesmo assim.

E o Mago matou Ebb, que não era exatamente uma figura materna para Simon, mas devia ser tipo a tia esquisita. Ebb *amava* Simon. Ela o tratava como se ele fosse uma de suas cabras.

Então, sim, eu sabia que Simon tinha passado por maus bocados, mas achei que vencer faria tudo valer a pena. Achei que a vitória seria o bastante. Que o alívio preencheria todos os buracos.

E acho que Baz acreditava que o amor resolveria tudo...

É mesmo um milagre que os dois tenham acabado juntos. (*Amantes desafortunados*, como diria Shakespeare. *Das linhagens mortais de duas casas rivais.* Essa coisa toda.)

Mas foi um erro pensar naquilo como o fim. Não existe fim. Coisas ruins acontecem, depois não acontecem mais, só que continuam devastando as pessoas por dentro.

Sei muito bem que viajar não vai consertar tudo magicamente. (Se houvesse um jeito de consertar tudo *magicamente*, juro por Stevie Nicks que já teria descoberto a essa altura.) Mas uma mudança de ares pode vir a calhar.

Talvez faça bem a Simon se ver em um contexto diferente. Não há lembranças ruins esperando por ele nos Estados Unidos. Tampouco há lembranças boas, mas qualquer coisa que o tire do sofá já é um avanço.

4

AGATHA

Nunca retorno as ligações de Penelope.

Quem é que *liga* hoje em dia? Quem deixa mensagem de voz? Penelope Bunce. Eis quem.

Eu disse a ela para mandar mensagem, como uma pessoa normal. (Disse isso por mensagem, claro.)

Mas você não responde minhas mensagens!, ela escreveu de volta.

Mas pelo menos eu leio, Penny. Quando você deixa mensagem de voz, só estremeço, horrorizada.

Bom, então me diz o que preciso fazer pra conseguir uma resposta, Agatha.

Não respondi mais.

Porque não tem nada que eu possa dizer que vá deixá-la satisfeita.

E porque eu deixei aquele mundo para trás! Incluindo Penelope!

Não há como deixar o Mundo dos Magos para trás e continuar ligada a Penelope Bunce — ela é a mais mágica de todos eles. Vive e respira magia. Não dá nem para comer uma torrada sem que Penelope se ofereça para derreter a manteiga com um feitiço.

Uma vez, desliguei o celular para ter uma folga, e *ainda assim* ele tocou quando ela mandou uma mensagem.

Chega de mensagens mágicas!, escrevi.

Agatha!, ela respondeu. *Você vai vir pro Natal?*

Não respondi. E não fui para casa.

Meus pais ficaram aliviados, acho.

O Mundo dos Magos virou um caos quando Simon matou o Mago. (Ou quando Penelope matou. Ou Baz. Ainda não entendi como foi.)

Eu mesma quase morri naquele dia — e não foi a primeira vez. Acho que meus pais se sentem meio responsáveis (e *deveriam mesmo*) por ter trazido Simon, o Escolhido, para nossas vidas.

Minha vida teria sido diferente se eu não tivesse crescido com Simon como se fosse um irmão? Se eu não tivesse ocupado o espaço a ser preenchido por uma namorada qualquer?

Eu ainda teria estudado em Watford, para aprender truques de mágica. Mas não estaria no centro da explosão ano após ano.

Quando vai vir pra casa?, Penelope escreve.

Nunca, fico tentada a responder. *E por que se importa?*

Nunca fomos melhores amigas. Sempre fui fresca demais para ela — superficial demais, frívola demais. Penny só quer que eu continue em sua vida porque sempre estive nela, e se agarra ao passado tão desesperadamente quanto fujo dele.

Eu estava ali antes que tudo ruísse.

Mas meu retorno não vai fazer com que nada volte a ser como antes.

— Não acredito que você vai beber isso — Ginger diz.

Acabamos de sentar para almoçar, e eu pedi o único chá preto do cardápio.

— Nem eu — digo. — Chá com *baunilha* e *hortelã*. Meu pai ficaria horrorizado.

— Cafeína — Ginger diz, balançando a cabeça.

Pingo um pouco de leite desnatado no chá. Aqui nunca tem integral.

— E *lactose*… — Ginger suspira.

Ela só bebe suco de beterraba. Parece sangue, cheira a terra e, às vezes, como agora, deixa um bigodinho vermelho nela.

—Você parece um vampiro — digo, embora Ginger não se pareça em nada com o único vampiro que conheço. Ela tem cabelo castanho cacheado e a pele marrom cheia de sardas. Sua mãe é meio tailandesa e meio brasileira, e seu pai é de Barbados. Ginger tem os olhos mais brilhantes e as bochechas mais rosadas que eu já vi. Vai ver é por causa da beterraba.

— Me sinto ativada — ela diz, abrindo os dedos no ar.

— Quão ativada?

— Pelo menos oitenta por cento. E você?

— Firme nos quinze — digo. A garçonete serve a salada de quinoa de Ginger e minha torrada com avocado.

—Você sempre diz quinze, Agatha — Ginger me repreende. — Estamos seguindo o programa há três meses. Tem que estar pelo menos dezesseis por cento ativada a essa altura.

Não me sinto nem um pouco diferente.

—Vai ver algumas pessoas nascem inativas.

Ela faz *tsc-tsc* para mim.

— Não diz isso! Eu nunca seria amiga de um organismo inerte.

Sorrio pra Ginger. A verdade é que ambas nos sentíamos bastante inertes quando nos conhecemos. Foi por isso que ficamos amigas, acho — vagávamos no mesmo cenário, sempre nos cantos. Eu sempre acabava ao lado de Ginger na cozinha se ia a uma festa, ou sentada perto dela na escuridão quando faziam fogueiras na praia.

San Diego vem me tratando melhor que a Escola de Magia de Watford tratou. Não sinto falta da minha varinha. Não sinto falta da guerra. Não sinto falta de ter que fingir todos os dias que queria ser uma boa feiticeira.

Mas nunca vou pertencer a este lugar.

Não sou como meus colegas de classe. Ou como meus vizinhos. Ou como as pessoas que conheço nas festas. Sempre tive amigos normais, mas nunca prestei atenção em todos os modos, mínimos e subconscientes, das pessoas normais.

Por exemplo, quando cheguei aqui, me dei conta de que não sabia amarrar meus cadarços. Nunca aprendi! Só aprendi a fazer um *feitiço* para isso. E agora não posso fazer, porque deixei minha varinha em casa.

Quer dizer, tudo bem. É só deixar os cadarços sempre amarrados ou usar sandálias, mas há uma porção de outras coisas assim. Tenho que tomar cuidado com o que digo em voz alta. Para desconhecidos. Para amigos. É fácil demais dizer algo esquisito ou idiota. (Por sorte, me livro de muita coisa porque sou inglesa.)

Ginger não parece se importar quando digo esquisitices. Talvez porque ela também sempre diga coisas meio estranhas. Ela é toda interessada em neuromodulação autorregulatória, ventosaterapia e acupuntura emocional. Mais do que um californiano normal, quero dizer. Ela é do tipo que *acredita*.

— Não me encaixo aqui — ela me disse uma noite. Estávamos sentadas na areia, com os dedos dos pés na rebentação. De novo no limite da festa. Ginger usava uma regata pêssego e segurava um copo de plástico vermelho. — Só que não me encaixo em nenhum outro lugar.

Era como se Ginger tivesse tirado aquele sentimento do meu próprio coração. Eu poderia ter dado um beijo nela. (Às vezes, ainda gostaria de ter essa vontade.) (Seria como uma resposta para... para a interrogação que eu sou. Então eu poderia dizer: *Ah, então essa sou eu. Por isso tenho andado tão confusa.*)

— Eu também — eu disse.

Na próxima vez que a festa seguiu em frente sem a gente, fomos embora para comer tacos.

E, na vez seguinte, pulamos a festa e fomos direto para os tacos.

Ainda nos sentíamos estranhas e perdidas, acho, mas era bom ser estranha e estar perdida com alguém.

Era bom estar perdida com uma amiga.

O celular de Ginger toca, me lembrando que ela não está mais perdida.

Ela o pega e sorri, o que significa que é uma mensagem de Josh. Ginger começa a responder. Como minha torrada com avocado.

Meu celular vibra. Eu o tiro da bolsa e resmungo. Penny finalmente descobriu como conseguir uma resposta minha.

Agatha! Estamos indo te visitar! De férias!

Quê?, eu escrevo de volta. *Quando?* Depois, e era o que eu devia ter dito primeiro: *NÃO.*

Em duas semanas!, Penny escreve. *SIM!*

Penelope, não. Eu nem vou estar em casa.

É verdade. Ginger e eu vamos a um festival de música no deserto, o Burning Lad.

Mentira, Penny responde.

— Ahhhh! — Ginger está dizendo. Então vira um: — Ahhhhgatha!

Ergo os olhos. Ginger sacode o celular à minha frente como se fosse um bilhete premiado.

— Quê?

— Josh arranjou lugar pra gente no retiro do Novo Futuro!

— Ginger, nãããão…

— Ele disse que vai pagar pelo nosso quarto e tudo.

Josh tem trinta e dois anos. Ele inventou um troço que permite usar o celular como termômetro. Ou estava na equipe que inventou. Sei lá. De qualquer maneira, Josh está sempre pagando alguma coisa. O quarto, a conta, o show. Ginger acha o máximo.

— Vai ser na mesma semana do festival!

— Podemos ir no festival ano que vem. O deserto vai continuar lá.

— E Josh não?

Ela franze a testa para mim.

— Você sabe como esse retiro é exclusivo.

Mexo o chá.

— Na verdade, não.

— Só membros fixos podem levar convidados. E em geral uma pessoa só. Implorei pro Josh conseguir uma vaga pra você também.

— Ginger…

— Agatha… — Ela faz uma pausa para morder o lábio inferior e apertar o nariz, como se estivesse prestes a me dizer algo muito importante. — Acho que vou subir de nível. No retiro. E quero muito que você esteja lá.

Por Crowley, mas é claro. *Subir de nível.* Josh e seus amigos são obcecados em "subir de nível" e "maximizar seu potencial". Se você sugere tomar um café, eles ficam, tipo: "Em vez disso, vamos mudar o mundo!".

"Vamos escalar uma montanha!" "Vamos conseguir ingressos VIP para o show do U2!"

Novo Futuro é o clubinho deles. Tipo um Vigilantes do Peso para homens ricos. Eles vão a reuniões e cada um tem sua vez de dizer quão "ativado" está. Fui a algumas com Ginger, e na maior parte das vezes foi um saco. (Embora eles sempre tenham ótimos aperitivos.) No fim de cada reunião, os membros fixos vão para uma sala fechada onde fazem seu aperto de mão secreto ou sei lá o quê.

Ginger nem consegue acreditar na sorte que deu com Josh. Ele é bem-sucedido, é ambicioso, é gato.

("Meu último namorado trabalhava num café, Agatha!"

"Você também, Ginger. Foi assim que vocês se conheceram.")

Ginger não entende o que Josh viu nela. Fico um pouco preocupada que ele não veja nada além do óbvio. Que Ginger é jovem e bonita. Que fica bem com o braço enlaçado no dele.

Mas quem sou eu pra dizer? Talvez os dois sejam ótimos um para o outro. Ambos parecem gostar de falar de fitonutrientes. E, tipo, técnicas de libertação emocional. Ginger parece pelo menos oitenta por cento ativada ultimamente.

Acho que nunca vou subir de nível.

Mas se é isso que Ginger quer, acho que posso concordar. Ela é a melhor amiga que fiz aqui. Topa ficar comigo mesmo se eu estiver apenas quinze por cento ativada (e menos de quinze por cento mágica). Suspiro.

— Tá. Eu vou.

Ginger solta um gritinho.

— Eba! Vai ser incrível!

Meu celular vibra, e eu olho para a tela. É Penelope de novo.

Vou te ligar pra combinar os detalhes.

Guardo o celular na bolsa sem responder.

5

BAZ

Combinamos de nos encontrar no aeroporto, e Snow já está lá quando chego. A princípio, não o reconheço — ou é mais como se o reconhecesse de outra época. Ele está de jeans e com o moletom antigo do time de lacrosse de Watford, que era de Agatha. (Preciso deixar casualmente uma das minhas camisas velhas de futebol no apartamento dele; o cara veste qualquer coisa que encontra no chão.) O moletom tem dois cortes nas costas, onde ficariam suas asas, mas não tem nada ali. Nada mesmo. Outros feitiços apenas escondem as asas de Simon, de modo que ainda dá para ver uma cintilação ou uma sombra. Hoje, não tem *nada*. Estico o braço para tocar o espaço entre suas omoplatas, mas Simon se vira antes que eu o faça.

— Oi — ele diz quando me vê. Está puxando o cabelo, nervoso.

Com a mão ainda esticada, dou um tapinha em seu ombro.

— Oi.

— Penny está fazendo nosso check-in. Ou sei lá. Eu nem tinha passaporte. — Ele se inclina para mais perto. — Ela roubou o passaporte de alguém e o enfeitiçou — sussurra.

Como se Bunce já não estivesse mexendo com fogo; todos sabemos que ela usou magia para comprar as passagens de avião. É uma das únicas leis que seguimos no Mundo dos Magos: nada de golpes mágicos. A economia mundial viraria o caos se usássemos magia no lugar de dinheiro. Todo mundo quebra as regras de vez em quando, mas a mãe de Bunce é do conciliábulo.

— Espero que ela saiba que a mãe ficaria feliz em entregá-la às autoridades.

Snow parece ansioso.

— Acha que ela vai ser pega? É tudo uma idiotice.

— Não. — Minha mão continua em seu braço, e eu o aperto. — Não. Vai ficar tudo bem. Se alguém parecer desconfiado, o fato de eu ser um vampiro vai ser uma ótima distração.

Ele não tenta se afastar de mim. Talvez porque esteja fora de sua zona de conforto, de seus piores hábitos. Bunce talvez tenha acertado com essa ideia de mudança de ares…

— Falando nisso — Simon diz —, você vai ficar bem durante o voo?

— Está perguntando se vou ceder à minha sede de sangue em algum ponto acima do Atlântico?

Ele dá de ombros.

— Vou ficar bem, Snow. São só oito horas. Suporto isso todos os dias sem matar ninguém.

Suportei quinze anos, aliás. Sem nenhuma baixa (relacionada ao fato de eu ser um vampiro).

— E quando chegarmos lá?

— Não se preocupa, ouvi dizer que o país é infestado de ratos. E outros animais. Ursos-pardos. Cães de exposição.

Ele sorri, o que é tão bom de ver que passo o braço por cima de seus ombros e penso em abraçá-lo. Uma mulher que aguarda numa fila por perto olha para a gente muito aflita, como quem diz "não sejam gays", mas nem ligo — momentos tranquilos com Simon infelizmente são raríssimos.

Simon liga. Ele nota a mulher, então se inclina para mexer na própria mala — a mesma da época de Watford. Quando levanta, está distante de mim.

Ele dá tapinhas na coxa, procurando nervosamente pelo rabo.

Ainda não sei muito bem por que Snow se deu um rabo…

As asas, eu entendo. Eram necessárias, porque ele precisava escapar. Mas por que o rabo? É comprido, vermelho e tosco, com uma ponta preta e afiada. Se tem algum uso, não descobri qual é. Simon não o está usando, de qualquer forma.

Bunce acha que Simon estava se transformando em um dragão, e não apenas desejando ter asas.

O que não explica por que elas continuam por aqui, mais de um ano depois. Snow abriu mão de sua magia — de toda ela — para derrotar o Oco Insidioso. Então não é como se a estivesse usando para manter suas partes de dragão, e a maioria dos feitiços já teria perdido o efeito a essa altura.

"Mas não foi um feitiço", Bunce disse da última vez que falamos a respeito. "Ele se *transformou*."

Simon ainda toca a coxa, alisando a parte de trás do jeans. Procuro tranquilizá-lo.

— Não dá para ver — digo.

— Só estou nervoso. Nunca voei.

Dou risada. (Tipo, o cara tem *asas*.)

— De *avião* — ele diz.

—Vai ficar tudo bem. Mas se não ficar… tipo, se o motor morrer, você me salva? Me leva voando até a saída mais próxima.

Ele parece em pânico.

— Isso acontece? Motores simplesmente morrem?

Encosto meu ombro no dele.

— Promete que vai me salvar antes das mulheres e crianças.

— Se o motor morrer — Simon diz —, melhor você e Penny darem um jeito nele. Tem praticado seus feitiços?

— Não conheço nenhum feitiço para motor de avião. Você conhece, Bunce?

Ela acabou de chegar com nossos cartões de embarque.

— Feitiço para motor de avião? — Bunce repete.

— Sabe, em caso de pane.

— Simon pode me salvar — ela diz.

— Mas ele já vai ter que *me* salvar.

—Vou salvar as mulheres e crianças! — ele diz.

—Tecnicamente você nem vai ter asas — digo.

6

SIMON

Meio que espero ser parado quando passo pelo raio X do controle de segurança. *Senhor, só precisamos ver esse rabo.* Mas nada acontece, como Baz e Penny garantiram. Eu não ficaria surpreso em descobrir que Penelope interrompeu o funcionamento da máquina. Assim que deixamos o controle de segurança, ela compra um pacote de jujubas e uma coca para mim. (Estou duro. Ela e Baz vão pagar tudo.)

Nunca estive em um aeroporto. Passei uma hora caminhando e girando os ombros, que parecem leves demais. Não tem mesmo nada ali. Fico me recostando em qualquer parede só para confirmar. Vou ao banheiro masculino e levanto a camiseta, então olho para o espelho por cima do ombro. Só vejo sardas.

Quando saio, Baz e Penny já estão na fila para embarcar, e ela faz sinal para que eu me apresse. Entro atrás dela, e não atinjo ninguém com as asas. Penso em tudo o que poderia fazer assim. Pegar o metrô. Ir ao cinema. Ficar do lado de um cara no mictório sem derrubá-lo.

Eu nunca teria cabido no avião com as asas. Não teria podido atravessar o corredor sem bater em todo mundo que já estivesse sentado.

Baz resmunga quando chegamos aos nossos assentos, que ficam na fileira do meio, no fundo do avião.

— Pelo amor das cobras, Bunce, não podia ter roubado umas passagens de primeira classe?

— Não queremos chamar atenção — ela diz.

— Eu não chamaria atenção na primeira classe.

Ele senta. Fica meio apertado, comigo de um lado e uma mulher do outro. (Ela está usando uma cruz. Ótimo, assim Baz não vai se sentir tentado a mordê-la.)

É boa a sensação de me recostar e apoiar os ombros diretamente na poltrona. Minha coluna estala. É boa a sensação de sentar tão perto de Baz. E a mulher da cruz não pode ficar brava com a gente, porque *precisamos* sentar assim perto. São as poltronas da classe econômica que deixam a gente gay.

Não que ela fosse necessariamente ficar brava... Mas nunca se sabe se alguém vai fazer a gente se sentir mal em relação a quem é. Da última vez que Baz e eu ficamos de mãos dadas em público, uma menina de piercing no nariz se ofendeu. Se a gente não pode confiar que pessoas com piercing no nariz tenham a mente aberta, quem nos resta?

Baz disse que a menina não estava olhando atravessado pra gente — que aquela era a cara normal dela. "Aquela mulher tem uma aparência horrível. Teve que passar aquela argola pelo septo pra disfarçar." Ele também diz que não posso presumir que todo mundo que franze a testa pra mim faz isso porque estou com outro cara. "Algumas pessoas simplesmente não vão gostar de você, Simon. Eu não gostei de você por *anos*."

Isso foi... meses atrás. A menina com o piercing no nariz. Nós dois de mãos dadas. Estava nevando.

Penso em segurar a mão de Baz agora. Estico a mão, mas ele pega uma revista e começa a folhear.

Oito horas de voo. Penny diz que podemos ver filmes. E que vão trazer comida pra gente o tempo todo. Ela diz que vamos esquecer que estamos sobrevoando o mar depois de alguns minutos, que só vai ser entediante.

Vamos descer em Chicago, para que Penny possa ver Micah. Ela espera que ele decida vir com a gente na viagem de carro. "Micah disse que tem que trabalhar. Mas talvez mude de ideia."

Os joelhos de Baz estão apertados contra a poltrona à frente dele. (Toda a sua altura está nas pernas. Se dependesse do tronco, teríamos a mesma altura. Talvez eu fosse até mais alto.) A pessoa sentada ali recosta a poltrona, e Baz grita.

—Você pode se dar mais espaço com magia — digo.

— Não. Estou economizando. — Ele vira os joelhos na direção dos meus. — Caso tenha que lançar voar-como-uma-borboleta para salvar o avião.

7

PENELOPE

Eu e Micah namoramos desde que ele foi para Watford como aluno de intercâmbio, no quarto ano.

Não tem escolas mágicas nos Estados Unidos. A maior parte dos países não tem. Às vezes, famílias estrangeiras mandam os filhos para Watford por um ano pela experiência cultural. "E porque ninguém ensina os fundamentos mágicos como nós", minha mãe gosta de dizer. "Ninguém." (Ela é a nova diretora de Watford, e se orgulha muito disso.) As crianças americanas estudam em escolas normais e aprendem magia em casa. "Imagina só aprender os feitiços que seus pais podem ensinar. E nada de elocução, linguística ou ciência forense."

A elocução de Micah é excelente — e ele é bilíngue, então também pode lançar feitiços em espanhol. (Eles só funcionam onde as pessoas falam espanhol, mas a língua vem crescendo cada vez mais!)

Sei que todo mundo em Watford achava que depois de todos aqueles anos Micah era como um namorado imaginário, mas nosso relacionamento sempre foi muito real para nós dois. Nos comunicávamos por carta e e-mail. Falávamos por Skype. E depois FaceTime. Até falávamos no celular de vez em quando.

Ficamos três anos sem nos ver pessoalmente. Então, dois anos atrás, passei as férias com a família de Micah em Chicago; e por mais real que nosso relacionamento fosse até então, se tornou *ainda mais* real.

Eu teria visitado Micah depois de me formar na escola; tinha essa intenção. Mas estávamos todos em estado de choque, com o Oco extinto e o Mago morto. (Nem voltei para as aulas. A srta. Possibelf foi a Londres aplicar minhas provas.) Simon estava devastado. Eu não podia ir para Chicago e deixá-lo sozinho. Ele já estava mais solitário do que nunca.

Mas Micah foi tranquilo. Concordou que era melhor eu ficar em Londres naquele momento. O plano era eu ir visitá-lo assim que as coisas melhorassem. Ambos concordamos.

Não tínhamos um plano caso as coisas piorassem.

8

AGATHA

Pensei que o retiro seria em um hotel, mas Josh nos deixa em uma casa dentro de um condomínio fechado. Ele tem um carro esportivo que não faz nenhum barulho, não usa combustível e mal tem banco traseiro.

— O bairro é quase todo de membros do Novo Futuro — ele diz. — A maioria dos fundadores mora aqui.

Ginger parece impressionada. Tento parecer educada.

Uma jovem competente, coberta de tatuagens e piercings, nos cumprimenta. Ela é o que há de mais decorativo na casa. Todas as reuniões do Novo Futuro são em lugares assim: casas cavernosas e minimalistas. Essa é a mais cavernosa e minimalista até agora — é como se alguém fizesse questão de mostrar quanto espaço tem para preencher com nada. Minha mãe ficaria cega com a falta de tapetes, cortinas e decoração nas paredes.

Pessoalmente, eu preferia ficar em um hotel a entrar nessa casa grande e vazia; quando Ginger e eu chegamos ao quarto, descobrimos que a porta não tranca.

— Não sei por que está desfazendo a mala — digo a ela. — Sei que vai ficar com Josh.

— Não — ela diz. — Ele está na ala da casa restrita aos membros. Você vai ficar presa comigo todas as noites.

Ginger não quer perder nem um minuto da programação do retiro. Ela me arrasta para a festa de boas-vindas na varanda. Tomamos coquetéis com espumante sem que ninguém me pergunte se sou maior de idade. (Faltam quatro meses para meus vinte e um anos.) Quase só tem homens. Os membros fixos usam broches dourados em forma de oito. (Parecidos com uma relíquia que meus pais mantêm no banheiro, uma cobra de prata comendo o próprio rabo, que deveria impedir basiliscos de subir pelo encanamento.)

Depois da festa, há meditação em uma sala e um seminário sobre investimento na outra. Ginger, Josh e eu escolhemos meditar. Gosto de meditação. Pelo menos é silencioso.

Em seguida temos todos que nos reunir para a palestra principal — "O mito da mortalidade" — em uma das salas do tamanho de um salão de baile. Quem quer que viva aqui deve ter uns cinquenta sofás, todos pretos, brancos ou creme, nenhum colorido. Todos são tão elegantes que mantêm a forma mesmo quando tem gente sentada.

Passo vinte minutos inquieta. É quase como uma igreja. O palestrante diz que os normais — bom, os seres humanos — foram postos na Terra para viver para sempre, mas o pecado, a vergonha e fatores ambientais se colocaram no caminho. Ele ganha Ginger com "fatores ambientais".

Pra mim, parece a maior bobagem. Nem mesmo feiticeiros vivem eternamente, e temos milhares de feitiços para nos ajudar. "Viver é morrer", meu pai diz. Ele é o melhor médico mágico da Inglaterra. Pode curar qualquer coisa que possa ser curada. Mas não pode curar a morte. Ou como ele diz: "Não posso curar a vida".

Tento ficar entediada com a palestra, mas na verdade fico irritada. Me deixa louca que todo mundo assinta diante de tanta besteira. Acham mesmo que podem enganar a morte com sucos tropicais e pensamento positivo? Isso me faz lembrar do Mago.

O que me faz lembrar daquela noite na torre.

E de Ebb.

Levanto. Digo a Ginger que vou ao banheiro, mas só quero ir embora. Acabo em uma sala vazia do outro lado do térreo, uma biblioteca com um janelão que dá para o campo de golfe.

Eu deveria estar em um *festival* este fim de semana. Comprei tinta para pintar o corpo e costurei penas no meu biquíni. Ia ser ridículo e incrível. Não como aqui, ridículo e triste.

Procuro o cigarro de emergência que sempre tenho na bolsa. Eu não fumava na Inglaterra. Simon e Penny odeiam cigarro e, como disse, meu pai é médico. Então me mudei para a Califórnia, onde literalmente ninguém fuma, e um cigarrinho de vez em quando parece um brinde à rainha.

Aposto que o dono dessa casa ia pirar se eu o acendesse.

Seguro o cigarro entre os dedos e digo:

— *Queime, fogo, borbulhe, caldeirão!*

É um dos três feitiços que consigo lançar sem a varinha, e o único que consigo lançar em voz baixa. (Um raro talento que tomei o cuidado de evitar cultivar quando descobri o quanto agradava minha mãe.) A pontinha acende. Trago e sopro a fumaça direto nas prateleiras.

— Tem um pra mim?

Olho para a porta. Tem um homem de pé ali. Ele usa um broche idiota em forma de oito.

— Desculpa — eu digo. — Era o último.

Ele entra na biblioteca. É um pouco mais velho que eu — um pouco jovem para os padrões Novo Futuro, mas tão distinto e treinadinho quanto os outros. Gosto da ideia de corromper um deles. Um cigarro poderia arruinar sua programação da semana. Ele vai ter que se confessar, se purificar e talvez até jejuar.

— Pode fumar comigo — digo.

O cara deixa a porta aberta, e fico agradecida. (Os putos dos homens sempre tentam nos encurralar sozinhas.) Ele se aproxima e se apoia nas prateleiras, ao meu lado. Passo o cigarro, e ele dá uma tragada profunda.

— Agora você nunca vai ser imortal — digo.

Ele ri, engasgando um tantinho com a fumaça. Um pouco dela escapa pelo nariz.

— Droga — o cara diz. — Eu tinha tantos planos.

— Me conta um.

— Curar o câncer através da terapia genética.

Ele está sendo sincero, acho.

— Desculpa, meu bem, entrou na sala errada. Seu pessoal está naquela maior.

— Não está caindo nessa? — ele pergunta.

— Não.

— Então por que está aqui?

— Porque ouvi dizer que tinha drenagem linfática e cupcakes veganos.

— E vai ter mesmo.

Ele está sorrindo.

Suspiro, soprando a fumaça além de seu rosto.

—Vim com uma amiga.

Ele assente, olhando para mim. Admirando meu cabelo. Acontece. Meu cabelo é comprido e loiro-claro. Loiro-manteiga, Simon costumava dizer. Ninguém que eu conheço aqui na Califórnia come manteiga.

— Mas *você* está caindo nessa — digo, olhando para o broche dele. — Ou já caiu.

— Eu criei isso — ele diz.

— Sério? — Ele não pode ter mais de vinte e cinco anos. — Hum. Você foi algum tipo de fenômeno adolescente?

— Mais ou menos.

Olho para as prateleiras à minha volta. Só tem livros modernos, em brochura. Nenhum encadernado em couro só para exibir.

— Você não parece impressionada — ele diz.

Dou de ombros.

— Conheço seu tipo.

O cigarro já queimou até o filtro. Olho em volta, à procura de algum lugar onde apagá-lo. Ele levanta um prato de bronze da escrivaninha; é algum tipo de prêmio.

— Aqui.

— Sou desrespeitosa, mas não mal-educada — digo.

Ele ri. Fica meio bonitão quando ri.

— Tudo bem. É meu.

Apago o cigarro.

— Essa casa é sua?

— Aham. Está impressionada agora?

— Por Morgana, não. Por que alguém da sua idade precisa de um campo de golfe?

— Gosto de golfe — ele diz. — E gosto de ter uma casa grande. Para fins de semana assim.

— Tem gente de todo tipo, imagino.

— Pode ser cínica o quanto quiser.

— Eu sou.

— Mas cinismo não leva a nada.

— Mentira — digo. — O cinismo salva vidas.

— Nunca.

— Tem um monte de coisas que não vão me matar porque eu não faria nem morta.

— Tipo o quê?

Limpo as cinzas do meu vestido.

— Escalar montanhas.

— Isso é cinismo ou covardia?

— Sinceramente… — Eu me interrompo. — Qual é o seu nome?

— Braden.

— Claro… — murmuro, absorvendo aquilo. — Sinceramente, Braden, sou cínica demais para me importar.

Ele dá um passo, se aproximando.

— Gostaria de mudar sua mentalidade.

— Obrigada, mas acabei de sair de uma seita. Não estou procurando outra para superar a anterior.

Ele sorri. Está dando em cima de mim agora.

— Não somos uma seita.

— Acho que são, sim.

Não estou *exatamente* dando em cima dele.

— A Igreja católica é uma seita?

— É. E você está se comparando ao catolicismo?

Ele recua um pouco a cabeça.

— Espera aí, você acha que a Igreja é uma *seita*?

Olhamos nos olhos um do outro. Ele está pensando que os meus são de um tom de castanho incomum. Fico aliviada quando não diz isso.

— Só queremos ajudar as pessoas — Braden diz.

— Vocês só querem ajudar a si mesmos — corrijo.

— Em primeiro lugar, contamos como pessoas. Em segundo lugar, por que não deveríamos nos ajudar? Somos os fazedores de diferença.

— Isso me parece um termo inventado, Braden.

Braden parece um nome inventado.

— Não tenho problema em inventar termos — ele diz. — Quero reinventar o mundo. As pessoas da sala ao lado já *estão* mudando o mundo. Estou aqui pra nutrir e encorajar todas elas, para que possam maximizar seu impacto.

— Foi por isso que deixei a outra sala — digo. — A última coisa que eu quero é fazer a diferença.

9

BAZ

Nenhum de nós dorme durante o voo. Bunce faz quebra-cabeças de lógica, Snow vê filmes cheios de chutes. A cada duas horas, ele diz:

— Que bela porcaria.

Então começa outro. Eu dormiria, mas não consigo me ajeitar. Meus joelhos estão apertados, e tem pelo menos três pessoas usando cruz perto de mim. Uma delas deve ser de prata, porque meu nariz não para de escorrer.

Estou colado a Snow, aproveitando o espaço apertado como desculpa para ficar perto dele. Tinha esquecido como seu corpo era quente. Estamos encostados do ombro ao joelho; é como estar deitado ao sol, mas sem queimar.

Simon mudou bastante desde que saímos da escola. Fisicamente. Ele está mais fofo, mais cheio. Como se toda a manteiga (ou toda a sidra) finalmente estivesse cobrando seu preço. Imagino que ser o Escolhido era uma bela atividade física. E ser um reator mágico devia significar que ele tinha um baita metabolismo...

Parece que Snow não recarrega as baterias há um tempo. Sua pele ficou pálida. Seu cabelo castanho perdeu o brilho. Ele o deixou crescer — por pura negligência, acho. Agora tem um monte de cachos soltos, que sacodem quando Snow anda e que ele vive puxando.

— Que porcaria — Snow diz para a telinha na poltrona à sua frente. — Que bela porcaria. Duvido que esse cara já tenha segurado uma espada de verdade. — Ele balança a cabeça, sacudindo os cachos.

Snow é lindo. Meio zoado e triste. Sem graça, pálido e pouco refinado. Mas ainda muito lindo.

Fecho os olhos e finjo que durmo em seu ombro.

SIMON

Ficamos uma hora na fila da imigração.

Os agentes americanos são bem assustadores, mas minhas asas continuam sumidas, e meu passaporte segurou o feitiço. Penny diz que ela tem mais com que se preocupar por não ser branca do que eu por ter asas. (Penny é de ascendência indiana por parte de mãe, mas inglesa dos dois lados da família.)

Mas passamos.

Estamos nos Estados Unidos. *Eu* estou nos Estados Unidos. Do outro lado do oceano. Eu. Se as crianças dos abrigos pudessem me ver agora…

Bom, na verdade, não gostaria que elas pudessem me ver, porque aí eu teria que vê-las também. E não tenho lembranças muito boas de minha infância fora de Watford.

Minha terapeuta (que consultei no verão anterior) sempre queria que eu falasse sobre isso — como era minha vida quando pequeno, como eu me sentia, quem tomava conta de mim. Eu tentava dizer a ela que não consigo lembrar — e não consigo mesmo. É tudo meio nebuloso. Recordo vagamente onde eu morava antes que a magia chegasse, em que escola estudava, o que via na televisão… Lembro que as coisas eram *ruins*, mas não sei exatamente *por quê*. O trauma afeta a memória, a terapeuta disse. O cérebro isola corredores dolorosos.

"Isso me parece ótimo", eu disse a ela. "Valeu, cérebro."

Não vejo por que deveria revirar minha infância atrás de dor e problemas, especialmente se minha mente já bloqueou tudo isso. Já tenho dor e problemas o bastante no meu prato.

A terapeuta disse que eu precisava *superar* o passado para impedir que minasse o presente. E eu disse…

Bom, eu não disse nada. Faltei à consulta seguinte e não apareci mais.

Penny alugou um carro, mas temos que andar quase um quilômetro para chegar até ele. Baz parece exausto, ainda que tenha dormido no meu ombro durante a maior parte do voo. (Passei as últimas quatro horas querendo fazer xixi, mas não queria acordá-lo.)

Quando chegamos ao carro, paro na hora. Baz tromba comigo.

— *Penelope…* — Levo as mãos à cabeça, como alguém que acabou de ver sua sala de estar renovada em um reality show de decoração. — Você só pode estar brincando!

Ela ri.

— Não.

Por Crowley, é lindo. Brilhante e azul como o mar. A dianteira é tão comprida que parece até o focinho de um dobermann.

— Um Mustang clássico! Está de brincadeira?! Que nem o do Steve McQueen!

— Bom, a gente não pode atravessar os Estados Unidos num Fiesta.

Baz franze a testa para o capô.

— Sessenta e oito… Turquesa Tahoe.

Sento no banco do motorista, ainda que não saiba dirigir — queria saber. Os bancos são de vinil, azul-celeste, e mais baixos que os de qualquer outro carro em que já estive.

— Tem espaço para suas asas — Baz comenta.

— Ah, falando nisso — Penny diz —, me deixa retocar. — Ela ergue a mão direita. Tem um sininho no dedo do meio. — *Toda vez que um sino toca, um anjo ganha asas!* — É uma fala do clássico *A felicidade não se compra.* Então ela vira a mão, tocando o sino e sibilando, como Missy Elliott em "Work It": — *I put my thing down, flip it and reverse it.*

Solto o troço, viro e reverto.

Noto que Baz quase arfa no instante em que o feitiço me atinge — com muito mais força do que tinha acontecido em casa, quando Penny tentou lançá-lo pela primeira vez. Uma sensação gelada se espalha entre meus ombros.

— Pelas cobras, Bunce, isso foi genial. — Uma das sobrancelhas de Baz está supererguida e a outra, abaixada ao máximo.

Penny sacode a mão.

— Foi muito mais poderoso do que em casa — ela diz, animada. — Acha que é porque as frases são de origem americana? Isso pode afetar todo o nosso vocabulário!

— O segundo feitiço pode reverter qualquer coisa? — Baz pergunta.

— Não tenho certeza — ela diz. — É uma música pop, então é instável.

— Não consigo acreditar que você usou um feitiço instável no seu melhor amigo...

— Simon disse que não tinha problema!

— ... e não consigo acreditar que ele é angelical o bastante para funcionar!

— Ele é angelical o bastante para os fins do feitiço — Penny diz. — A magia permite metáforas.

— Obrigado, Bunce, mas eu também estudei introdução à teoria mágica na escola.

Eles continuam falando, mas eu os ignoro. Estou ocupado demais fingindo que sou Steve McQueen. Em geral, não fico pensando em como sou descolado (não sou Baz), mas acho que devo estar parecendo *muito* descolado neste momento.

Penny está tamborilando no para-brisa.

— Olha! — Ela se estica sobre mim para apertar um botão no painel. Um motor geme, e a capota do carro se desdobra. — Magia pura! — Ela sorri.

Estou sorrindo também. Isso é *incrível*. Se eu estivesse sozinho, faria o som da aceleração com a boca.

Baz guarda nossas malas e vem na direção do banco do motorista. Ele é o único que sabe dirigir.

— Eu vou na frente! — digo, passando para o banco do carona. Fico enjoado se vou atrás.

Penny passa por cima de mim para chegar ao banco traseiro. Baz se ajeita e põe o cinto de segurança.

—Vamos lá, Snow. Vamos conhecer esse país.

Se eu achava que parecia descolado atrás do volante, não estava preparado para Baz.

Eu nem seria capaz de desviar os olhos dele se não tivesse tantas outras coisas para ver. Estamos indo para um subúrbio de Chicago, onde Micah mora. É tudo muito diferente do que estou acostumado.

As estradas são inacreditáveis: têm cinco pistas cheias de carros gigantescos. Todo mundo nos Estados Unidos parece dirigir um veículo militar. E tem propaganda em toda parte, outdoors imensos ao longo da estrada, de qualquer coisa. Pizza, advogados, suplementos para fazer o cabelo crescer.

Baz age como se fizesse isso todos os dias. Está completamente relaxado, com uma mão comprida e branca sobre o volante e a outra trocando a marcha com firmeza. Usa uma calça cinza-clara, uma camisa branca com as mangas dobradas até os cotovelos e óculos escuros que nunca vi antes. Seu cabelo está mais comprido do que na época da escola, e o vento lhe dá vida.

Eu ainda estou todo zoado por causa do voo. Minha camiseta está úmida de suor (suor azedo e estanque), e minha calça jeans é quente demais para Chicago em junho. Também estou usando o cabelo mais comprido, mas só porque não me dei ao trabalho de cortar. Sou exatamente o tipo de coisa com que Baz nem perde tempo.

Penny se inclina entre nossos bancos para mexer no rádio.

— Onde conecta?

Baz tenta empurrá-la para trás.

— Põe o cinto!

— Mas eu fiz uma playlist pra viagem!

— E quer matar a gente antes de botar pra tocar?

Ligo o som. Parece que veio com o carro.

— Acho que só tem rádio — digo, mexendo no dial. O barulho é de estática, que nem nos filmes. Talvez tudo nos Estados Unidos seja que nem nos filmes.

— Não dá pra conectar? — Penny continua entre nós.

— Acho que não. Vou tentar achar uma música. — Levo um segundo; é preciso girar o dial bem devagar até sintonizar alguma coisa. Passo por pessoas falando sobre política e beisebol, até que encontro uma rádio tocando rock clássico. — Acho que é o melhor que posso fazer.

Penny suspira e volta a se recostar no banco.

— Põe o cinto! — Baz grita. Ele está mudando de faixa, o que exige uma dança muito complicada: se virar no banco, mudar de marcha e pisar nos pedais. Fico feliz por ainda não termos terminado, ou eu nunca teria visto isso.

10

PENELOPE

Vamos chegar logo à casa de Micah.

Eu disse a ele que viria.

Liguei na semana passada. Falei que estava preocupada com Agatha e que Simon precisava de uma viagem de férias. E disse a Micah que estava com saudades.

— Vamos parar em Chicago antes — falei. — No caminho.

Então Micah disse que provavelmente não era uma boa ideia. Que devíamos discutir aquilo antes.

— Não dá tempo. Agatha pode estar em perigo!

Eu não planejava dizer aquilo, mas disse, e não era mentira. Ela podia estar em perigo mesmo. Historicamente, sempre estivera.

Então Micah disse:

— Que surpresa…

— Do que está falando? Não acredita que Agatha esteja em perigo?

— Não, eu acredito. Agatha está em perigo. E Simon está num momento ruim. E Baz tem um segredo sinistro. E provavelmente tem uma conspiração rolando, da qual você não pode falar. Todo o Mundo dos Magos deve estar em jogo!

Decidi fingir que Micah não estava bravo. Que poderia deixar a braveza de lado a qualquer momento sem que aquilo tivesse muita importância.

— Bom, não posso afirmar que *não* tenha uma conspiração rolando…

— Então tá, Penelope. Faz o que quiser. Você sempre faz, no fim das contas.

—Vou fazer o que *tiver* que fazer — eu disse —, não o que eu quiser.

Ele não disse nada.

— Micah? Micah, você está aí?

— Estou.

— Acha que estou inventando tudo?

(Há uma diferença, acredito, entre inventar e exagerar.)

— Não.

— *Micah...* — Tentei usar um tom de voz mais suave, mais baixo. — Talvez você possa ir para a Califórnia com a gente. Seria ótimo contar com você.

—Tenho o estágio.

— Bom, nosso voo vai para Chicago. Se mudar de ideia...

— Agatha talvez esteja em perigo, não é? Melhor pegar um voo que vá direto para lá.

— Imagino que sim...

— Falamos quando você voltar. Quando as coisas se acalmarem aí.

Então ele desligou.

O que me convenceu de que eu estava *certa* em planejar a viagem. Faz tempo demais que eu e Micah não nos vemos. O que quer que precisemos conversar, é melhor que seja pessoalmente.

11

BAZ

O namorado de Bunce mora em um condomínio no subúrbio.

— As casas ficam tão distantes umas das outras — Snow diz. Agora que saímos da estrada, podemos ouvir uns aos outros de novo. — Parece um pouco ganancioso, não? Ocupar todo o espaço possível.

— Elas não ficam tão distanciadas assim — digo.

— Não para você, que cresceu em uma mansão.

— Eu cresci no alto de uma torre — digo. — Com você.

— É aquela! — Bunce diz, apontando.

Embico na garagem e começo a descer do carro, mas Bunce me empurra de volta e passa por cima de mim para sair.

— Vocês esperam aqui.

— Quero ver Micah! — Snow diz. — Tem vergonha da gente?

— Sim — ela diz —, mas volto pra buscar vocês de qualquer jeito. Só quero ficar um pouco sozinha com Micah.

Ela alisa a camiseta, mas ainda parece alguém que passou a noite no avião — e Bunce sempre tem a aparência um pouco absurda, mesmo no seu melhor. Ela se veste como se ainda usasse o uniforme de Watford, ou como se quisesse continuar usando. Saia xadrez curta. Meias até os joelhos. Sapatos boneca ou tipo oxford. A única concessão que faz à vida civil são as camisetas largas. Será que ela percebe que ainda usa tanto roxo e verde?

Na metade do caminho até a porta, ela se vira, ergue as mãos e sussurra: *Fiquem aí!*

— Já entendemos! — Snow grita. —Você tem vergonha da gente!

Bunce joga as mãos para o alto e corre até a casa.

Snow e eu estamos sozinhos. Ele estica o braço e toca o câmbio.

— Ainda está quente.

Assinto.

— É diferente? — ele pergunta. — Do carro que você tem em casa?

— Mais pesado — digo. — Mais difícil de controlar... Quer experimentar?

Snow continua com a mão no câmbio.

— Não sei dirigir nem carro automático.

— Eu... — Dou de ombros. — Posso te ensinar...

— Aqui?

— Por que não aqui? Ninguém vai ver. Não tem carros passando.

Snow parece muito jovem, com as sobrancelhas franzidas, como se não estivesse certo de que tem permissão para fazer isso. Abro a porta do carro.

— Vamos.

Saio, e ele passa para o banco do motorista, secando as mãos no jeans. (Simon Snow nos Estados Unidos: de jeans e camiseta branca, a pele já corando ao sol.)

Assumo seu lugar no banco do carona.

— Vamos lá — digo, parecendo um pouco com um técnico de futebol. — O freio de mão está puxado, então não vamos sair do lugar.

— Tá.

— Agora aperta a embreagem. É o pedal da...

— Eu sei, já joguei *Gran Turismo.*

— Tá. Bom, você tem que estar com o pé na embreagem quando dá a partida e quando muda de marcha. Sente aí.

Ele pisa na embreagem com mais força que o necessário, mas não o corrijo. "Com jeitinho" não está no vocabulário comportamental de Snow.

— Agora põe a mão no câmbio.

Snow obedece. Cubro a mão dele com a minha e tento soltar seu pulso com um chacoalhão.

— Relaxa. Estamos só treinando. O carro está desligado e o freio de mão está puxado. Só quero que você experimente a sensação… — Movo o câmbio para a frente e para trás. — Aqui é o ponto morto. — Empurro sua mão para o lado e para baixo. — Aqui é a ré.

Cima, esquerda, cima.

— Primeira.

Baixo.

— Segunda.

Cima, direita, cima.

— Terceira.

Baixo.

— Quarta.

Snow assente, olhando para nossas mãos.

— Tem um diagrama desenhado no câmbio — ele diz.

— Tá, mas não é para olhar quando você estiver dirigindo. Só sente…

Passo pelas marchas de novo.

— Entendi — ele diz.

Tiro a mão.

— Então agora põe no ponto morto…

Snow levanta a mão para dar uma olhada no diagrama, então volta o câmbio ao ponto morto.

— É muita coisa pra decorar de uma vez só… Pode ser meio frustrante.

— Quem te ensinou a dirigir? — ele pergunta.

— Minha madrasta.

— E ela ficava frustrada?

— Não — eu disse. — Ela era ótima. Eu que ficava frustrado. Bom, agora solta o freio de mão. É aqui.

Ponho a mão esquerda em seu ombro, então estico a mão direita sobre suas pernas para apontar.

— Ela usou magia?

— Para me ensinar a dirigir?

Snow solta o freio de mão.

— Sim.

— Não. Você conheceu Daphne. Ela quase não usa magia.

— Mas dá para usar magia para dirigir?

— Acho que sim, mas aí você não aprende. — Dou uma cotovelada leve nele. — Anda, James Dean, dá a partida.

— É só virar a chave?

— Isso, e pisa de leve no acelerador.

Ele vira a chave, então o carro pula para a frente e morre. Me seguro no painel.

— Muito bem.

— Não foi nada bem, Baz.

— Foi, sim — digo. — É normal. Eu devia ter verificado se o carro estava em ponto morto. Tenta de novo: embreagem, ponto morto, partida, acelerador.

Dessa vez, o carro liga sem problemas. Simon faz o motor roncar e olha para mim, rindo de prazer.

Deixo que ele aproveite por um momento.

— Agora vamos andar. É quando a coisa complica.

— A coisa já está complicada.

— Você vai pisar na embreagem, engatar a primeira, então pisar com cuidado no acelerador ao mesmo tempo que vai soltando a embreagem.

Ele balança a cabeça, como se o que eu estivesse falando fosse maluquice.

— A embreagem é para engatar a marcha — digo. — O carro precisa estar engatado para andar. O acelerador é o que o coloca em movimento.

— Então embreagem, depois primeira... — Sua mão hesita, mas ele consegue. — E acelerador.

Saímos com um solavanco.

— Excelente.

— É?

— É... mas você vai bater naquela caixa de correio.

Simon ergue o olhar do câmbio.

— O que eu faço?!

— Desvia.

— Ah. Tá. — Ele vira o volante. — Ai. Desculpa.

— Sem problema. Você está indo muito bem.

— Por que está sendo tão legal comigo? Quando eu era bom de verdade nas coisas, você nunca era legal assim. Agora que eu fodo com tudo...

— Você está aprendendo. Continua controlando o volante.

— Tá, tá. Vamos até o fim da rua?

— Até o fim da rua.

— Fica com a varinha na mão — ele diz.

— Por quê?

— Caso o pior aconteça.

— Não precisa. — Apoio a mão em seu ombro. Todos os múscu-los de seu tronco estão contraídos. —Você está acelerando um pouco mais agora...

— Desculpa.

— Não, não tem problema. Mas consegue sentir? Está pedindo pra mudar a marcha.

— Quem?

— O motor. Está forçando.

—Ah, tá. Bom. Então eu...

Ele passa sem dificuldade para a segunda.

— Por Crowley, isso foi excelente, Snow.

— Me deixa tentar...

Ele passa para a terceira. É rápido demais para um bairro residencial, mas não muda o fato de que Snow fez tudo direitinho.

— Ótimo, Simon. Você leva jeito pra coisa.

— Acertei?

— Foi perfeito.

— É mais fácil sem pensar.

— Como você costuma dizer.

— Baz?

— Oi?

— Tem um carro vindo, *tem um carro vindo*! Não sei parar!

12

PENELOPE

A mãe de Micah atende a porta. Ela parece confusa ao me ver. O que faz sentido, já que moro em Londres.

— Oi, sra. Cordero — cumprimento.

— Penelope… é tão bom te ver. Micah não me avisou que viria.

— Ah, é meio que uma surpresa — digo. — Tudo aconteceu meio rápido. Ele está em casa?

— Está sim, pode entrar.

Entro na casa deles. Adoro essa casa. Fiquei no quarto de hóspedes quando vim visitar, dois anos atrás. Todos os cômodos são enormes, e só os quartos e banheiros (são *quatro* banheiros) têm porta. E tudo — todas as paredes, todos os móveis e todos os inúmeros armários da cozinha — é de algum tom tranquilizante entre o creme e o bronze.

Tem pelo menos *três* sofás de couro marrom-claro.

Tem *duas* salas beges.

Tem carpetes cor de mingau.

Ai, é tão reconfortante! Minha casa tem todas as cores, nenhuma planejada. E os móveis são de qualquer cor que tenha chamado a atenção do meu pai em bazares. Fora que nossa casa é cheia de coisas. A família de Micah deve ter coisas em *algum lugar*, mas não à vista. Sobre as mesinhas (e quantas são, pelo menos nove?), há apenas vasos creme com flores creme e abajures de mármore marrom-claro.

— Vou só… — A sra. Cordero parece nervosa. Deve saber que eu e o filho dela andamos discutindo. —Vou chamar o Micah.

Sento em um sofá de couro, e uma lulu-da-pomerânia cor de creme vem até mim.

Os pais de Micah são ambos feiticeiros, o que nem sempre acontece nos Estados Unidos. Eles não têm muitas regras para essas coisas aqui, e alguns feiticeiros passam a vida inteira sem conhecer outro que não seja de sua família. Quando se envolvem com normais, os filhos em geral nascem com magia, mas nem sempre, e a maior parte das pessoas acredita que feiticeiros diluídos não são tão poderosos. Mas talvez seja só porque eles pratiquem menos. Quase não tem estudos sobre o assunto, segundo minha mãe.

Micah acha que os feiticeiros ingleses são ligados demais em magia. "Minha família usa magia", ele diz, "mas é só uma parte de nossa identidade."

Bobagem. Se alguém é capaz de fazer magia com as palavras, então é acima de tudo um feiticeiro — o resto é insignificante.

Os pais de Micah trabalham em corretoras de seguro-saúde. Usam magia principalmente nas tarefas do lar.

A cachorra está tentando pular no meu colo, mas é pequena demais. Eu a pego, porque estou com dó dela, e não porque tenha vontade de segurar um cachorro.

Acho mesmo que vai ficar tudo bem. Depois que conversarmos cara a cara. Da última vez que estive aqui, tudo simplesmente se encaixou. A gente se sentiu como um casal de verdade pela primeira vez.

— Penelope?

— Micah!

Levanto, carregando a cachorra. *Micah!*

— Penny. O que está fazendo aqui?

Ele não está sorrindo. Queria que estivesse.

— Eu falei que vinha.

— E eu falei pra não vir.

— Mas eu ia estar por aqui de qualquer jeito...

— A Califórnia não é por aqui.

— Você disse que precisávamos conversar, Micah. Eu concordei. Vamos conversar.

— Faz seis meses que eu digo isso, Penny, e você ficou adiando.

— Não fiquei…

Micah está de braços cruzados. Parece muito diferente desde a última vez que o vi. Está com um daqueles bigodes com cavanhaque horríveis. Quando foi a última vez que nos falamos por Skype?

— Micah, não entendo por que você não ia me querer aqui. Sou sua namorada.

Do jeito que ele me olha, é como se eu tivesse dito uma frase ridícula. (Tipo: *Vou deixar um bigode e um cavanhaque horríveis, o que você acha?*)

— Penelope… mal nos falamos no último ano.

— Porque estávamos ocupados.

— E nos falamos ainda menos no outro ano.

— Bom, foram circunstâncias extremas, você sabe.

— Não pode me evitar por dois anos e ainda achar que estamos num *relacionamento*.

— Micah, eu não estava te evitando. Por que diz isso?

— Você não estava fazendo *nada* em relação a mim. Nós não éramos nada. Falei mais com minha avó do que com você.

— Agora estou competindo com a sua avó?

— Não tanto quanto tive que competir com Simon Snow.

A cachorra late.

— Você sabe que não tem nada rolando entre a gente.

Ele revira os olhos.

— Eu sei. Sei mesmo. Mas sei também que ele é importante pra você… de um jeito que eu nunca fui.

— Por que nunca me contou que era assim que se sentia?

— Rá! — Micah diz. Como se eu estivesse tentando ser engraçada de um jeito ridículo. — Eu tentei. Mas um tornado teria me ouvido mais. Bom, você *é* um tornado.

Fico confusa.

— Não tem tornados na Inglaterra, então...

— Bom, você é um vendaval, Penelope Bunce. Impõe sua vontade, e nada mais importa. Tentei falar com você sobre isso um monte de vezes, mas você simplesmente me ignorou.

— Isso não é justo! — digo.

Estou perdendo a paciência.

Ele não.

— É mais que justo: é verdade. Você não me ouve!

— Ouço, sim.

— É mesmo? Eu disse que estava cansado de namorar à distância...

— E eu concordei que era cansativo! — digo.

— Eu disse que achava que a gente estava se distanciando...

— E eu disse que era natural! — meio que grito.

Ele continua me olhando como se eu não fizesse nenhum sentido.

— Para você, o que significa estar num relacionamento, Penny?

— Significa... que amamos um ao outro. E que resolvemos essa parte da nossa vida. Que sabemos com quem vamos ficar juntos no final.

— Não — ele diz, pela primeira vez na conversa parecendo mais triste que de saco cheio. — O relacionamento não tem a ver com o final. Tem a ver com estar juntos a cada passo do caminho.

— Micah? — Uma menina entra na sala. — Ouvi gritos, e sua mãe disse que estava tudo bem, mas...

— Está tudo bem — ele diz, calmo. — Eu já volto.

A menina continua olhando para mim. Tem cabelo escuro e comprido e quadris largos. Está usando um vestidinho florido.

— Você é a Penelope — ela diz.

— Sou.

— Eu sou a Erin. Prazer.

Ela avança na minha direção com a mão esticada, mas é como se segurar a cachorra já consumisse todas as minhas forças.

— Só preciso de uns minutos — Micah diz. — Posso explicar...

— Ainda bem — digo.

Ele olha para mim, como se eu estivesse sendo inacreditavelmente tola.

— Eu não estava falando com você, Penny. Pelo amor de Deus.

— Micah, o que está acontecendo? Você está terminando comigo?

— *Não* — ele diz. — Eu já terminei, meia dúzia de vezes. Mas você não ouve!

— Tenho certeza de que você nunca disse: *Penelope, quero terminar com você.*

— Mas disse de todas as outras maneiras! Ficamos dois meses sem nos falar, e você nem notou!

— Tenho certeza de que estava envolvida em algo muito importante!

— Eu também tenho! Algo muito mais importante que eu!

Eu fico tentada a dizer: *Não, Micah, você está errado. Isso é um erro, e não vou aceitar.*

E talvez fizesse isso se a tal da Erin não estivesse aqui. Acho que ela é normal, a menos que tenha uma varinha escondida nas costas do vestido, porque nada que está usando poderia conter magia. Pulseiras baratas e uma rasteirinha. Se não fosse por ela, eu diria a Micah: *Vou embora. Me liga quando estiver com a cabeça no lugar.*

Em vez disso, digo:

— Minha mãe conheceu meu pai no terceiro ano e soube imediatamente que eles iam se casar um dia.

— Não é o nosso caso — ele diz. — Não é o caso de quase ninguém.

Ele está certo…

…

… Que vergonha.

Vou embora, sem me despedir dele, de Erin ou da sra. Cordero. Estou no meio do caminho até o carro quando Micah me alcança.

— Penelope!

— Não quero mais falar com você!

— Não, você... você está com a cachorra da minha mãe.

Ele a pega dos meus braços, e a cachorra late, como se quisesse voltar para mim. Micah trota de volta para casa.

Estou chorando, e nem consigo acreditar que vou ter que encarar Simon e Baz agora. Não acredito que vou ter que explicar tudo a eles...

O carro sumiu.

Eles não estão aqui.

13

SIMON

Estou dirigindo. Estou dirigindo de verdade. Tudo bem que é dentro do condomínio Havenbrook, e não na rodovia, mas estou atrás do volante, controlando mais de um pedal, e se eu penso muito a respeito piso no freio em vez de na embreagem, e o carro sacode e morre, mas isso só aconteceu duas vezes, e Baz está agindo como se eu tivesse um talento natural para a coisa.

— Perfeito, Snow — ele continua dizendo.

Eu preferia que dissesse "Perfeito, Simon", mas aceito o elogio. Ele está com a mão no meu ombro, e sinto que não estou fazendo nada neste momento que possa decepcioná-lo.

— Acho que está pronto para uma rua de verdade — Baz diz.

— Não estou pronto para outros carros.

— O único jeito de estar pronto é tentando. Não tem como treinar de outro jeito.

Passamos pela entrada do condomínio. Consigo ver a estrada lá fora.

— Devo arriscar?

— Claro. Anda, Snow. Viva perigosamente — diz o vampiro me ensinando a dirigir.

— E quanto a Penny? — pergunto, enrolando.

— Não acho que esteja sentindo a nossa falta, mas podemos dar uma olhada.

— Você lembra o endereço?

Arregalamos os olhos. Todas as casas neste condomínio parecem iguais, com uma mínima alteração, a cor variando entre cinco tons, todos suaves.

— Acho que a casa dele era marrom-clara — Baz diz.

— Este marrom-claro — digo, apontando para uma — ou aquele marrom-claro? — Aponto para outra.

— Isso não é marrom-claro, é cinza quente.

— Todas são meio cinza quente — digo —, até aquela verde.

— Não vejo nenhuma verde.

— Aquela ali.

— Aquela é bege.

Nunca teríamos encontrado a casa se Penny não estivesse sentada no meio-fio. Ela levanta quando nos vê e entra no carro antes que tenhamos parado totalmente ou aberto a porta, desabando com tudo no banco de trás.

— Desculpa, Bunce. Snow ficou dirigindo em círculos.

— Todas as ruas neste lugar são circulares!

Penny está cobrindo o rosto.

— Vamos embora.

Eu me viro no banco.

— Mas quero ver o Micah!

— Pra quê?

— Também preciso usar o banheiro.

— Só dirige, Simon!

— Acho que é melhor eu dirigir — Baz diz.

Ele sai, e eu passo para o outro banco, de onde me inclino para trás para olhar para Penny.

— Está tudo bem?

Ela deita de barriga para baixo.

— Desculpa por ter te deixado esperando — digo. — Micah não estava?

A voz dela sai abafada quando diz:

— Não quero falar sobre isso, Simon.

Baz faz o retorno para voltarmos.

— Então vamos falar sobre aonde vamos agora.

— Ao banheiro — eu digo.

— San Diego — Penny diz.

Baz me leva ao Starbucks para que eu possa usar o banheiro. Quando saio, trazendo um frappuccino enorme nas cores do arco-íris, ele está gritando para Penny:

— Trinta e uma horas até San Diego?!

— Isso não pode estar certo — Penny diz. — É tipo dirigir de Londres a Moscou. Me deixa ver. — Baz estava olhando para o celular de Penny, que o pega de volta. — Mas é o mesmo país...

— Achei que a gente quisesse fazer uma viagem de carro — digo, entrando.

— Três horas é uma viagem de carro — Baz diz. — Com um intervalo no meio para fazer um piquenique gostoso. Mas isso são três *dias* de viagem. E voltamos para casa em sete dias. — Ele olha para Penny, desdenhoso. — *Vamos só dar uma paradinha em Chicago no caminho para San Diego*, você disse.

Penny continua olhando para o celular.

— Como eu ia saber que cada um desses estados do meio é do tamanho da França? Nunca nem ouvi falar em Nebraska.

— Bom, vamos passar um dia inteiro lá — Baz diz —, então agora vai conhecer.

Três dias de estrada não me parece tão ruim. As viagens dos filmes sempre levam um tempão, assim os personagens têm tempo de viver algumas aventuras. Ninguém tem uma aventura em três horas. (Bom, eu já tive algumas. Mas sou um caso bem extremo.)

Baz parou de olhar para Penelope e começou a olhar para mim.

— O que é isso que você está bebendo, Snow?

— Frappuccino unicórnio.

Ele franze a testa.

— Por que tem esse nome? Tem gosto de lavanda?

— Tem gosto de pirulito de morango — digo.

Penny faz cara feia para Baz.

— Pelo amor das cobras, Basil, não acredito que você sabe que gosto unicórnio tem.

— Cala a boca, Bunce, era unicórnio de fonte sustentável.

— Unicórnios *falam*!

— Eles só são capazes de jogar conversa fora. Não é como comer um golfinho.

Baz pega meu frappuccino e toma um belo gole.

— Nojento. — Ele me devolve o copo. — Não parece em nada com unicórnio.

Ele tira os óculos escuros para esfregar os olhos. Estão fundos e com olheiras.

— Está com sede? — pergunto.

— Sim — ele diz. — Vou entrar e pegar um chá.

— Não foi isso que eu quis dizer.

— Eu sei o que você quis dizer. Mas não vou sair para caçar no subúrbio à luz do dia.

— Podemos comprar um sanduíche — digo.

— Estou bem, Snow.

— Tá, mas eu quero um sanduíche.

Baz diz que é seguro eu dirigir na estrada.

— É mais fácil do que dirigir na cidade.

Ele está certo, embora entrar numa via em que os carros seguem a oitenta quilômetros por hora seja bastante assustador, e eu acabe cometendo algum erro que faz o motor choramingar como um cachorro.

Mas então pegamos a estrada, e é incrível. Com a capota baixada, dirigir é quase como voar, sentindo o vento quente no cabelo e contra a pele. Minha camiseta se agita, e o cabelo preto de Baz chicoteia em volta de seu rosto como chamas.

Penelope continua sentada no banco de trás. Dá para ver que tem algo errado, mas ela não quer falar a respeito. Ela nem tocou no sanduíche. Imagino que tenha discutido com Micah.

14

BAZ

Tem algo de muito errado com a Bunce. Ela está jogada no banco de trás como um coelho morto. Mas não consigo me concentrar nisso, por causa *do sol* e *do vento* e porque estou muito ocupado fazendo uma lista.

Coisas que eu odeio

1. O sol.
2. O vento.
3. Penelope Bunce sem um plano.
4. Sanduíches americanos.
5. Os Estados Unidos da América.
6. A banda America, que eu não conhecia até uma hora atrás.
7. Kansas, outra banda à qual fui recentemente apresentado.
8. Kansas, o estado, que não fica muito longe de Illinois, então deve ser uma porcaria.
9. A porra do estado de Illinois, com toda a certeza.
10. O *sol* nos meus *olhos.*
11. O *vento* no meu *cabelo.*
12. Carros conversíveis.
13. Eu mesmo, acima de tudo.
14. Meu coração mole.
15. Meu otimismo idiota.

16. As palavras "viagem" e "carro", quando intermediadas por "de" e ditas com entusiasmo.

17. Ser um vampiro, pra ser sincero.

18. Ser um vampiro na porra de um conversível.

19. Um vampiro morrendo de sede em um conversível ao meio-dia em Illinois, que aparentemente é o lugar mais iluminado do mundo.

20. O sol, que fica *quilômetros* mais perto de Minooka, em Illinois, do que de Londres, na abençoada Inglaterra.

21. Minooka, Illinois, que parece péssima.

22. A porcaria desses óculos escuros.

23. A porra do sol! Já entendi, você brilha pra caralho!

24. Penelope Bunce, que teve essa ideia. Uma ideia que não foi acompanhada por um *plano*. Porque ela só queria mesmo era ver o idiota do namorado, que claramente ferrou com tudo. O que já deveríamos esperar de alguém de Illinois, a terra dos condenados, um lugar que consegue ser quente e úmido ao mesmo tempo. A gente espera que o inferno seja quente, mas não úmido também. Mas é isso que constitui o inferno, olha só que pegadinha! O diabo é esperto!

25. Penelope Bunce, a gênia.

26. E todas as suas ideias idiotas. "Vai ser bom pra todos nós", ela disse. Tudo o que ouvi foi "Vai ser bom pro Simon". Por Crowley... Talvez ela estivesse certa... Olha só pra ele. Está feliz como um pinto no lixo. Parece até que alguém lançou um feitiço pinto-no-lixo sobre ele. O que eu considerei fazer *inúmeras* vezes nos últimos seis meses. Porque estou *muito* cansado, e não sei como... Quer dizer, não tem nada... Não sei o que fazer com ele.

27. O Mago. Que descanse sem paz.

28. Penelope, por talvez estar certa quanto a Simon. E os Estados Unidos. E essa porcaria desse conversível. Porque olha só para ele...

Fora do sofá, fora do apartamento. Do outro lado do oceano, sob o sol.

Simon Snow, dói olhar para você quando está feliz assim.

E dói olhar para você quando está deprimido.

Não há um momento seguro para olhar para você, nada em você que não arranque meu coração do peito e o deixe exposto e vulnerável.

Simon olha para mim.

— O que foi?

— Nada — digo.

— Quê?! — ele grita. Não consegue ouvir nada do que digo com o vento, o motor do carro e o rock clássico tocando.

— Odeio a porra desse carro! — grito de volta. — O sol está me queimando! Posso pegar fogo a qualquer momento!

O vento deixa o cabelo de Simon mais liso. Seu rosto está franzido — por causa do sol e dos sorrisos.

— *Quê?* — ele volta a gritar pra mim.

—Você é tão lindo! — grito pra ele.

Simon desliga o rádio, então agora só precisamos gritar por cima do vento e do barulho do motor.

— O que você disse?

— Nada!

—Você está bem? Parece meio doente…

— Estou bem, Snow… Olha pra estrada!

— Quer que eu acione a capota?

— Não!

—Vou acionar!

Ele se estica para apertar o botão.

— Espera!

Ouço um rangido metálico. Olho para trás: a capota subiu uns quinze centímetros e parou.

—A gente puxa na mão! — Simon grita. — Quando parar!

★ ★ ★

A capota do carro está totalmente emperrada.

Simon está ajoelhado no banco de trás, puxando com toda a força, mas ela não cede.

— Acho que não pode levantar com o carro andando — digo.

— Mas sempre fazem isso nos clipes… — Ele puxa do outro lado.

— E nos filmes do 007.

Estou exausto, queimado de sol e morrendo de fome. E prestes a entrar em um shopping cheio de doadores de sangue em potencial. A única vantagem do conversível é que não consigo sentir o cheiro de Simon e Penny quando estamos na estrada…

Embora eu esteja bem acostumado a como os dois cheiram quando estou com sede. Simon cheira a cozinha depois que a gente faz pipoca e derrete a manteiga. Levemente queimado, com a sensação de algo redondo, amarelo e gorduroso grudando no céu da boca. Bunce é mais pungente e picante, como vinagre e melaço. Ela esfolou o joelho uma vez e meu nariz ficou queimando por horas.

Eles provavelmente não iam gostar se soubessem que já pensei em que gosto teriam, mas acredito *mesmo* que estou fazendo um enorme favor a eles só de não chupar o sangue deles. De não chupar o sangue de ninguém, aliás. Estou morrendo de sede, mas não posso caçar até que o sol se ponha. Então, enquanto isso, vou jantar no shopping, de modo que todo mundo sobreviva.

— Vem, Snow — digo. — O cheesecake nos aguarda.

Bunce já está lá dentro. Ela foi direto para o restaurante, assim que estacionamos.

— Não podemos deixar a capota baixada — ele diz. — Não consegue resolver com um feitiço?

— Claro, tenho uma dezena de feitiços para consertar carros conversíveis.

— Boa.

— Estou brincando. Não há feitiço pra tudo nessa vida. Esqueceu que mencionavam isso todo dia em Watford?

Simon sai do carro.

— É, eu queria ter prestado mais atenção nas aulas. Aí talvez pudesse ser *alguém*.

O ressentimento é notável em sua voz, mas quando se vira para mim Simon começa a rir.

— O que foi?

Ele desvia os olhos, cobrindo a boca.

— Do que está rindo?

Simon baixa os olhos e sacode a mão para mim.

— Seu... seu...

Me recuso a me olhar.

— Meu o quê, Snow?

— Seu cabelo.

Me recuso a tocar meu cabelo.

— Você parece aquele cara, com a peruca... — Ele finge tocar piano. — Tã-tã-tã-tãããã...

— Beethoven?

— Não sei o nome dele. O cara com a peruca enorme. Tem um filme sobre ele.

— Mozart. Você está dizendo que pareço Mozart.

— Você tem que ver, Baz, está demais.

Não vou ver. Viro na direção do shopping. Imagino que Snow vai vir atrás.

Estou parecendo Mozart. Pareço um membro de uma daquelas bandas de metal. (Também pareço bastante queimado de sol, de um jeito diferente, mas não me arrisco a piorar usando magia.) Aponto a varinha para meu cabelo e lanço um nos-trinques. Quando não funciona, enfio a cabeça debaixo da torneira.

Por sorte, só tem eu no banheiro masculino do Cheesecake Factory.

Eu queria ir comer em um restaurante de verdade. Des Moines, Iowa, certamente tem restaurantes de verdade. Mas Simon queria algo de que já tivesse ouvido falar, algo "tipicamente americano". Depois que ele viu a placa do Cheesecake Factory, a discussão estava encerrada.

Quando saio do banheiro, ainda parece que faço parte de uma banda anos 80, mas um pouco menos metal. Tipo Fizz ou Wham!. (Minha mãe era louca pelo Wham!.)

Encontro Snow e Bunce em uma mesa reservada gigante, com bancos de vinil. Ele ataca a cesta de pães enquanto analisa um cardápio com tantas páginas que parece um caderno. Penny está sentada à sua frente, e já vi zumbis mais animados.

— Esse cardápio é impressionante — Simon diz. — Tem uma página inteira só de tacos à base de folhas. Tem macarrão com queijo, normal ou frito. E todo tipo de frango. Olha, *frango com laranja*.

Sento ao lado dele.

— O que é frango com laranja?

—Vamos ter que pagar pra ver.

Quando a garçonete chega, peço um filé tão cru quanto possível. Snow pede o "hambúrguer americano". Bunce diz que vai comer o que estamos comendo.

— O hambúrguer ou o filé? — a garçonete pergunta.

— Penny — Simon diz —, você não come carne vermelha.

— Ah — ela diz. — Então vou comer... vou comer o que as pessoas costumam comer.

— Nossas buffalo wings são famosas...

— Mas búfalo não é carne vermelha? — Simon me pergunta.

Dou de ombros. Não sei nada sobre búfalos.

— É frango — a garçonete diz. — O molho se chama buffalo.

—Tá — Penny concorda.

— Acho que ela pode comer sem o molho... — Simon murmura depois que a garçonete vai embora.

Sei que Bunce se encontra em um estado catatônico, mas precisamos discutir um plano agora. Preciso da velha Bunce de volta. Com lousas e diagramas.

— Então, quanto a hoje à noite — digo. — Imagino que a gente não tenha onde dormir.

Snow e eu esperamos uma resposta. Bunce fica olhando para um ponto entre a cesta de pães e o ombro de Simon.

— Certo — digo. — Passa seu celular, Bunce, vou encontrar um hotel pra gente... Bunce? *Penelope.* — Ela levanta o rosto. — Seu celular.

— Morreu no carro — ela diz. — Não tinha como carregar.

— Onde está o seu celular? — Simon me pergunta.

— Não funciona fora do país.

— E por que você não habilitou?

Porque estou no plano dos meus pais, e não queria que eles soubessem que eu ia viajar para o exterior, mas não preciso que Simon saiba disso.

—Você habilitou o seu? — pergunto a ele.

— Não. Achei que você e Penny fossem fazer isso.

Penny está olhando para as próprias pernas agora.

— Penelope? — Simon a chama. — Está tudo bem?

— Óbvio que não — sussurro.

— Penelope?

— Quero ir pra casa — ela diz de repente.

Simon se recosta.

— Oi?

— Foi um erro. — Ela está mais parecida consigo mesma, mas com um toque maníaco que não me agrada. — Não pensei nisso direito. Desculpa.

— Podemos fazer isso? — pergunto. — Nossas passagens...

— Deve ter um feitiço pra trocar — ela diz.

— Não há um feitiço para tudo — Simon diz, aborrecido.

Ela dá de ombros.

— Então vamos comprar outras passagens.

Bufo.

— Já roubamos essas!

Bunce não vai ceder.

— Então *você* pode comprar pra gente, Baz, já que é rico.

Não é do feitio dela jogar meu dinheiro na minha cara.

— Eu recebo mesada — digo. — E não posso usar o cartão de crédito. Meus pais nem sabem que estou aqui.

— Bom — ela diz —, os meus também não.

Simon parece magoado.

— Por que vocês não contaram aos seus pais?

— Porque era uma péssima ideia, Simon — a voz dela está falhando —, e eles não teriam deixado!

Simon apoia os cotovelos na mesa e leva a testa às mãos.

— Podemos pagar por este jantar?

— Eu pago — digo. — Mas não posso pagar por passagens de avião. E não podemos continuar roubando. Uma indiscrição juvenil é uma coisa... o conciliábulo pode fazer vista grossa. Mas isso está se transformando numa série de crimes.

— Não é uma série de crimes! — Penny retruca. — Não estamos roubando bancos nem matando ninguém.

— Por enquanto! — digo.

— Eu só... — O queixo dela está tremendo. — Achei mesmo que isso ia funcionar. Achei... — Ela fecha os olhos e abre a boca, inspirando fundo, então aperta os lábios e expira pelo nariz. Preciso de um segundo para me dar conta de que está tentando não chorar. — Achei que fosse ser diferente se falasse com ele cara a cara. E *foi*. Foi muito diferente.

— Está falando de Micah? — Snow pergunta.

— É claro que ela está falando de Micah — digo.

Simon continua insistindo com ela.

— Ele terminou com você?

— Ah, não. — A voz de Bunce sai fraca. — Aparentemente já tinha feito isso. Mas eu não entendi o recado.

— Que merda — Simon sussurra.

Ambos nos recostamos no banco, como se tentássemos nos afastar daquela notícia ruim. Como se Bunce de repente fosse contagiosa.

E eu sei que isso me torna um escroto, mas a primeira coisa que me ocorre é que talvez Simon e eu talvez tenhamos nos safado. Como se a Morte dos Relacionamentos tivesse levado Penelope e Micah por acidente, em vez de nós.

15

SIMON

Penelope e Micah vão se casar, e ela vai se mudar para os Estados Unidos e me deixar sozinho — me preparo para isso desde o sexto ano.

Penelope e Micah não têm dúvidas.

Nunca vi Penelope se preocupar se Micah ainda a amava ou não, ou se a amava do jeito certo. Nunca a vi no corredor com as amigas, chorando por causa dele. (Penny não tem amigas, na verdade. Só Agatha, mais ou menos. E a mãe dela. E eu...) Penelope e Micah nunca brigam. Ele nunca esquece o aniversário de namoro. Nem acho que Penny liga para aniversários.

Quando ela fala de Micah, parece mais forte, mais confiante. Não pisca. Não duvida. Nunca a vi implicar com ele por motivos bobos, como tanta gente faz. Nunca a ouvi dizer "O que isso significa?", ou "Por que está usando esse tom de voz?". Nunca a vi revirar os olhos quando ele estava falando — ou suspirar de forma passivo-agressiva, como quem diz "Estou tão cansada de você. Cala a boca, cala a boca, cala a boca".

Acho que não os vejo juntos desde o quarto ano. E eles não estavam apaixonados de verdade na época, eram só crianças. Micah era o maior nerd. Só queria estudar e falar de videogame. Penelope gostou dele na hora — o que nunca acontece. Acho que nem gostou *de mim* imediatamente. Foi mais como se tivesse se encarregado de mim imediatamente. Como se eu fosse uma presa fácil. Talvez Micah também fosse. Ele seguia Penny por Watford, praticando feitiços, pegando pokémons e comendo doces de semente de gergelim, que a mãe dele importava de Porto Rico e nos enviava de Illinois. (Não eram exatamente ruins. Talvez um pouco borrachudos.)

Não havia internet em Watford, então Penny e Micah se correspondiam por meio de cartas durante o ano letivo. Tenho tantas lembranças de Penny correndo para o gramado com uma carta de Micah que elas se mesclam em uma única: Penny de saia xadrez e meia até os joelhos, sorrindo, com um envelope branco na mão.

Penelope e Micah iam *se casar*.

E agora... Por Merlim, e agora?

Baz e eu não dizemos nada, mas Penny assente mesmo assim.

— Tem certeza... — eu tento.

— Muita — ela diz.

— Talvez seja melhor esperar até amanhã.

— Não.

— Talvez...

— Não! Simon! Ele já está com outra pessoa.

— Cretino — Baz solta.

— Não. — Penny ri. — Ele não é um cretino, só... — Ela olha para mim. — Só não está apaixonado por mim. — Seus ombros começam a sacudir, e um segundo depois ela está chorando. — Acho que o tempo todo era só coisa da minha cabeça.

— Buffalo wings?

Quem traz a comida é um garçom. Baz pega os pratos, então dispensa o cara com um aceno enquanto ele ainda perguntava se queremos ketchup ou molho. Por Crowley, meu hambúrguer é maravilhoso. E vem batata junto. O filé de Baz está tão malpassado que parece gelatina de morango.

— Não foi coisa da sua cabeça — digo. — Ele te escrevia.

Podemos comer?, me pergunto. *Ou é um assunto trágico demais para comer?*

— Éramos só amigos por correspondência — Penny diz.

—Vocês se falavam por Skype. Ele disse que te amava. Eu ouvi.
Isso só a faz chorar mais.

— Bom, parece que ele não estava falando sério!

Ela pega uma asinha de frango e dá uma bela mordida em meio
às lágrimas. (*Eba, podemos comer!*)

— Ele disse que a culpa é minha — ela fala com a boca cheia. —
Que eu não queria um relacionamento de verdade. Micah disse que
eu só queria ter um namorado, pra poder riscar isso da minha lista e
me preocupar com coisas mais importantes.

Baz pega os talheres e começa a cortar o filé cuidadosamente.

— Sei o que está pensando, Basilton. Sei que concorda com ele.

— Não concordo com ele, Bunce.

— Mas?

— Não concordo com ele. E não sei nada sobre relacionamentos.

— Mas eu tinha mesmo riscado isso da lista — ela diz. — Achei
que fôssemos nos casar.

Ela está chorando bastante agora.

Baz larga os talheres e passa para o lado de Penny da mesa. Ele tira
a asinha de frango da mão dela e depois a abraça.

— Por favor, cuidado para não engasgar, Bunce. Imagina a humilhação que seria morrer no Cheesecake Factory.

Penny se vira para ele e chora em seu ombro.

— Micah está certo — ela soluça. — Não dei valor a ele.

— Talvez — Baz diz —, mas isso não é desculpa para o que ele
fez. O cara é um covarde.

— Ele disse que é impossível me dizer o que eu não quero ouvir!

Os olhos de Baz encontram os meus e nós dois fazemos uma careta, porque é verdade.

— Gosto disso em você — digo.

— Todos gostamos — Baz diz. — Se você não fosse tão implacável, o Mago e o Oco ainda seriam uma praga assolando o mundo.

— Mas você não ia querer ser meu namorado — ela diz.

— Eu nunca ia querer ser seu namorado — ele responde, sincero —, mas não porque você é teimosa. Esse é bem o meu tipo.

— Sou tão boba, Baz!

Ele acaricia as costas dela e deixa que Penny chore em sua camisa. Eu o amo muito, e quero lhe dizer isso. Mas nunca consegui, e agora definitivamente não é o momento.

Baz olha para mim, com urgência nos olhos.

— Troca de lugar comigo, Snow. Estou prestes a beber todo o sangue dela.

Penelope se endireita — não tão rápido quanto deveria, no entanto. Baz se desvencilha de seus braços, seu cabelo e do banco.

Ele balança a cabeça, tentando esvaziá-la.

— Acho que vou lá fora. Só um pouco.

Ele está branco como papel, embora suas bochechas e seu nariz pareçam meio corados e escuros. Baz caminha para a saída, passando perto da atendente da entrada, depois pela porta.

Eu sento ao lado de Penny e puxo meu prato.

— Sei que você não come carne vermelha — digo —, mas este hambúrguer tem gosto de América.

Ela pega uma batatinha.

Eu a abraço.

— Sinto muito.

— Não precisa — ela diz.

— Sinto que a culpa é minha.

— Você apresentou Micah a uma menina chamada Erin?

— Não, mas eu… — Minha voz morre, em constrangimento. — Sei que você decidiu fazer faculdade na Inglaterra por minha causa.

— Não seja bobo — ela diz.

— Não estou sendo. — Encaro seus olhos castanhos. — Penny, eu não sou bobo.

Ela retribui meu olhar.

— Simon, acho que eu teria vindo estudar nos Estados Unidos se quisesse de verdade. Teria te trazido comigo.

— Teria?

— Não. Baz nunca permitiria. — Ela olha para o prato. — Bom, eu estava feliz. Com minha relação com Micah daquele jeito. Com a distância. Era o bastante para mim.

16

BAZ

Ainda está claro, mas não posso esperar mais. Tenho que matar alguma coisa. Ou encontrar um bicho morto...

Vou para os fundos do shopping, atrás de umas caçambas. Não tenho ideia de que tipo de vida selvagem pode ser encontrada no oeste de Des Moines. Ratos, provavelmente, mas a esta altura vou precisar de uma infinidade deles.

Tem algumas casas na colina. Odeio usar esse feitiço, mas estou desesperado. Agacho e estendo a varinha sobre o chão, usando toda a magia que tenho disponível.

— *Vem, gatinho, vem!*

Quando volto à mesa, a garçonete está servindo três fatias monstruosas de cheesecake.

Simon está sentado ao lado de Penny, e eu estou cheio de carinho por ambos. (Provavelmente efeito colateral de ter tomado o sangue de uns nove gatos.) Vou até o banco deles.

— Chega pra lá — digo, e pego um garfo.

Simon aponta para os cheesecakes.

— Este é o Ultrajante, este é o Definitivo e este é o Extremo.

— Não, este aqui é o Extremo — Bunce diz, dando uma mordida imensa. — O que tem bolacha Oreo.

Dou outra garfada no mesmo cheesecake e cubro a boca.

— Hum, que delícia.

— Estamos no Cheesecake Factory — Simon diz. —Valeu a pena pagar pra ver.

Depois do jantar, estamos todos acabados. Queríamos continuar até Iowa, mas estamos sentindo a diferença de fuso e cheios de cream cheese, e ainda parece que alguém apagou a chama-piloto de Bunce.

Acabamos em uma pousada perto da estrada. É barata, mas o quarto é enorme e tem duas camas grandes. Bunce se joga em uma. Eu a cutuco com o pé.

— Põe o celular pra carregar.

Snow e eu continuamos segurando nossas malas. *Poderíamos* pegar a outra cama. Já dividimos uma. Algumas vezes. Já…

Estar com Simon não é como eu imaginei que seria.

A princípio, parecia que todos os meus sonhos tinham se tornado realidade, que ele finalmente era meu. Meu para amar, meu para dividir a vida, meu para acompanhar, simplesmente meu. Eu nunca havia namorado. "Quero ser seu namorado. Um péssimo namorado", Snow me disse uma vez, e eu mal podia esperar.

Talvez devesse ter acreditado no que dizia.

Porque nós dois somos péssimos namorados.

Mas somos bem bons nisso — em ficar desconfortáveis no mesmo lugar, sem dizer o que estamos pensando, nos espremendo em uma sala cheia de elefantes. Somos campeões nisso.

— Eu fico com o sofá. — Snow passa por mim e joga a mala perto do canapé marrom. — Minhas asas vão abrir no meio da noite.

Fico com a cama.

Sou o único que toma banho. Mas também sou o único que passou meia hora atrás de uma caçamba, lutando contra gatos tigrados.

Tenho um arranhão feio no pescoço, e meu nariz ainda está queimado do sol. (Isso nunca me aconteceu, e não tenho certeza de que vai melhorar. Talvez seja assim que os vampiros ficam desfigurados.) Fico feliz de ter trazido uma nécessaire de casa. O sabonete do hotel cheira a marshmallow.

Quando saio do banheiro, as luzes estão apagadas, e não sei dizer se os dois estão dormindo.

Fico deitado na cama por um tempo, olhando para o ventilador de teto na escuridão. Desconfio que Bunce esteja chorando.

Não a culpo. Não tenho metade da segurança que ela tinha, e não suporto a ideia de perder o que tenho.

17

SIMON

O quarto é gelado.

Penny está chorando.

Baz está limpo. Ele abre a porta do banheiro, deixando vapor perfumado de cedro e mexerica escapar. Isso me leva de volta ao nosso quarto em Watford. A todas as manhãs em que ele saía do chuveiro e eu fingia que não ligava — não, não era fingimento. Eu só não sabia.

Eu genuinamente não sabia como me sentia.

Eu achava que o odiava. Pensava nele o tempo todo. Sentia sua falta durante as férias. (Achava que só me sentia solitário. Achava que tinha fome. Achava que estava entediado.)

Baz saindo do banheiro com o cabelo penteado para trás. Baz diante do espelho, dando o nó na gravata da escola. Eu nunca desviava o olhar dele.

Costumávamos passar todas as noites juntos e acordar juntos todas as manhãs.

Quanto tempo faz que não pego no sono ouvindo a respiração dele?

Se eu me mantiver acordado, posso sentar e ficar vendo Baz dormir? (Eu costumava ser assim descarado.)

Não era para ser desse jeito. Baz e eu deveríamos nos matar.

Depois não era para ser desse jeito. Baz e eu devíamos ficar juntos.

Fui eu que fodi tudo (sempre sou eu que estou fodendo tudo), por ser totalmente fodido. Por não querer falar com ele. Por não querer que ele passe a noite lá em casa. Por não querer que olhe para mim. (Por não querer que ele me veja, na verdade.)

— Como pode esperar que eu faça isso? — perguntei uma noite. Quando ele... Quando nós...

— Achei que você quisesse — Baz disse.

E eu queria. Mas então não queria mais.

— É coisa demais — eu disse. — Você está me pressionando.

— Não estou te pressionando. Não vou te pressionar. Só me diz o que você quer.

— Não sei — eu disse. — Eu mudei.

— Como assim?

— Não *sei*. Para de me pressionar.

— É de sexo que estamos falando?

— Não!

— Tá bom.

— Talvez seja.

— Tá. Eu não sei o que você quer, Simon.

— É coisa demais.

Foi a última vez que tentei explicar a ele como me sentia, e a última vez que ele me pediu que o fizesse. Ainda não tenho respostas. O que eu quero?

Baz é a única pessoa que já desejei. A única pessoa que já amei assim.

Mas quando penso nele me tocando, quero correr. Quando penso em beijá-lo...

Não dá para se esconder de alguém te beijando, mesmo que se feche olhos.

Ouço Baz levantando e se movendo no escuro. Me pergunto se está com frio. Ou com sede. Então, em uma onda de calor, cedro e mexerica, ele beija minha bochecha.

— Boa noite, Snow — Baz diz.

Então o ouço deitar na cama.

18

AGATHA

Ginger se esgueira para dentro do quarto, tentando não me acordar.

Faz horas que voltei para o quarto. Não ia suportar a sessão de crioterapia da noite. Ou a cantoria na varanda. (Que mesmo do quarto dava para ouvir. Juro que esses caras só conhecem duas músicas: "Everybody Wants to Rule the World" e aquela do Queen sobre querer viver para sempre. É tipo andar de carro com meu pai.)

— Não estou dormindo — digo.

— Deveria estar! — Ginger sussurra. — O dia amanhã vai ser puxado.

— É você quem está acordada até tarde, de bobeira na mansão de outra pessoa.

Ela dá uma risadinha, mas não responde.

— E por que amanhã vai ser puxado? — pergunto. — Você vai mudar de nível?

— Não, isso só acontece na última noite. Acho que tem uma cerimônia.

— E o que isso significa? Você vai ganhar um broche e uma chave do clubinho?

— Significa que vou ser um deles. Tipo, uma das pessoas que vai conduzir a humanidade *adiante*. Rumo à luz.

— Por favor, Ginger, não siga ninguém rumo à luz.

— Estou falando sério, Agatha. É como se eles me vissem pelo que sou. Meu espírito.

— Eu só… O que isso significa, sabe? A maioria deles inventou a internet ou trabalha na indústria farmacêutica.

— Está dizendo que não sou bem-sucedida o bastante para subir de nível?

Ela parece magoada, e não a culpo. É basicamente o que estou dizendo mesmo.

— Só estou preocupada — digo. —Você devia pensar um pouco sobre o que eles querem de você.

— Devo pensar sobre o que *você* quer de mim?

— Ginger, você sabe o que quero de você. Quero que a gente vá juntas num festival de música no deserto. Quero ver porcaria na TV do seu apartamento.

— Ainda vamos poder fazer isso depois que eu subir de nível!

— Ah, claro. Ficar de bobeira comigo certamente vai levar a humanidade adiante.

Ginger se apoia em um cotovelo e olha para mim.

—Você está com ciúme, é isso? Você sabe que quero te levar comigo, Agatha.

— Hummm — digo apenas.

— E não sou a única. Você causou uma ótima impressão no Braden hoje à noite.

— Contra minha própria vontade.

— Estou falando sério. Ele disse que você tem uma energia singular.

— Ginger, isso só quer dizer que eu sou loira.

— É mais que isso. Braden vai te chamar para ir ao escritório dele amanhã.

— Nunca vou ao escritório de um homem no primeiro encontro.

— Agatha! — Ginger senta. — Estou falando sério. Isso pode ser bom pra você. Braden tem um grande destino. A aura dele é *dourada*.

—Você consegue ver?

—Você sabe que consigo sentir…

—Você disse que minha aura era dourada…

— A sua está mais pra refrigerante de gengibre. Tem bolhas nela.

— Hummm.

Viro de costas para Ginger.

— Você devia dar uma chance a ele. Mesmo que só esteja dando em cima de você. O cara é, tipo, *icônico*. Já saiu de férias com os Obama. Tem uma bolsa da Hermès com o nome dele. Imagina só namorar uma lenda.

Aí é que está.

Não preciso imaginar.

Braden me encontra na mesa dos cupcakes.

Eu deveria ter previsto isso, imagino.

Ignorei a programação do Novo Futuro hoje. Tentei entrar em um seminário sobre grãos geneticamente modificados, mas não consegui entender se o palestrante era contra ou a favor, e estava exausta. Não consigo dormir em um quarto sem tranca. Não desde o quarto ano, quando o Oco mandou um matatu para o alojamento de Watford. (Matatus nem vivem no Reino Unido. Penny ficou toda revoltada porque era uma espécie invasora. "Bom, os dias de invasão dele estão terminados", Simon disse, jogando o animal morto fora.)

— Oi — Braden diz. Está usando calça cáqui e jaqueta azul. Parece um uniforme escolar. Ele é bonitinho, até. De um jeito simétrico, todo arrumadinho, muito, muito rico.

— Oi — eu digo.

— Eu falei que ia ter cupcake.

— Acho que fui *eu* que falei…

Escolho um cor-de-rosa. Braden sorri para mim.

— Agatha…

— Mas eu não te disse meu nome…

— Ginger disse — ele fala, como se tivesse sido pego no pulo, mas não tivesse nem um pouco de vergonha disso. — Estava esperando que a gente pudesse conversar hoje.

Tento cortar a conversinha o quanto antes.

— Olha, Ginger já me falou que você acha que tenho uma energia especial. Mas sei que é tudo besteira. Então é melhor nem vir com esse papinho pra cima de mim. Me poupe.

Os olhos de Braden brilham.

— Não é papinho. Você é especial.

Bufo e continuo comendo o cupcake.

— Literalmente todo mundo no seu clubinho é algum tipo de playboy nerd supremo. Acabei de conhecer dois caras que foram para o espaço. *Para o espaço.* Acha que deixei passar despercebido o fato de que a maioria dos caras aqui são como você e Josh? E que a maioria das mulheres, ainda que poucas, são como Ginger e eu? Não sou trouxa. Sei o que tem de "especial" na gente.

— Sua amiga Ginger é *muito* especial — ele diz. — Fico surpreso que não veja isso.

— Eu vejo. Não foi isso...

— Sabia que ela vê auras?

— É mais como se ela sentisse — resmungo.

— Ginger leu minha mão. Foi extraordinário. Ela disse que minha linha da vida não tem nenhuma interrupção.

— Não, eu sei.

Não entendo como acabei sugerindo que Ginger não é especial e agora tenho que me defender. Não era essa a questão.

— E ela é a pessoa mais organicamente ativada que já conheci.

— Eu sei! — falo alto demais. — Não tem ninguém como Ginger. Ela é minha melhor amiga.

Agora Braden está sorrindo para mim de novo.

—Você está certa — ele diz. — Esse é meio que um clubinho de meninos. Mas estamos tentando mudar isso.

— Na verdade, eu não ligo. Nem sei por que estamos falando sobre isso.

Ele dá um passo na minha direção. Temos mais ou menos a mesma altura. Isso incomoda alguns caras, mas não parece ser o caso de Braden.

— Você não acredita que eu realmente vejo algo raro em você — ele diz. — E por isso acha que meu interesse é só porque você é linda. E é verdade: estou interessado, e você *é* linda. Mas a beleza tem pouco valor, Agatha. E é abundante. Na minha posição, a beleza é como uma torneira sempre aberta…

Seus olhos estão fixos nos meus. Acabo de comer o cupcake, porque parece a melhor maneira de mostrar que ele não me afeta, mas minha boca está seca.

— Mas *você* é especial — ele diz.

Limpo as mãos em um guardanapo de pano.

— Posso te levar para conhecer este lugar?

Suspiro.

— Tá bom, então. Me mostra. Porque eu sou muito especial.

— Exatamente — ele diz, me oferecendo o braço.

19

PENELOPE

Acordo em um quarto de hotel vazio. É meio-dia, e alguém está batendo à porta.

— Arrumadeira! — diz uma mulher baixa, já entrando.

— Só um segundo! — digo. — Pode me dar um tempinho?

— Dez minutos! — ela fala, e fecha a porta.

Meus olhos estão tão inchados que nem abrem por completo. Dormi com a roupa de ontem, ainda que estivesse coberta de América do Norte. Tem poeira por baixo da minha saia e dentro dos ouvidos. Quando desço as meias, a barra está encardida. E minhas mãos cheiram a asinhas de frango.

Decido tomar um banho rapidinho. O quarto está mesmo vazio; Baz e Simon já devem ter levado suas coisas para o carro. Olho pela janela. O Mustang continua no estacionamento. Baz está de pé ao lado dele, lançando feitiços sobre a capota quebrada sem muita discrição. Simon está sentado no banco da frente, provavelmente fingindo dirigir.

Certo. Primeiro um banho. Depois decidir para onde vamos. Depois decidir o que fazer do resto da minha vida.

Não mudou muita coisa, acho. Vou ter que fazer tudo aquilo que pretendia fazer enquanto Micah me esperava em casa, porém sem que haja ninguém me esperando em casa.

Sendo *racional*, nada mudou. Fazia um ano que eu não via Micah. Quem sabe quando eu ia vê-lo de novo? Talvez eu nem tivesse insistido nesta viagem maluca se não sentisse que havia um problema entre a gente.

(Para um hotel barato, este chuveiro é enorme.)

Sendo racional, e sendo *sincera*, eu não queria me mudar para os Estados Unidos. Não queria fazer faculdade aqui. Não conseguia me imaginar morando aqui. Ou talvez devesse dizer que não conseguia me imaginar morando em qualquer lugar que não a Inglaterra.

Então *o que* eu imaginava?

Micah cedendo no fim. Vendo tudo do meu jeito…

Isso é tão errado? É um defeito tão imperdoável? Simon nunca disse isso, mas Baz, sim. "Você acha que está sempre certa, Bunce."

E se eu achar? Em geral, estou mesmo. Então é uma questão de bom senso sempre partir do pressuposto de que estou certa. É a lei das médias. É melhor supor que estou sempre certa e de vez em quando errar do que perder tempo duvidando de mim mesma e perguntando aos outros: "Tá, mas o que *você* pensou?".

Eu já penso muito bem, obrigada!

Teria sido tão ruim para Micah se ele simplesmente fizesse o que eu mandava?

Meu pai faz exatamente o que minha mãe quer, e é feliz. Os dois são muito felizes! Minha mãe toma todas as decisões, que quase sempre são as certas, de modo que eles operam de maneira incrivelmente eficiente.

Micah poderia ter uma boa vida comigo. Sou inteligente, sou interessante, sou *pelo menos* tão atraente quanto ele. Eu teria lhe dado filhos brilhantes! Sou um avanço genético em quase todos os sentidos: meus pais são gênios, meus dentes são retos…

Ele nunca ficaria *entediado* comigo.

Talvez eu ficasse entediada com ele. Cheguei a considerar isso. Mas eu teria meu trabalho! E teria Simon, com quem nunca fico entediada.

Micah devia ser o elemento estável na equação. A constante.

Ele está certo. Eu tinha riscado "namorado" da minha lista. Achei que tivesse resolvido isso cedo. Todo mundo à minha volta desperdiçou anos tentando se apaixonar. Eu não! Já tinha isso resolvido.

Agora suponho que desperdicei tudo. E a pior parte é…

A pior parte é…

A pior parte.

É que ele não me quer.

Apoio a mão na parede do boxe. A sensação gelada dentro de mim retorna.

Não estou sendo racional.

— Arrumadeira!

Os meninos estão encostados no carro quando desço. Simon come uma banana. Baz está usando seus óculos escuros gigantescos e uma camisa florida linda. (Branca, com flores azuis e roxas e abelhas gordinhas e listradas. Provavelmente custou tão caro quanto minha faculdade.) Ele amarra uma echarpe azul-clara em volta do cabelo.

— Não pode usar isso — Simon diz, com um sorriso largo.

— Cala a boca, Snow.

— E de onde você tirou esse troço? Tem o costume de carregar lenços femininos por aí?

— Era da minha mãe — Baz diz.

— Ah — Simon diz. — Desculpa. Espera… você tem o costume de carregar um lenço da sua mãe por aí?

— Enrolo os óculos escuros nele quando estou viajando.

— Os óculos são da sua mãe também?

Baz revira os olhos, então me vê e sua expressão se torna mais gentil. É insuportável.

— Bom dia, Bunce.

— Oi, Penny — Simon diz, igualmente delicado. — Como você está?

— Bem — digo. — Perfeita.

Baz parece duvidar, mas se ocupa passando protetor solar no nariz.

—Você perdeu o café da manhã — Simon diz —, mas era horrível.

— Snow estava todo animado com o café continental — Baz diz.

— Não é o que a gente pensa. — Simon faz careta. — Não tem coisas francesas. Só pãezinhos tristes e chá ruim. Ah, e você perdeu Baz comendo um esquilo.

— Não comi um esquilo.

—Ah, desculpa, você *chupou o sangue* do esquilo e depois jogou o corpinho numa vala. Penny, você acha que tem criaturas mágicas ou feiticeiros por aqui? Algum que seja? Tudo parece tão mundano.

Baz vira para mim.

—Você vai ter que lançar aquele feitiço do anjo no Snow. Escondi as asas para o café da manhã, mas elas continuam aí.

— Hum — digo. — O que vamos fazer agora?

— Como assim? — Simon pergunta. — Nosso voo de volta sai de San Diego, não é? Temos que seguir em frente.

— É, mas… — Não tenho vontade de seguir em frente. Quero voltar atrás. — Agatha não está nos esperando. Talvez não fique feliz em nos ver. Eu errei em surpreender Micah…

— Não vai ser tão ruim — Simon diz. — Não é como se Agatha estivesse planejando dar o fora na gente.

Baz dá uma cotovelada nele. Como se não devessem me lembrar de que acabei de levar um fora. Como se eu pudesse ter esquecido.

— Quer dizer — Simon diz, envergonhado —, podemos muito bem conhecer o país. As montanhas. O mar. Talvez o Grand Canyon. Ou a pedra com o rosto daqueles caras.

Não sei. Eu não estava pensando direito quando meti a gente nessa. Ainda não estou.

— O que acha, Baz?

Ele agora está passando protetor solar nas mãos. Parece minha avó com aquela echarpe. Ele olha para Simon.

— É — diz. —Vamos terminar nossa viagem.

20

SIMON

Iowa é lindo. Só montanhas baixas e verdejantes e plantações de milho. Me lembra a Inglaterra. Mas tem menos gente.

BAZ

Iowa é idêntico a Illinois. Não sei por que se deram ao trabalho de separar os dois. É só uma extensão infinita de estrada e criações de porcos. (Essa é a diferença: Iowa cheira mais a merda de porco que Illinois.)

O sol é implacável.

O rádio está no último volume.

Não tomei chá hoje. Nem um gole, o dia inteiro.

E decidi não permitir que meu nariz entre em combustão, então estou passando protetor solar como se fosse um viciado.

E acho que deu algum problema na minha magia. Lancei alguns feitiços na capota do carro que deveriam ter funcionado. Usei toda a magia que tinha em um à-moda-de-Bristol e nada! Saíram *faíscas* da minha varinha!

SIMON

Baz me orientou no trânsito hoje e depois para pegar a estrada. Sinto que estou dominando isso, estou dirigindo de verdade. Agora preciso arranjar óculos escuros. Ray-Ban.

O óculos de Baz é maior que a cabeça dele. E ainda tem o lenço. O cara devia estar parecendo uma velha pirada, mas de alguma forma exala certo glamour. Tipo uma versão masculina da Marilyn Monroe...

Meu cérebro se demora na noção de uma versão masculina da Marilyn Monroe.

Então minha música preferida volta a tocar.

BAZ

Aparentemente não existem sucessos antigos suficientes para uma rádio só dedicada a isso, porque é a quarta vez que ouvimos a mesma música desde Chicago. Por que alguém atravessaria o deserto em um cavalo sem nome? Por que não dar um nome à porra do cavalo em determinada altura?

Snow tenta aumentar o volume do rádio, mas o dial de sessenta anos de idade já está todo virado para a direita.

Tiro a varinha do bolso e a aponto na direção do aparelho.

— *Fecha a matraca!*

Nada acontece!

SIMON

In the desert, you can remember your name, 'cause there ain't no one for to give you no pain...

BAZ

— "Bem-vindo a Nebraska, onde se vive a boa vida." Será que é um feitiço?

É a primeira coisa que Bunce diz desde que deixamos Des Moines. Ela está deitada no banco de trás, com os braços sobre o rosto. Que inveja dela.

Passamos depressa pelo outdoor e entramos na primeira cidade em horas. Estou convencido de que a maior parte dos americanos se deu conta de que esta parte do país é um horror e se estabeleceu em outro lugar.

— Estou com fome! — Penny grita, mas Snow não ouve. Ela se inclina entre nós e abaixa o volume do rádio.

— Ei! — Ele sorri para ela. — Você está acordada? Está com fome? Eu estou!

Bunce faz sinal de positivo para ele, pendurada entre nossos bancos.

— Põe o cinto! — grito. Bunce levanta a bunda no ar e sacode, só para me provocar. Aponto a varinha para ela e lanço um feitiço. — *Sossega o pito!*

De novo, nada acontece! O feitiço deveria ter feito Bunce ficar quieta *e* sentada. Mas nada!

A gente nunca deve apontar a varinha para o próprio rosto, mas faço isso. *Tem algo de errado com ela?*

— O que as pessoas comem em Nebraska? — Snow pergunta.

— Seus sonhos! — grito para ele.

— Ei, olha!

Snow aponta para uma placa na lateral da estrada. O centro dos Estados Unidos é lotado de placas. DANÇARINAS EXÓTICAS! PÃO INTE-GRAL! CERVEJA GELADA!

Esta diz: FEIRA E FESTIVAL RENASCENTISTA DE OMAHA. VINDE!

— Nããããão — digo.

— É este fim de semana! — Snow grita. — Que sorte!

— Que azar — eu retruco.

— Penelope? — Ele olha para ela pelo retrovisor e grita, mas tenho certeza de que Bunce não consegue ouvir. — É um festival! Topa?

Ela volta a fazer sinal de positivo com a mão.

Seguimos as placas para o festival e acabamos dando em um terreno enorme de cascalho com centenas de carros estacionados. O Mustang levanta bastante poeira (que recai sobre a gente). Snow encontra uma vaga e parece muito satisfeito consigo mesmo por isso.

— Acho que vou comprar um carro quando voltar pra casa — ele diz.

— E onde vai estacionar?

— Na vaga mágica que você me arranjar.

Ele não andava mais falando dessas coisas. Magia. Nós dois. O futuro. Não consigo deixar de sorrir. Odeio tudo nesta viagem, mas, se ajudar a tirar Simon do marasmo, dirijo até o Havaí sem reclamar.

Bunce pula do carro para sair. É como se tivesse esquecido como se usa uma porta. Tiro a echarpe e sacudo o cabelo, virando o retrovisor para mim para ver como estou. Deu certo.

Quando olho, Simon está ao lado do carro, olhando para mim, com a cabeça ligeiramente inclinada para o lado. A ponta da sua língua está visível no canto da boca.

Franzo as sobrancelhas, desconfiado, então levanto devagar a esquerda. Talvez se viva mesmo a boa vida em Nebraska…

Ele ergue o queixo.

—Vamos! Festival! — diz, e começa a andar de costas.

Saio do carro e o sigo.

— Ah, espera. Bunce!

Ela se vira para mim.

—Você vai ter que lançar um feitiço guarda-chuva sobre o carro, caso chova. Minha varinha não está funcionando direito.

Penny volta para o Mustang.

— Como assim?

— Tentei lançar feitiços o dia todo e nada aconteceu.

— Tem certeza de que é a varinha? — Ela levanta uma mão. — Vamos ver.

Eu a passo para ela.

— Está sugerindo que sou eu que não estou funcionando direito?

— Tudo é possível. — Ela cheira a varinha. — Posso?

Dou de ombros. Outras pessoas conseguem usar sua varinha, mas em geral não tão bem quanto o dono. Bunce tira o próprio instrumento mágico, um anel espalhafatoso com uma pedra roxa, e o entrega a mim. Então aponta minha varinha para o chão e murmura:

— *Luz do dia!*

Luz sai da varinha, fraca, mas visível.

— Droga — digo, pegando a varinha de volta. Olho ao redor. Tem alguns normais passando, inexplicavelmente fantasiados de fada. (Não fadas de verdade — não estão usando teias de aranha. Estão vestidos como as fadas imaginadas pelos normais, com asas compradas e purpurina no rosto.) Espero passarem, então aponto para uma garrafa de água vazia.

— *Um copo e meio!*

A garrafa deveria se encher de leite. É um feitiço de criança, e mesmo assim, nada.

Bunce começa a rir. Ainda está com uma cara péssima, de tanto chorar e pouco dormir, então o resultado é meio assustador.

— O que foi? — pergunto. Estou bem cansado desses dois rindo de mim em solo estrangeiro.

— Que outros feitiços você lançou, Basil?

— Não sei… Nos-trinques, fecha-a-matraca, chá-com-bolinhos…

Ela ri ainda mais. Snow franze a testa, como se tampouco estivesse entendendo.

— Baz — Bunce diz. — Esses são feitiços de casa. São expressões mais britânicas. Não funcionam aqui.

Ah. Por Crowley. Ela está certa.

— Espera aí — Simon diz. — Por quê?

— Porque não tem normais o bastante aqui que falam assim — digo. — São os normais que conferem magia às palavras...

Simon revira os olhos e começa a citar a srta. Possibelf:

— "Quanto mais as expressões são ditas, lidas e escritas, em combinações específicas e consistentes..." Eu sei, eu sei. Então está tudo certo com a sua magia?

— Está — eu digo, guardando a varinha e me sentindo bobo. — É meu vocabulário que não funciona. Vamos.

Quando chegamos à entrada do festival, um homem vestido de camponês medieval se aproxima, tocando um sino. Sem nenhum aviso, as asas de Simon explodem às suas costas e se abrem completamente, em toda a sua glória de couro vermelho.

Simon congela. Bunce estica o braço da mão do anel. Mas as pessoas na fila não parecem estranhar — algumas até batem palmas.

— Que fantasia maneira — uma adolescente diz, se aproximando para dar uma olhada nas asas. — Foi você mesmo quem fez?

— Foi? — Simon responde.

— Muito legal. Elas mexem?

Ele recolhe as asas, hesitante.

— Nossa! — ela diz. — Não consigo nem ouvir o motor. É um sistema de cordas?

— Um mágico nunca revela seus segredos — eu digo (também, é um feitiço, embora só Crowley saiba se funciona aqui).

Penny pega Simon pelo cotovelo e o conduz até o fim da fila.

— Onde estamos? — murmuro. O cara à nossa frente está vestido de viking. Tem um gênio, um pirata e três princesas da Disney na fila. — Numa festa à fantasia?

— Damos cinco dólares de desconto para quem está fantasiado — a mulher da bilheteria diz a Simon. — Você também vai ganhar — ela diz para mim.

Olho para mim mesmo.

— Esta camisa é bem cara.

—Vamos — Simon diz, pegando minha mão e rindo. Ele se vira para mim e me puxa rumo ao festival. Por um momento, tudo parece quase mágico. Simon com as asas bem abertas, uma fileira de lanternas penduradas atrás dele. Sinto cheiro de carne defumada no ar. E, em algum lugar, tem um saltério tocando. (Minha tia toca saltério; todas as mulheres da minha família têm que aprender.)

Então Simon vem para o meu lado. A feira em si se estende à nossa frente.

— Que porra é essa? — pergunto.

Bunce e Snow parecem igualmente embasbacados.

O festival foi montado como um pequeno vilarejo, com cabanas construídas às pressas e placas pintadas à mão. Quase todo mundo está vestido como… Por Crowley, nem sei dizer. Uma mistura de *Monty Python e o cálice sagrado*, *A princesa prometida* e *Peter Pan*…

E mais algum outro filme em que todas as mulheres usam sutiãs de bojo e vestidos muito decotados. Todas elas, sejam damas ou matronas, usam corpetes ridiculamente justos, empurrando os seios até escaparem por cima. Nunca vi tanto peito na vida — e só demos uns cinco passos festival adentro.

— Nossa — Simon diz.

Uma mulher com os seios quase totalmente à mostra o nota e o rodeia.

— Saudações, meu senhor.

Eu a dispenso com um gesto

— Seguindo em frente, por favor.

—Aproveitai o dia! — ela diz para Simon.

— Qual é o tema aqui? — Bunce apoia as mãos na cintura, devidamente intrigada.

— O Renascimento? — Simon sugere.

— Renascimento é Galileu e Da Vinci — ela diz. — Não…

Frodo Bolseiro passa à nossa frente.

— Olha! — Simon diz. — Coxa de peru!

Eu meio que esperava ver alguém usando pernas de peru, mas é outra cabana, com uma placa em forma de coxinha pendurada sobre a janela que diz AVES DEFUMADAS.

Bunce e eu seguimos Simon até lá.

— É tão estranho — ele diz, rindo. — Ninguém fica reparando em mim.

Duas crianças param e o observam. A mãe tira uma foto com o celular.

— Todo mundo está reparando em você — digo.

— Tá, mas não como se fosse grande coisa. Eles acham que é uma fantasia. — Simon abre bem as asas. Todo mundo na fila faz: *Aaaaahhhh*. Mais algumas pessoas apontam o celular para ele.

Bunce cobre os olhos.

— Minha mãe vai me matar.

Tem outra mulher peituda no caixa.

— Salve, bom homem, o que desejais nesta aprazível tarde?

— Hum… oi — Simon diz. — Quero uma coxa de peru e… — Ele olha para o cardápio. — Um caneco de cerveja.

— Hei de verificar vossos papéis, jovem mestre.

— Meus papéis?

— Nossos passaportes? — Bunce pergunta.

A mulher do caixa se inclina para a frente, praticamente apoiando os seios no braço de Simon.

— Suponho que sois demasiado verde para tal.

— Por Crowley — digo. — Ela parece a Ebb.

— Tenho vinte anos — Simon diz a ela. — Não tem problema.

— Admiro vossa pronúncia e vossa coragem, rapaz, mas devo obedecer à lei do rei. Posso vos sugerir um caneco de coca?

— Tá… — Simon diz.

— Mas, falando sério — a mulher sussurra —, parabéns pelo sotaque!

Pegamos a comida e nos afastamos da cabana, então nos vemos no meio de um desfile.

— Ouçam todos! — um homem usando uma imitação de cota de malha grita. — Abram alas para a rainha!

Começo a inclinar a cabeça, então noto Bunce fazendo uma mesura (o que é um absurdo de ambas as partes, mas fazer o quê?). Um cavalo passa trotando, com uma mulher vestida de Elizabeth I montada nele.

— Perdão, cavalheiro — diz uma mulher vestida de Sherlock Holmes ao passar.

Bunce usa sua coxa de peru para gesticular para a cena absurda.

— O tema é *Inglaterra*? — ela pergunta, de repente indignada. — Bizarrice e Inglaterra?

— Se for o caso, Bunce, sua fantasia é a melhor.

— Mas também tem vikings — Simon diz. — E pessoas vestidas de animais peludos.

— E homens lindos com asas de dragão — acrescento, então recebo outro raro sorriso dele em troca.

— Aquela loja vende varinhas mágicas! — Penny diz. — É como se estivessem tirando sarro especificamente de nós três.

— Eles só estão se divertindo — Simon diz. — Vamos achar uma mesa.

— O jovem mestre teve uma bela ideia — digo. — É belo em aparência e na agudeza da mente.

— Como você faz isso? — Simon pergunta. — É como se tivesse apertado um botão.

— É só fingir estar em uma peça de Shakespeare. Adiante, meu rapaz.

— Não sou seu rapaz — Simon diz, rindo, mas segue adiante.

— "Ele se foi" — lamento. — "Me ofendeu, e meu consolo será desprezá-lo."

— *Otelo* — Bunce diz. — Muito bem, Basilton.

Giro minha coxa de peru no ar e faço uma reverência.

—Você está se divertindo — Simon me acusa.

— Ai, pobre de mim!

21

SIMON

Feiras renascentistas são incríveis.

Comi uma coxa de peru e tomei uma coca enorme e docinha, e ainda comi um troço que era uma confusão de massa frita com açúcar polvilhado, e achei a melhor coisa do mundo. A mulher que vendeu pra mim até me deu calda de chocolate grátis.

— Anjos ganham brinde — ela disse.

Todo mundo aqui é *tão* simpático. Não sei se é um lance de Nebraska ou parte da encenação medieval.

Penelope parece decidida a se ressentir dos sotaques ingleses malfeitos. (E dos sotaques escoceses e irlandeses malfeitos, até dos que parecem sotaques australianos malfeitos.) Mas Baz parece totalmente confortável. É melhor que qualquer outro no uso do "vós".

Imploro para os dois para passear mais um pouco pela feira.

— A ideia de uma viagem não é passar o tempo todo no carro — digo. — É preciso ver coisas e conhecer gente esquisita, tipo lotófagos e sereias.

— Isso que você está falando não é uma viagem, e sim a *Odisseia* — Baz diz. — Quando foi que você leu a *Odisseia*, Snow?

— O Mago me fez ler. Acho que ele queria me passar seus conhecimentos. E a *Odisseia* é uma viagem!

Baz sorri para mim. Como não faz há um tempo. Como raras vezes fez em público. Como se fosse fácil.

— Você está certo, Snow. É melhor se amarrar a um mastro.

Ele está usando uma camisa que mais parece um campo florido. Eu nem sabia quais roupas vestir depois que usar uniforme deixou de ser obrigatório, mas Baz aparentemente estava louco por isso. Ele quase nunca usa a mesma coisa do mesmo jeito duas vezes.

Baz está se descobrindo. E eu estou me perdendo.

Mas hoje, não. Hoje sou uma pessoa completamente diferente. Hoje sou só um cara com asas vermelhas de mentira.

Tem uma loja vendendo cristais e artefatos mágicos mais à frente. Penny quer dar uma olhada se nada mágico de verdade foi parar ali por acaso. Do outro lado, tem uma loja de espadas — tem tanta gente vendendo espada nesta feira!

Baz me segue até a loja. (COMPRIDA E LARGA, diz a placa.)

—Você não pode experimentar todas as espadas, Snow.

— Não entendi — digo, experimentando um sabre meio pesado.

— Meu senhor, minha luz, eu vos suplico: não deves testar todas as lâminas do reino.

Isso me faz rir, e ele ri também. Jogo o sabre para Baz, e ele o pega.

— Não sei nada sobre espadas — Baz diz.

— Que pena — digo. — Podíamos duelar. —Volto a olhar para as espadas. — Podíamos ter duelado, digo.

Imagino que eu não tenha mais acesso à minha antiga espada. Ela costumava ficar na minha cintura, aparecendo sempre que eu a invocava. Não consigo fazer isso agora. Não consigo invocar a Espada dos Magos. Posso dizer as palavras, mas nada acontece.

Baz tentou uma vez. Ele apontou a varinha para o lado esquerdo da minha cintura e pronunciou o encantamento: "Na justiça. Na coragem. Na defesa dos fracos. Na presença dos poderosos. Através da magia, da sabedoria e do bem".

Nada aconteceu.

"Imagino que só funcione com o herdeiro do Mago", ele disse na hora.

"Não existe mais um herdeiro do Mago", retruquei.

Agora, Baz joga outra espada para mim. Me esforço para pegá-la. É mais leve do que eu imaginava, feita de espuma. Ele está segurando uma igual.

— Esta faz mais o meu estilo — Baz diz.

— É a Espada Mestra — digo.

— Perfeita pra mim.

— Do Zelda.

Ele continua sem entender. Baz não é muito ligado em videogame. Ele empunha a lâmina de espuma.

— Em guarda, patife. Seu vigarista imoral.

Atinjo sua lâmina com a minha. Baz tenta revidar. Ele é péssimo nisso.

Não consigo pensar em nenhuma outra coisa em que ele é péssimo. Baz também é outra pessoa neste lugar.

— Caso quebrardes tereis que pagardes — o cara da loja grita para nós.

Ignoramos. Batemos nossas espadas e avançamos. Pego leve com Baz. Só me defendo. Ele tenta parecer feroz, mas fica rindo.

Ele consegue atravessar minha proteção uma única vez, e dá um toque na minha perna.

— Está perdendo, Snow! Foi assim que derrotou aquela horda de goblins?

—Você é uma distração maior que um goblin. Seu cabelo é mais brilhante.

— *Tens feitiçaria em teus lábios* — Baz diz.

— Mais Shakespeare?

— É, foi mal. Sei que prefere Homero.

Baz me empurra até um poste de madeira. Deixo que o faça. Cruzo a espada de espuma em frente ao peito. A dele está pressionada contra a minha.

— Xeque-mate — Baz diz.

— Esse não é nem um pouco o termo certo — digo.

— Ganhei.

— Eu deixei que ganhasse.

— Ainda assim ganhei, Snow. Talvez de maneira ainda mais irrefutável.

Os olhos cinza de Baz brilham. Ele cheira a protetor solar. Tento pensar em um insulto. Me pergunto se posso beijá-lo. Se essa outra pessoa que sou hoje pode beijar essa outra pessoa que ele é. Isso é legal em Nebraska? É permitido na feira?

Baz silva, afastando a cabeça e o corpo de mim, como se sentisse cheiro de sangue.

Vou atrás dele.

— O que...

Baz encara um grupo vindo em nossa direção — seis ou sete pessoas vestidas de vampiros, mais algumas mulheres de corpete apertado que se vê em toda parte. (Ainda não sei dizer se continuo me interessando por mulheres, se na verdade nunca me interessei por elas ou se sou apenas Bazssexual. Mas os decotes neste lugar são profundos, e não tenho do que reclamar.)

— Olha — digo, tentando desviar a atenção dele dos caras fantasiados de vampiros —, sei que isso é apropriação ou sei lá como Penny chama, mas não se deixe irritar.

Os lábios de Baz estão contraídos. O grupo de vampiros chega mais perto. Estão vestidos de acordo com estereótipos diferentes. Alguns usam capas. Tem uma mulher vestida de Capitão Gancho ou algo do tipo. Dá para ver o sangue falso manchando as fantasias. A única coisa que estraga o efeito são os óculos escuros espelhados.

O que quer que estejam vendendo, as mulheres estão comprando. Um vampiro já carrega uma moça no colo, as pernas dela passadas em volta da cintura dele. O cara deve ser *muito* forte. Baz vira de costas, e o cara mais próximo da gente afasta os óculos escuros para olhar para mim. Sua pele é pálida como cinzas, e sua boca parece cheia. Ele dá uma piscadela.

Estremeço.

— *Baz*.

— Eu sei.

As presas dele saltaram. Baz vira para encarar o grupo.

— Eles são...

— Eu sei, Simon.

— Cadê a Penny?

— A gente vai atrás dela depois.

— Depois do quê?

Ele inspira fundo, determinado.

— De matar aqueles vampiros.

— Não podemos simplesmente sair matando — digo. (Eu não posso, pelo menos. Não sou mais o tipo de cara que compra brigas com monstros.)

— Claro que podemos. Se formos rápidos.

— Mas eles não fizeram nada de errado!

(Agora também sou o tipo de pessoa que pega leve com vampiros.)

— *Ainda*, Snow. Provavelmente vão abrir aquelas mulheres como latas de cerveja enquanto discutimos o que fazer.

— É melhor chamar a Penelope — digo. — Estamos em desvantagem.

— Eles estão em desvantagem. Dois feiticeiros contra nenhum.

— Como eu disse, é melhor chamar a Penelope.

— Para onde eles foram?

Olho em volta. Os vampiros desapareceram.

— Droga.

Baz já está seguindo seu rastro.

— *Baz*...

— *Simon*. Eles vão matar aquelas mulheres!

— Não imediatamente. Não à luz do dia.

— Por acaso acha que existe um código de conduta vampiresco?

O vendedor de espadas grita com Baz.

— Ei! Retornai para pagardes por isso!

— Já voltamos — digo, deixando a Espada Mestra na mesa e então decidindo pegar uma de lâmina larga. — É rapidinho!

Alcanço Baz, que está agachado entre duas cabanas.

— Está vendo os vampiros? — pergunto.

— Sentindo o cheiro — ele sussurra. — Quieto.

Tem um aglomerado de árvores frondosas onde estamos. O festival não se estende além das cabanas e tendas. É como se estivéssemos nos bastidores.

Ouço risadinhas. Levo um segundo para vê-los, escondidos entre as árvores. Os vampiros cercaram as mulheres, e estão todos... se pegando, parece.

— Jesus, esse seu pessoal é muito pervertido.

— Não é o meu pessoal — Baz diz. — E fica quieto. Eles têm audição apurada.

— E ainda não fizeram nada de errado. Não podemos matar os caras por causa de uma suruba.

Então uma das mulheres grita. E não de um jeito sexual. De um jeito que diz "estou morrendo". E logo depois outra.

Baz rosna, então ouvimos Penny gritar:

— *Onde há fumaça, há fogo!*

A perna de um dos vampiros começa a pegar fogo de repente. Ele tenta apagar, mas... vampiros são altamente inflamáveis. Os outros seis se afastam dele e vão atrás de Penny. Baz e eu vamos atrás deles.

Os vampiros são incrivelmente rápidos. Mas Baz também. Corro atrás deles por um minuto antes de lembrar que posso voar. Fico acima das tendas, procurando Penny. Os vampiros a perseguem em meio à multidão. Ela está com a mão do anel esticada, mas não tem a visão desimpedida para lançar um feitiço.

Pouso perto dela. As pessoas abrem espaço para mim, batendo palmas — o que permite que os vampiros passem. Penny consegue mirar neles.

— *Cortem-lhe a cabeça!* — ela grita para um deles, e é exatamente o que acontece. (Penny nunca foi muito comedida.) A cabeça dele rola para trás e seu corpo cai para a frente. Seus companheiros correm na nossa direção, enfurecidos.

Vou para cima de um deles, agitando minha espada no ar. Minha espada, que é uma bela merda. Que dobra ao tocar o ombro do vampiro.

Eu me afasto e topo com outra barraca vendendo espadas. (O que não é tanta sorte como seria de imaginar, porque pelo menos metade das lojas desse lugar vende armas.) Pego outra e a movimento no ar. A lâmina atinge o vampiro, então se solta do punho.

Ele tem cabelo loiro bagunçado e uma capa de vampiro de desenho animado, com colarinho alto. Pego outra espada e o mantenho afastado por um momento, então ele a arranca das minhas mãos pela lâmina. Enrolo o rabo em suas pernas e o derrubo com um puxão — o que me dá um segundo para pegar uma cimitarra com a mão esquerda e um machado com a direita.

Ele já se recuperou. Dou um passo para trás, entrando na via principal da feira. Todos os visitantes se alinharam nas margens do caminho de terra, como se assistissem a um desfile. Não vejo Penny. Ela não deve ter magia suficiente em si para outra decapitação. Mas é esperta, digo a mim mesmo. E Baz é páreo para qualquer uma dessas aberrações. Eu espero.

O vampiro avança na minha direção — e eu atinjo seu peito com a cimitarra. Ela quebra como um palito de fósforo, e o vampiro pega minha mão. Isso é péssimo. Ele pode me morder. Ou me quebrar no meio. Se eu ainda tivesse minha magia, estaria tentando pensar em um bom feitiço contra vampiros, sem sucesso. (Eu sentiria muito mais falta da magia se a tivesse dominado melhor.)

Tento levantar voo para me soltar do vampiro, mas ele me segura firme. Ainda tenho o machado na outra mão, então tomo impulso e faço uma última tentativa desesperada...

A cabeça do machado se solta quando atinge o pescoço dele.

22

BAZ

Penelope Bunce decapitou um vampiro e botou fogo em outros dois. Ela me lembra a minha mãe.

Cadê o Simon?

Continuo procurando uma maneira de conter os vampiros. (E com que finalidade? Até quem chegar? As autoridades? Há alguma autoridade mágica aqui nos Estados Unidos?)

Cadê você, Snow?

Ele não está com Bunce. Ela continua lutando contra os vampiros.

Mantenho outros dois à distância: um cara usando uma capa de poliéster e uma mulher vestida como a versão de Tom Cruise do Lestat. (É claro que eu li Anne Rice. Eu era um enrustido de quinze anos cujos pais fingiram nem notar quando o cachorro da família desapareceu.)

Estou tentando encontrar Simon. Em geral é impossível ignorá-lo em uma luta.

Nenhum dos meus feitiços causa muitos danos. Tento um como-lhe-o-fígado, mas isso só parece irritá-los. Então arrisco um vai-te-com-a-breca, que deveria pelo menos afastá-los um pouco para me dar tempo para pensar. Mas não faz *nada*. O que significa que devem ser expressões sem uso corrente aqui. Gostaria de ter descoberto um pouco antes que deveria ter assistido a mais reprises de *Friends*.

— *Levanta âncora!* — grito, sem sucesso, me escondendo atrás de uma árvore. — *Arruma a trouxa! Bate asas!*

Nada, nada, nada. (Eu poderia tentar some-caralho, mas o efeito mágico de palavrões é imprevisível. Depende totalmente do público.)

— Some do mapa! — alguém na multidão grita para mim, um jovem negro com óculos de velhinha. Já escalei a árvore. O vampiro de capa destrói os galhos abaixo de mim. — Some do mapa! — o cara volta a gritar.

Aponto a varinha para o vampiro.

— *Some do mapa!*

Funciona. Ele recua como se tivesse tomado um choque.

Lanço o feitiço sobre a mulher vestida de Lestat de Lioncourt também.

— *Some gentilmente do mapa!*

O advérbio não dá ao feitiço o toque extra que eu esperava, mas ainda assim funciona, e ela cai para trás.

Desço da árvore. Qual é o plano? (*E cadê o Simon?*)

E por que estou me segurando? Só lancei feitiços infantis em assassinos de sangue-frio… em assassinos desprovidos de sangue!

Quando me dei conta do que eles eram, disse a mim mesmo para *agir*. Eu *precisava* fazer alguma coisa. O assassino da minha mãe pode ter sido eliminado, mas a morte dela não foi vingada. É isso que minha tia faz agora. Caça vampiros. Faz com que eles paguem pelo que aconteceu com sua irmã, um a um.

Nós *vimos* esses vampiros atacando as mulheres. Se os deixarmos escapar, vão matar outras pessoas. *É isso que vampiros fazem.*

Não adianta tentar ser discreto. Eles já nos perseguiram no meio da multidão. Vamos ficar famosos na internet depois de hoje. Nem o Mago seria capaz de consertar essa bagunça.

E não tem por que tentar ser compassivo. Penny está certa: não podemos prendê-los e não podemos deixá-los ir embora. E não é como se eu fosse conseguir convertê-los a beber sangue de rato. "Creia nos pequenos mamíferos, e serão salvos, você e os de sua casa."

Não posso continuar fazendo esses dois se afastarem. Procurei manter distância deles, lançando feitiços em vez de golpeá-los. (Não teria como encarar os dois numa briga de socos.) Mas Lestat está de olho na minha varinha de marfim. Vai pegá-la assim que estiver a seu alcance.

Ouço um grito conhecido e me viro.

Ele está do outro lado da praça, saindo da loja de espadas como se fosse o neto ilegítimo de Indiana Jones e Robin Hood.

Aí está você, Simon Snow.

Com uma lâmina em cada mão e um vampiro de cabelo claro em seu encalço.

Simon fica lindo lutando. Ele nunca para. É impossível vê-lo planejar seu próximo passo. Porque ele não tem um plano: só se movimenta.

Mas está ficando sem opções. Sua espada já rachou no meio. Ele tem um machado na outra mão, mas… ele se quebra no pescoço duro como pedra do vampiro. *Por Crowley, não.* Simon não é páreo para ele agora, não sem magia.

— Snow! — eu grito, esquecendo de meus dois oponentes.

Então Simon pega o punho do machado quebrado e atravessa o coração do vampiro com ele.

SIMON

Ouço Baz chamar meu nome. Quando olho em sua direção, dois vampiros o pegaram pelos braços.

O vampiro que empalei com a haste do machado já começou a se desfazer. Como se fosse a magia em seu coração que o mantivesse inteiro. Puxo a estaca e ele cai, virando uma pilha de sangue, botas e cinzas em forma de homem.

Já estou no ar, voando até Baz tão rápido quanto consigo. Os vampiros o derrubaram — droga! A mulher pegou sua varinha!

Eu a atinjo pelas costas com a haste do machado, mas é o ângulo errado para cravá-la no coração. A vampira se vira para mim, movimentando a varinha de marfim de Baz como se um feitiço fosse simplesmente sair dali.

Baz aproveita a distração para levantar e dar um soco no outro vampiro. É um soco bem mais ou menos. Ele nunca aprendeu luta corporal, ainda que seja feito de aço. Mas o vampiro que está enfrentando é igual a ele — só força, sem nenhuma habilidade. Os dois se espancam como máquinas a vapor desajeitadas.

Enrolo o rabo na perna da vampira, mas o truque não funciona dessa vez. Ela se mantém firme e puxa a perna, me trazendo para si. Então tenta dar uma varinhada no meu rosto — desistiu de lançar feitiços e pretende me golpear com ela —, mas eu a envolvo com uma asa, mantendo-a tão perto que nem consegue se mover.

Esqueci de suas presas. A vampira abre bem a boca.

Abro a asa de súbito, arremessando-a para longe.

Isso me faz ganhar um tempo para dar um belo soco na mandíbula do cara com quem Baz está lutando. (Não provoca quase nenhum efeito nele, porque vampiros são praticamente invulneráveis, mas a sensação de socar alguém é bem boa.)

A vampira volta antes do que julguei ser possível. Errei ao lhe dar as costas. Bato as asas, mas ela se segura.

— Simon! — Baz grita, e quero dizer a ele para não se deixar distrair.

Jogo a cabeça para trás, tentando manter as presas dela longe de mim. Minhas asas continuam batendo, e eu pairo a alguns centímetros do chão, mas não é o bastante para decolar.

Baz se afasta de seu oponente, então se endireita e fecha as duas mãos em punho, ao lado dos quadris. Seus olhos parecem escuros e velados. *É um jeito muito atraente de morrer*, penso. Mas então ele abre as palmas e vejo que está segurando duas bolas de fogo.

Baz arremessa uma no rosto do vampiro, depois a outra na fera às minhas costas, que se incendeia.

Assim como eu.

Vou ao chão e rolo — e a multidão em volta irrompe em aplausos.

Baz me oferece a mão para me ajudar a levantar. Eu a aceito e pego sua varinha do chão. Entrego-a a ele.

— Penny — digo.

Ambos viramos para o outro lado da praça, onde Penny acabou de pulverizar o último vampiro. Num instante ele estava ali, e de repente não está mais. Ela nos vê. Faz um sinal de positivo hesitante, então contorna os restos escassos do vampiro.

Então começamos todos a caminhar, quase como se tivéssemos combinado. Devagar. Rumo à saída.

Os normais continuam aplaudindo. Baz se vira e acena para a multidão. Ele me dá uma cotovelada, então eu aceno também.

Penny nos alcança e segura nossos braços.

— Temos que dar o fora daqui.

— Se corrermos — Baz diz, por trás do sorriso —, vão nos seguir.

Ele se curva e depois acena com as duas mãos.

Penny e eu tentamos imitá-lo.

— Obrigado! — Baz grita. —Voltamos às seis e às nove para mais apresentações!

Seguimos devagar contornando as últimas pessoas. Tiram fotos nossas e tocam minhas asas.

— Não parem — Baz diz.

A rainha Elizabeth e sua corte nos veem passar, aplaudindo gentilmente.

Baz faz uma ampla mesura.

Então começamos a andar mais rápido, tão rápido quanto possível sem correr de fato, tentando nos manter à frente da multidão que se dispersa. Assim que passamos pela saída, corremos. Descemos os degraus. Passamos pela fila. Passamos pelas fadas, pelos camponeses e pelos chefes militares. Não consigo parar de rir. Não me sinto tão bem assim já faz um ano.

BAZ

Atravessamos o cascalho correndo na direção do Mustang. Penny literalmente pula no banco de trás.

Simon me alcança e me pressiona contra o carro. Ele me beija antes que eu entenda o que está acontecendo, me curvando contra o porta-malas.

—Você foi demais — ele diz, parando para respirar. — Nem precisou da varinha.

Seguro seus ombros.

— Fico um pouco preocupado que matar vampiros seja tão excitante assim pra você.

Ele me beija com tanta vontade que tenho que inclinar a cabeça.

— Pessoal — Bunce grita. — Estamos literalmente fugindo da cena do crime. E no interior dos Estados Unidos.

Ela está certa. Eu o afasto.

— Tão incrível — Simon diz. —Vi você brigar sem precisar te provocar eu mesmo.

Bunce joga uma garrafa de plástico por cima do meu ombro, que acaba atingindo a asa de Simon.

— Juro por Stevie Nicks que vou embora sem vocês!

Olho além dele. Tem mais ou menos uma dúzia de pessoas vindo na nossa direção.

— Prometo ser igualmente incrível mais tarde — digo. —Vou incendiar o Meio Oeste inteiro.

Simon se afasta de mim, ainda com aquele brilho estranho nos olhos, e pula no banco do carona.

Não vou ser o único a usar a porta — pulo no banco do motorista e dou a partida, então saio do estacionamento com o motor roncando, deixando uma nuvem carregada de poeira e cascalho em nosso encalço.

23

PENELOPE

Minha mãe vai me matar. Ela mesma vai me jogar num buraco qualquer, não vai nem convocar o conciliábulo. Quebramos todas as regras hoje. O Mundo dos Magos não tem muitas, mas explodimos todas:

Não incomode os normais.

Não interfira na vida normal.

Não roube dos normais.

Acima de tudo, não deixe que os normais saibam que magia existe.

E, acima disso, não deixe que os normais saibam que nós existimos.

Feiticeiros têm que viver entre os normais porque sua linguagem é a chave da nossa magia. Mas se eles soubessem de nós... *Se pessoas normais soubessem que magia existe, e que é dominada por outros...*

Nunca mais seríamos livres.

Minha mãe vai me tirar o anel. Vai me trancar em uma torre.

Nos velhos tempos, feiticeiros alteravam o próprio rosto se alguém os testemunhasse fazendo magia em público. Só é possível apagar a memória de uma pessoa por vez (fora que ainda tem a questão da ética) — não dá para fazer toda uma multidão esquecer o que viu.

As únicas opções depois de uma cena incontornável são: um, desaparecer; dois, se comprometer totalmente com o papel, vestir uma capa e uma cartola e pegar a estrada. Dizendo aos normais que é tudo um *truque*, você tem licença para fazer o que quiser na frente deles. Pode até fazer a Estátua da Liberdade desaparecer.

Baz foi esperto. Fingindo que era tudo encenação.

Não tenho esse tipo de esperteza. Não sei fingir.

Matei aqueles vampiros na frente de centenas de normais. Minha mãe não vai nem ligar para o lance dos vampiros; feiticeiros ganham medalhas por matá-los. Mas usei uma quantidade enorme de magia, abertamente.

Só posso imaginar o que Simon e Baz fizeram também. Os dois juntos têm asas, presas e superforça. Baz tem até uma varinha mágica.

Com sorte, foi tudo tão óbvio e exagerado que ninguém vai acreditar que foi verdade. Nenhum feiticeiro *de verdade* seria tão descuidado.

Por Morgana, *todo mundo* vai saber disso. Todos os nossos amigos. Nossos professores.

Micah vai achar que fui direto para o fundo do poço assim que ele me largou.

E acho que é verdade.

24

BAZ

Eu deveria estar bem chateado agora.

Bunce está um desastre no banco de trás; dá para sentir as ondas de culpa, medo e choque que a acometem. E com razão! Nossos pais vão *cortar nossa língua fora* quando chegarmos em casa. Com toda a certeza vamos ser julgados pelo conciliábulo. Não tenho dúvida. Assim que pisarmos em solo britânico.

Mas, neste momento, não estamos em solo britânico, certo?

E Simon Snow não tem pais.

A euforia dele é contagiosa. Mais do que isso: é encantadora.

Ainda sinto sua boca na minha, seus braços à minha volta. Pela primeira vez em tanto tempo. Talvez pela primeira vez desse jeito. Tão inebriante e despreocupado.

É como aquele dia em que espantamos a dragoa do gramado de Watford — mas, naquele dia, eu tive que fingir que não estava radiante por dentro. Que não cintilava por conta de toda sua magia e atenção.

Simon continua sorrindo — já faz meia hora que saímos de Omaha —, e o vento joga seus cabelos na frente dos olhos. Penny acabou lançando o feitiço em suas asas para que ele pudesse usar o cinto de segurança. (As outras pessoas na estrada estavam estranhando.)

De tempos em tempos, ele se estica para apertar meu ombro ou meu braço. Sem querer nada. Sem hesitar. Simon me toca porque está feliz. Porque está curtindo um barato. E porque eu também estava lá, também fiz parte do que o deixou tão feliz.

Simon pega minha nuca e a aperta, me balançando de leve. Quando olho, ele está rindo.

Vão nos apedrejar quando chegarmos em casa. Vão tirar nossos nomes do Livro da Magia.

Mas não até irmos para casa.

Se é que vamos para casa.

Este país é infinito. Talvez as estradas nunca terminem.

Acabamos parando em um posto na estrada, para usar o banheiro e comprar sanduíches horríveis.

Bunce e eu somos os primeiros a voltar para o carro.

— Precisamos abastecer — digo. — Não fizemos isso nem uma vez.

— Estou enfeitiçando o tanque — ela responde, fazendo careta para o jantar. — Como os americanos conseguem estragar *sanduíches*?

— São secos e moles — digo, dando uma mordida. — Ao mesmo tempo.

— Acha que estamos encrencados?

Ela levanta o rosto para mim, mas mantém um olho fechado por causa do sol poente.

— *Muito* — digo.

— Talvez ninguém tenha visto.

— Tinha mais gente gravando do que não gravando.

— Estou tentando pensar num feitiço…

— Pra apagar a internet? — Largo o sanduíche no capô enquanto arrumo a echarpe sobre o cabelo. — Você teria que lançar o equivalente a um livro inteiro de feitiços e sacrificar sete dragões.

— Então é *possível*…

— Desiste, Bunce. Estamos totalmente fodidos.

— Então por que você não está mais chateado?

Simon sai da lojinha segurando um saco.

— Descobri um jeito de contornar o problema dos sanduíches — ele diz. — Carne seca! Tem de uns trinta tipos diferentes nesse lugar.

Ele estica a mão para pegar a chave do carro no bolso do meu jeans.

— Minha vez de dirigir.

Giro, evitando sua mão.

— É mesmo?

Ele pressiona meus quadris contra o carro e enfia a mão no bolso para pegar a chave. Nós dois rimos.

Bunce só observa.

Simon entra no banco do motorista, então Penny se aproxima de mim. Ainda não consegui arrumar a echarpe.

—Vamos voltar para casa em menos de uma semana — ela diz. — Temos que pensar em alguma coisa.

Simon dá a partida. O rádio já está a todo o volume.

— Onde vamos dormir esta noite? — ele pergunta.

Contorno Penny para entrar no carro.

—Vamos saber quando virmos.

Quando eu disse que este país é infinito, era uma licença poética. Mas Nebraska nunca termina mesmo. Tem o tamanho da Inglaterra e é vazio como a lua. Nunca vi um céu tão preto.

Milharais dão lugar a pastos e pedras. Achamos que vemos pixies assim que escurece — lampejos em meio à grama alta. Mas quando paramos e chegamos perto, são só uns besourinhos fosforescentes.

—Vaga-lumes — Simon diz. — Eu acho.

Nós dois passeamos pelo gramado, vendo os insetos acendendo e apagando, devagar. São tão morosos no ar que dão a impressão de que daria para pegá-los… então Snow de fato pega um. Ele o mostra para mim, preso entre suas mãos, e ponho as minhas em volta, me aproximando para olhar.

— São mágicos? — pergunto.

Simon nega com a cabeça.

— Acho que não.

124

O vaga-lume se cansa de inspecionar as palmas de Simon e foge por entre nossas cabeças curvadas, o que faz ambos pularmos. Então tentamos pegar mais um, perseguindo um ao outro tanto quanto as luzinhas piscantes.

Até Bunce sai da fossa por um momento para se juntar a nós. Ela solta um gritinho quando pega um, dançando em círculos, como um pônei.

— *Aaaahh!* Peguei um! Dá pra sentir as asinhas na minha mão!

— Não esmaga! — Simon diz. —Vamos ver!

Simon abre um pouco o punho dela, e o vaga-lume sai voando e pousa no cabelo dele. Simon congela, com um sorriso se insinuando nos lábios, a luz piscando devagar acima de sua orelha.

Eu me aproximo para beijá-lo, tentando não assustar o vaga-lume. Posso fazer isso, sou furtivo como um vampiro. Snow nota que eu me aproximo e não se mexe. Quando meus lábios roçam os seus, ele vira o rosto. O vaga-lume vai embora.

Então voltamos a isso. O que quer que tenha lhe dado coragem mais cedo já se extinguiu.

—Vamos — ele diz. Pelo menos ainda está sorrindo.

Quero pegar sua mão e mantê-lo aqui comigo, em meio à grama. *Você ainda é meu?*, eu perguntaria. *Ainda quer isso?*

Mas não faço nada.

Porque não quero ouvi-lo dizer que não.

Uma hora depois, vemos pixies de verdade. Traçando círculos em meio ao mato alto, uma dúzia deles, com nuvens de vaga-lumes sobre os cabelos.

— *Isso* é mágico — digo.

Tudo o que Simon consegue ver são as luzes.

25

SIMON

Notei a caminhonete prateada cerca de uma hora antes de *realmente* notar.

Os mesmos faróis no retrovisor. A mesma grade dianteira sorridente. Nunca nos ultrapassa, nunca sai da estrada. Imagino que não tenha muito para onde ir por aqui.

A caminhonete deveria ter nos passado quando paramos para pegar vaga-lumes. Ou quando paramos para ver os pixies. (Não consegui ver nada, na verdade. Porque voltei a ser normal, claro, embora ninguém diga isso em voz alta.)

Mas continua atrás de nós.

Poderia ser *outra* caminhonete prateada. Ou a mesma, que acabou de nos alcançar depois de fazer uma parada também, por coincidência.

Poderia.

Pego a próxima saída. Baz ergue uma sobrancelha, mas não diz nada.

— Não vamos parar para ver mais pixies! — Penny grita. — A menos que tenham um hotel. Estou cansada e minha bexiga vai explodir!

Olho pelo retrovisor. Depois de um minuto, vejo os mesmos faróis largos. Desligo o rádio.

— Estamos sendo seguidos.

— Quê? — Penny grita — Por quem?

— Não olha! — digo.

Ela se vira para olhar. Baz olha pelo retrovisor.

— Quanto tempo faz? — ele pergunta.

— Pelo menos uma hora, talvez duas. Desde antes dos vaga-lumes.

Baz pega sua varinha.

Já fui seguido antes. Emboscado. Por goblins. Por lobisomens. Por feiticeiros infelizes que tinham problema com o Mago. Mas sempre estava armado. Tinha uma espada lendária e era cheio de poder. Nunca fui bom com a varinha, mas minha magia aniquilava qualquer coisa que chegasse perto o bastante para poder me matar.

Perdi tudo isso.

Mas tenho dois amigos muito poderosos.

Penny solta o cinto de segurança e se inclina entre nós dois.

— Vou lançar um feitiço!

Baz segura o braço do anel dela.

— Não machuca ninguém!

— Estou mais preocupado em não deixar que machuquem *a gente*! — grito. Todos gritamos, por causa do vento.

Baz continua segurando o braço de Penny.

— Não podemos enfeitiçar todo normal que olhar atravessado pra gente!

Ela se solta.

— Não é como se a gente pudesse se encrencar *ainda mais*!

— Essa não é a questão, Bonnie e Clyde!

Penny já nos deu as costas. Está ajoelhada no banco de trás, e sua saia curta voa ao vento. Ela estica a mão direita e grita:

— *Chá de sumiço!*

Os faróis nem oscilam.

— Vamos esperar um pouco, ver se faz efeito — Baz diz.

Torcemos para que a caminhonete pare ou tome outro rumo. Passamos por duas encruzilhadas, depois três. Na quarta, viro abruptamente, saindo da estrada de duas pistas para um caminho de cascalho. Sigo em frente, sentindo as pedras batendo embaixo do carro.

Baz e Penny ficam observando a escuridão atrás de nós. Eu olho pelo retrovisor.

Os faróis voltam a aparecer.

— Merda — Baz diz.

Penny lança outro feitiço:

— *Parado!*

Nada acontece. Ela abre bem os dedos e…

— Não! — Baz diz. —Você vai se cansar.

— Podem ser vampiros! — Penny diz.

— Pode ser qualquer coisa! — digo. Um espectro, um monstro sanguessuga, um devorador de cadáveres. Algo tipicamente americano: um demônio armado, um gato-da-pradaria, uma daquelas sereias que vivem em poços. Coiotes sabem dirigir? Sei que jogam pôquer, o Mago me disse.

"Conheça o inimigo antes que ele conheça você" era uma das lições preferidas do Mago. Ele me preparou para qualquer potencial ameaça, ainda que improvável. E me dizia para evitar os Estados Unidos a todo custo: "Todo tipo de feiticeiro e de criatura mágica foi parar lá. Há magia antiga e recente. Híbridos e novidades que não temos como prever. É o lugar mais perigoso do mundo". Eu tinha treze anos, e achava que parecia um país bem legal. Todo tipo de magia, todo tipo de feitiço, em um único lugar.

— Para na próxima cidade — Baz diz. —Vamos estar mais seguros se houver público.

Mas não existe "próxima cidade".

Passo de uma estrada de cascalho para outra. Os faróis nos seguem.

Baz mantém a varinha empunhada. Penny observa a caminhonete por um momento, então afunda no banco de trás, de modo que o que quer que esteja vigiando não possa vigiá-la de volta. O cascalho bate contra todos os componentes metálicos do carro.

Trinta minutos se passam assim.

Grito por cima do ombro para Penny:

—Você ainda precisa fazer xixi?

— Sim! — ela grita.

— Devo parar?

— Não!

Não aparece nenhuma cidade. Não há iluminação. Só consigo ver a estrada alguns metros à frente e alguns metros atrás de nós. Baz e Penny são sombras.

A caminhonete entra e sai do nosso campo de visão.

Digo a Penny para encontrar uma cidade no celular. Mas não tem sinal.

Os faróis no retrovisor apagam e acendem de novo.

— O que eles querem com isso? — Penny grita.

— Que a gente pare — digo.

Baz vira para mim.

— Nem se atreve!

Os faróis acendem e apagam. Lenta e deliberadamente.

— É código morse? — Penny pergunta, espremida entre nossos assentos.

— Acho que é código básico para "Parem" — digo.

— Não para! — Baz repete.

— Não vou parar.

— Precisamos de um plano — Penny diz.

— Temos um plano! — Baz é firme. — Esperar por uma cidade.

— Não tem nenhuma cidade! — digo.

— Precisamos de um plano de batalha — Penny diz.

— Concordo! — digo.

—Vocês têm ideia do que estão dizendo? — Baz grita, mas quase não dá para ouvi-lo. (Mal podemos ouvir nossa própria voz.) — Não podemos encarar uma briga!

— Estamos em três — Penny argumenta.

— Eles também podem estar! — Baz diz. — E mesmo se formos mais poderosos, não podemos armar outra cena!

— Olha em volta! — Ela faz um gesto que abarca toda a escuridão em nosso entorno. — Não tem nenhuma testemunha!

— Eles podem estar gravando a gente, Bunce!

— Bom, não podemos continuar assim — digo. Estou ficando louco, aguardando que algo aconteça. Nunca esperei tanto tempo para começar uma briga.

— Estamos seguros assim! — Baz diz. — Estamos melhor assim. Ninguém está se machucando.

A caminhonete chega bem mais perto, e os faróis deixam Baz ainda mais pálido. Ele protege os olhos com as mãos. Os faróis apagam de novo e fica escuro por um momento, então acendem.

— Foda-se.

Mudo de marcha e piso fundo no acelerador.

O barulho é monstruoso. Penny e Baz se seguram com ambas as mãos.

BAZ

Eu costumava admirar esses dois por escaparem de tantos sufocos.

Agora sou testemunha de que só são capazes de tantas grandes escapadas porque caem em tantas armadilhas! Foi esse tipo de comportamento que levou Wellbelove para a Califórnia.

O Mustang soa como um morcego escapando do inferno. E o motorista em fuga é Simon. Na quarta marcha em uma estrada de cascalho, com os olhos azuis bem apertados. A echarpe da minha mãe se solta e é levada pelo vento. Snow estica a mão para resgatá-la. Ele olha para mim por apenas um segundo enquanto a ostenta como uma bandeira.

SIMON

A caminhonete volta a ficar um pouco para trás, mas ainda nos segue.

Dou outra guinada de noventa graus. Estamos de volta ao asfalto, ganhando velocidade. Provavelmente velocidade demais. Eu não conseguiria parar agora, mesmo se precisasse — a estrada chega antes que eu esteja pronto para ela.

Baz continua com a varinha na mão, e Penny mantém a mão direita levantada.

— Desacelera! — Baz grita.

Não obedeço. Não quero. Estou cansado desse embate. Estou cansado de ser *seguido*.

De repente, minhas asas explodem às minhas costas — não sei o porquê, não ouvi nenhum sino. A força me propele contra o volante, e o conversível oscila.

Baz lança um feitiço, mas não consigo ouvir qual. Então grita com Penny. Ela também lança um.

— Não tem magia! — Baz grita.

— É um ponto morto! — Penny bate no meu ombro. — Não podemos parar aqui!

— Não estou parando! — digo, mas então o carro começa a engasgar. — O que você fez? — grito para Baz.

— Nada — ele diz. — Certamente não fiz isso!

O motor falha. Piso fundo no acelerador. Tento mudar de marcha. A caminhonete atrás de nós se aproxima rápido demais. Uma saída surge à minha direita. Giro o volante no último minuto, e entramos em outro terreno com piso de cascalho.

O Mustang para aos pés de Stonehenge.

PENELOPE

Quando o carro deixa a estrada, fecho os olhos e protejo a cabeça. Todos os feitiços que tentei deram errado. Não resta nada a não ser pensar em todos os carros modernos com airbags que eu poderia ter alugado, e me preparar para o impacto...

Que não vem.

Quando paramos, abro os olhos e juro que vejo Stonehenge a alguns metros de distância. Tudo em que consigo pensar é: *Estamos em casa, de alguma forma. Graças a Morgana.*

Mas não é Stonehenge. Não pode ser. Em primeiro lugar, não tem magia aqui — estamos num ponto morto. (*Será que o Oco já esteve no oeste de Nebraska? Existe um Oco americano? Será que também surgiu por causa de Simon?*)

Em segundo lugar, as pedras eretas não são *pedras*. São... carros. Carros antigos enormes, pintados de cinza e dispostos como as pedras de Wiltshire. Alguns deles estão inclinados e enterrados no chão, outros estão empilhados. O que é este lugar?

Não temos magia.

Não temos sinal de celular.

Precisamos de um *plano*.

Simon se inclina sobre o encosto do banco para tocar meu braço.

—Você está bem?

— Ainda temos Baz — digo. — E ainda temos suas asas. Vamos lutar como orcs se for preciso.

Baz pula para fora do carro e se posiciona à frente dos faróis traseiros. Fico ao seu lado, de queixo erguido. Estou acostumada a lutar em companhia de alguém muito mais poderoso que eu.

— Pega o celular deles antes de tudo — digo.

Simon se posiciona do outro lado de Baz e abre as asas.

A caminhonete chega devagar, agora que nos encurralou. Ela para à nossa frente no estacionamento. O motor é desligado, os faróis são apagados.

Um cara desce. Ele é negro, mais ou menos da nossa idade. De jaqueta jeans e óculos de armação fina.

Suas mãos estão vazias. Depois de um segundo, ele acena.

— Oi.

26

SIMON

— Oi — respondo.

Penelope não quer saber de conversa fiada.

— O que você quer?

O cara coça a nuca. Parece constrangido.

— Nada. Vi, hum, a apresentação de vocês em Omaha e... queria conversar.

— Então perseguiu a gente por todo o Nebraska?

Ele nega com a cabeça.

— Não era para ser uma perseguição.

— Pareceu bastante com uma perseguição em alta velocidade — digo.

— Ficou bem óbvio que a gente não queria conversar — Penny diz.

Baz permanece frio como gelo. Sua varinha está apontada para o cara.

— O que você é?

— Nada — o cara diz. — Juro que sou normal.

Um arrepio sobe pela minha espinha.

Normais não sabem que são normais.

— O que você *quer*? — Baz pergunta, dando um passo adiante. É uma ameaça, não uma pergunta.

O cara está sorrindo. Suas mãos estão visíveis.

— Olha, desculpa, mas eu realmente só queria conversar com vocês. Acho que me deixei envolver na brincadeira...

Baz desdenha.

— Não é uma brincadeira.

—Você está certo, desculpa. É só que nunca vi…

—Você não viu nada.

— … um vampiro caçando vampiros.

Sinto que meu coração está conectado ao de Baz e ao de Penelope. Sinto que todos nós perdemos o fôlego.

— Não sabemos do que está falando — Penny diz — e não queremos falar com alguém que nos perseguiu e intimidou.

— Olha… — Ele se esforça bastante para parecer simpático. — Às vezes eu me empolgo, mas é que sabia que se deixasse que sumissem da minha vista nunca mais ia ver vocês. Era uma oportunidade única…

—Você nunca mais vai ver a gente mesmo — Baz diz. — Agora entra na caminhonete e… Espera. — Baz para. Ele baixa a mão da varinha. — Estou te reconhecendo.

— Meu nome é Shepard.

O cara estica a mão.

Baz não a aperta.

— Foi você que me passou o feitiço. Na feira renascentista.

— Some-do-mapa — o cara diz, sorrindo.

— Se acha mesmo que somos vampiros — digo —, por que nos seguiu até o meio do nada? Não tem medo?

— Meu nome é Shepard — ele tenta de novo, esticando a mão para mim.

Eu a aperto, e Penny suspira.

— *Você* não é um vampiro… — Shepard diz, me olhando como se eu fosse a arca perdida e ele, Harrison Ford. — É algo novo. Ou algo antigo. Espero que me conte enquanto tomamos um café quentinho.

— Enquanto *você* toma o rumo de casa! — Penny diz. — Hora de ir embora, sr. Normal.

— Shepard — ele diz, oferecendo a mão para ela.

— Não! — Ela aponta para a estrada. — Vai! Sorte a sua que não vamos chamar a polícia!

— Tá bom. — Ele enfia as mãos nos bolsos. — Sei que lidei com isso do jeito errado. Sinto muito. — Shepard começa a voltar para o carro. — Posso ligar para alguém, se precisarem de gasolina. O tanque estava enfeitiçado, não é? E morreu quando a magia apagou.

— Quem disse que nossa magia apagou? — digo, batendo as asas, mas não intencionalmente.

— Não tem magia aqui — ele diz. — Para os fluentes.

— Por que não? — Penny pergunta. Ela deve estar mais interessada na resposta do que em nos acobertar. — Para onde a magia foi?

— Não tem normais o bastante por aqui — ele diz. — Então vocês não têm linguagem em que se basear. Nebraska é um dos lugares menos mágicos do país para pessoas como vocês. Por que saíram da rodovia?

Penny fica furiosa.

— Pra fugir de você!

Viro para Baz.

— Isso é verdade?

Ele levanta as sobrancelhas como se dissesse "Vai saber".

— Então estamos presos aqui — Penny diz.

— Posso dar uma carona — o normal oferece.

— Está brincando comigo? — ela retruca.

— Como você sabe o que acha que sabe a nosso respeito? — Baz pergunta, encarando Shepard. — A respeito de magia?

O cara sorri. (Eu não sorriria na situação dele.)

— Me falaram. Outros fluentes em magia.

— Pfff — Penny solta. — Porque você os perseguiu no deserto e os encurralou?

— Porque eu perguntei — ele diz. — E porque eles sabiam que minhas intenções eram boas. — Shepard se vira para Baz. — Nunca conheci um vampiro.

— Espero que continue tendo essa sorte.

O normal está parado perto da porta aberta da caminhonete. Ele empurra os óculos para trás.

— Posso ajudar vocês...

— É por sua causa que precisamos de ajuda! — Penny grita.

— Como? — eu pergunto. — Como você pode ajudar?

Ele dá um passo na minha direção.

—Vocês estão perdidos. Obviamente não sabem nada sobre esse país: metade dos seus feitiços não funciona e vocês vieram direto para uma zona silenciosa. Não sei aonde estão indo, mas posso ser seu guia. Como a ameríndia Sacagawea.

Penny cruza os braços.

— Para que a gente possa invadir seu país e tirar tudo de você?

— Ah, merda, esse é o plano?

— É — Baz escarnece. — Começamos muito bem.

O normal não desiste.

—Vocês estão caçando vampiros? Foi pra isso que vieram?

— Não! — Penny diz.

— Estamos de férias — eu digo.

Ele volta a empurrar os óculos.

— E vieram passar férias em *Nebraska*?

— Só estamos de passagem — Baz diz. — Olha, Shepard... Posso ter um momento a sós com meus amigos mágicos?

Enquanto o cara diz "Claro", Baz pega a mim e a Penny pelos braços e nos puxa na direção do círculo de carros. (Alguém reconstruiu *Stonehenge* com *carros*. É a melhor coisa que eu já vi.)

— É melhor aceitar a ajuda dele — Baz diz.

— Não fala bobagem, Baz.

— Estamos presos aqui, Bunce.

— É, por causa *dele*.

—Vamos aceitar a ajuda — Baz continua — e depois lançar um feitiço de esquecimento nele. O cara é quem mais tem a perder. Estamos em maior número e nossa magia vai voltar assim que chegarmos a uma cidade.

— E se ele tiver uma arma? — pergunto.

— Eu sento atrás do cara e quebro o pescoço dele se for preciso.

Franzo a testa para Baz.

—Você sabe quebrar o pescoço de alguém? É melhor eu te mostrar antes de entrarmos no carro...

Ouvimos pneus no cascalho, e por um segundo acho que Shepard decidiu ir embora sem a gente. Todos olhamos.

Tem um novo par de faróis entrando. Dois pares. Agora três.

— Quem é? — Penny pergunta.

Baz sacode a cabeça.

— Ninguém amistoso.

27

BAZ

Uma, duas, três caminhonetes saem da estrada e vêm na nossa direção, nos encurralando contra o carro de Shepard com seus faróis.

Não tentamos correr. Simon poderia. Já teria escapado.

Dou uma cotovelada nele.

—Voa, Snow. Agora.

— Não.

—Você pode conseguir ajuda.

— De quem?

Portas se abrem e se fecham. Alguém caminha na nossa direção, mas não consigo enxergar direito, por causa dos faróis.

Parece um homem… mas só parece.

Ouço um clique, seguido de um tiro. Então quem quer que seja se aproxima o suficiente para que o vejamos…

É um furão do tamanho de um ser humano, segurando uma espingarda.

Com listras pretas e brancas. Olhos brilhantes. De jeans. Ele abre o canto da bocarra e projeta um líquido marrom aos meus pés. Cheira a fumo de cachimbo.

— Então os boatos são verdadeiros — ele diz. —Temos intrusos.

Alguma coisa flutua sobre o ombro do furão, uma névoa espessa e cinza. Com braços. Ela espirala em torno de Penny, sibilando:

— Fluentes. — Suas mãos roçam minha bochecha, mas não sinto nada. — E vampiros.

— Estão todos armados? — O furão olha por cima do ombro. — Revista geral.

Uma terceira coisa se aproxima da luz. Outra criatura humanoide. Esta é enorme, usa calça camuflada e camisa de flanela, e tem cabeça de cabra — não como as cabras de Ebb, mas muito mais feroz, com chifres que se contorcem acima das orelhas e apontam para a frente. Ele estica os dedos humanos na minha direção.

— Nem pensa nisso — digo.

O furão preto e branco ergue o cão da espingarda.

—Veja bem, meu filho. Não queremos saber de vocês por aqui. Talvez o lugar de onde vieram tolere transviados, mas estamos no Nebraska.

Ele pode estar querendo dizer absolutamente qualquer coisa com "transviados": feiticeiros, vampiros, garotos com asas, gays…

—Vocês sabiam no que estavam se metendo quando entraram na zona silenciosa.

O homem-cabra está revistando Bunce, sem dúvida à procura de uma varinha. Ela tem sorte por usar um anel — normais e criaturas nem percebem que é mágico. Minha própria varinha está a salvo pelo momento, enrolada no rabo de Simon, recolhido às costas dele.

Bunce encara o homem-cabra, como se o reconhecesse de um filme.

—Você é um fomoriano?

Ele a olha com desprezo.

—Você é, sim. — Ela está tão curiosa que esquece de ficar com medo. — Um demônio do caos — diz animada para Simon e para mim. —Ventos fortes, pragas, mortes no mar… — Ela volta a se virar para ele, que apalpa as meias dela. Não de um jeito pervertido, ainda bem. — O que está fazendo fora da Irlanda?

— Sou *americano* — o homem-cabra diz. — De quarta geração. Minha família veio para cá para ficar longe de gentalha como você.

— Feiticeiros? — ela pergunta.

— Indianos? — Baz pergunta.

— A porra dos ingleses — o homem-cabra responde.

Pigarreio.

— Desculpa — digo ao furão. — Não sabíamos que estávamos entrando em algum tipo de zona. Não conhecemos as regras por aqui.

O homem-cabra me apalpa agora, de um jeito significativamente mais desagradável. Eu provavelmente poderia quebrar seu pescoço, e até derrubar o furão antes que conseguisse atirar em mim, porque sou mesmo rápido, mas tem outras sombras se esgueirando atrás deles. Quem sabe que estranha mistura se esconde ali? Quantas criaturas humanoides com espingardas?

— Bom — digo, ignorando o hálito da cabra —, sentimos muito. Já vamos embora.

— Desconhecimento da lei não é desculpa — o furão diz. — E a lei é muito clara: nada de fluentes nas zonas silenciosas, fora das reservas e da estrada interestadual. Os normais por aqui, ainda que poucos, são nossos.

— Não queremos seus normais — Bunce diz.

— Vocês nunca se satisfazem — ele diz, voltando a cuspir. — Se deixarmos que partam, estaremos mandando a mensagem errada. De que não estamos cumprindo nossa parte do acordo. — O furão aponta para Simon. — Você se parece mais conosco do que com eles. O que você é? Um diabo vermelho? Espírito maligno? Pterodactilomem?

Simon mantém a mandíbula cerrada. Tem uma expressão sombria, mesmo sob as luzes fortes. Ele observa o homem-cabra apalpar meus bolsos de trás da calça. De novo.

O furão olha para o homem-cabra.

— Pelo amor de Deus, Terry. Se divirta no seu tempo livre.

E então Simon *explode*.

Agora é menos explosivo do que costumava ser — mas igualmente espetacular.

Ele usa o rabo para lançar minha varinha por cima do ombro, então a pega com a mão direita e enfia no pescoço do homem-cabra, que cai sobre mim como uma pilha de tijolos. Eu o empurro, preocupado com a espingarda.

Bunce tem a mesma preocupação, e pula em cima do furão. Vão ambos para o chão, agarrados ao cano da espingarda. Eu o afasto dela e a arma dispara — pela última vez. Eu a tomo e a quebro contra o joelho. (Nem dói.)

— Não deixa ele te morder! — alguém grita pra gente. — Vai te transformar!

— Como se eu fosse querer morder esse tipo de coisa — o furão rosna. É uns trinta centímetros mais baixo que eu, e arranha meu peito com as garras compridas e afiadas. Solto a arma e o pego pelos pulsos peludos. Não tenho um plano. *Acho* que não estou tentando matá-lo.

Noto Simon de canto de olho, lutando contra alguém ou alguma coisa que parece humana e possui um brilho vermelho saindo das mãos. Ele paira sobre ela, chutando suas costas, tentando desviar da magia.

— Ei, vampiro! — alguém grita. Eu ignoro.

Então ouço Penny gritar:

— Baz!

Viro e vejo o normal atrás do volante da caminhonete. Penny está no banco do carona, inclinada para fora da janela.

— Vem!

Quando olho para trás, o furão está sorrindo. Sinto um fedor horrível me cercar. Solto seus braços e o empurro para longe.

— Baz! — Penny volta a gritar, com a janela ainda aberta. Um ser pequeno e peludo arranha a porta. A caminhonete se afasta. Corro atrás dela, gritando o nome de Simon.

Não tenho dificuldade em alcançá-la. Nem em afastar a criatura da porta. Nem em pular na caçamba. Estou de pé nela, gritando por Simon.

Ele continua lutando. Chutando. Voando.

Ouço um tiro. E mais três. Então…

— *Simon!*

28

SIMON

Podem me amaldiçoar, me matar e me picar em pedacinhos, mas não vou ficar assistindo uma cabra demoníaca apalpar meu namorado na minha frente.

Baz estava tentando impedir um desastre só na lábia, mas não ia funcionar — as criaturas vieram atrás de sangue, elas mesmas disseram. Fora que eu reconheço o jeitão delas. Vão pegar tudo o que tivermos, extrair o máximo de informações e depois arrancar nossa cabeça.

As chances talvez estivessem a favor deles. Nós três não estamos nem de perto no nosso melhor. Penny e Baz ficam paralisados e perdidos sem magia. Baz provavelmente é o mais poderoso entre todos aqui, mas pensa como um feiticeiro, não como um vampiro. Sem a varinha, perde o ímpeto da luta — prefere *conversar*. Bom, não temos como nos livrar dessa no papo.

Nem sabemos com o que estamos lidando. É só um bando armado ou um exército? Nenhum de nós sabe nada sobre criaturas mágicas americanas. Não tenho nem certeza de que animal é aquele com o fuzil. Um texugo?

O Mago sempre disse que os Estados Unidos eram uma ameaça constante ao Mundo dos Magos. É um país descentralizado, desorganizado, sem regras mágicas. Os feiticeiros daqui nem se falam se não forem parentes. É cada um por si.

"São dissidentes e terroristas", o Mago me disse uma vez. "Sem nenhum senso de comunidade, sem objetivos em comum. Metade deles usa a magia para lavar a louça, e a outra vive como sultões libertinos. Culpo a linguagem de lá. Muito instável! Um fluxo contínuo! Seu dialeto é como um rio desprovido de curvas e baixios naturais, seus feitiços expiram antes que os tenham aprendido! Meu coração sempre será dos rebeldes, Simon, em qualquer conflito. Mas os Estados Unidos são um experimento fracassado. Um país caótico, onde os magos perderam a noção de si mesmos. Onde vivem como parasitas dos normais. Como criaturas das trevas."

Ele ia pirar se soubesse que eu vim para cá. Se estivesse vivo e pudesse ficar sabendo disso.

A cabra demoníaca enfiou as mãos nos bolsos de Baz. Assim que o texugo desviou os olhos de mim, acabei com a cabra usando a varinha de Baz. (Talvez eu tivesse mais sorte com a minha própria varinha se a usasse assim.) Ou pelo menos acho que acabei. Não sei se cabras demoníacas têm traqueia.

Baz foi para cima do texugo, que estava segurando Penny. Deveria ter sido o fim da criatura — Baz poderia quebrá-la ao meio, como se fosse uma barrinha de chocolate. Mas, por algum motivo, ele não o fez.

Estou prestes a fazer isso por ele quando algo pula nas minhas costas. Um monstro feminino, com as mãos quentes. Caímos todos na porrada agora. Sempre foi a única maneira de darmos o fora daqui. Pairo sobre a coisa de mãos vermelhas, batendo nela com o rabo. Queria ter alguma coisa para atirar nela.

Não encontro Penny. Aonde ela foi?

E por que ninguém atirou na gente ainda? Até bebês têm acesso a armas nos Estados Unidos. Certamente as outras criaturas das trevas devem estar armadas.

Ouço um motor ligando e olho por cima do ombro — é a caminhonete prata. O normal deve estar fugindo. Baz vai atrás dele. *Deixa o cara ir, Baz, temos problemas maiores agora.*

Chuto os dentes da Mãos Quentes. Queria estar usando coturnos com bico de aço. Procuro por Penny…

Ah. Eis os tiros que eu estava esperando.

29

PENELOPE

— *Ei! Ô bruxinha!*

Baz tinha acabado de tirar aquele gambá de cima de mim, mas eu continuava deitada no chão. Achava que talvez estivesse sangrando — eu tinha caído no cascalho com tudo.

— *Você aí, de saia xadrez!*

Levantei a cabeça e vi o normal agachado atrás de uma pedra, sussurrando para mim.

— *Vamos nessa!*

Olhei para Baz, que ainda lutava contra o gambá, e para Simon, que lutava contra algum tipo de demônio do fogo, e engatinhei até o normal.

Ele pôs a mão no meu ombro e sussurrou:

— Vamos para minha caminhonete, tá?

— Não posso — eu disse. — Meus amigos...

— São bem durões. Eles alcançam a gente. Só temos que sair daqui sem levar um tiro.

— Como vou saber que você não armou tudo?

— Bom, você que sabe. Eu vou dar o fora daqui.

Ele correu na direção da caminhonete, discretamente, e eu o segui. (Porque o normal era o menor de pelo menos seis males.) Por sorte, as criaturas não prestaram atenção em nós. Baz e Simon são distração suficiente, em quase todos os cenários imagináveis.

O normal deu a partida na caminhonete, então ambos gritamos para Baz, que pareceu entender o plano imediatamente. Algum tipo de animal tentava abrir minha porta, mas Baz o arrancou dali — enquanto corria ao lado do carro. Ele é *muito* assustador quando não está fingindo que não é um vampiro.

Baz está na caçamba agora, chamando Simon por cima do barulho dos tiros — quando foi que isso começou? O normal está curvado sobre o volante, e eu estou praticamente de cócoras no chão. Me esgueiro até a janela para procurar Simon. Ele está perto do monumento, ainda pairando sobre as criaturas. Tem pelo menos meia dúzia delas apontando armas para ele.

Abaixo o vidro e grito, tão alto quanto consigo, preocupada que ele não vá me ouvir:

— Simon!

Ele vira a cabeça para mim, então vem na nossa direção, subindo cada vez mais alto no céu.

— Anda, anda, anda! — grito para o normal, que já está acelerando. A caminhonete volta para a estrada de cascalho e segue em frente.

— Eles vão nos seguir — digo.

— Vão tentar — o normal diz, sorrindo.

— O que você fez?

— Furei os pneus deles.

— Não acredito!

— É verdade. Eles estavam totalmente concentrados em vocês. Eu não tenho um cheiro interessante.

— Isso foi… meio esperto — admito.

— Bom, eles podem nos alcançar — o normal diz. — Ainda são mágicos. Mas os tratados são vias de mão dupla. Eles não podem tocar em vocês quando estiverem em território fluente. E a maior parte do país pertence aos feiticeiros, não às criaturas.

— Quando vamos recuperar nossa magia?

— No extremo de Nebraska. Em mais ou menos uma hora.

Baz está batendo na janelinha de trás. Faço contato visual com ele, que tem uma sobrancelha levantada. Assinto para indicar que estou bem.

O normal destrava o vidro e o abre.

Estico o braço.

— E o Simon?

Baz pega minha mão.

— Está acompanhando a gente.

— Se segura aí atrás — o normal diz.

Baz olha para ele. E depois para mim. Acho que está me perguntando se podemos confiar nele. Não tenho uma resposta, mas precisamos do normal agora. Ele está nos tirando dessa confusão — mesmo que vá nos colocar em outra.

BAZ

Me recosto contra a cabine da caminhonete e fico olhando para cima.

Simon está voando acima das nuvens. Quero que aterrisse, não quero perdê-lo de vista.

Espero que não esteja ferido.

Eu estou, acho… ferido.

Não quero desviar os olhos de Simon, então passo os dedos nas marcas no meu peito. Ardem, mas parecem ter parado de sangrar. Ainda não sei o que mata vampiros, mas imagino que possa riscar chumbo grosso da lista.

Ainda não há faróis atrás da gente. Talvez as criaturas das sombras não precisem de faróis. Talvez nem precisem de carros.

O rosto de Bunce volta a aparecer na janela.

— Estamos tentando ganhar alguma distância — ela grita. — Ele furou os pneus das criaturas!

Ele quem, o normal? Boa ideia. Mas ainda não podemos confiar nele. Será que nos tirou da estrada de propósito? Nos levou direto para as patas deles? O que está tentando fazer agora?

Há um baque pesado.

Snow aterrissou na caçamba, agachado, com as mãos para baixo, as asas parcialmente dobradas às costas. Ele olha para mim.

— *Baz*.

Simon. Estico o braço e o puxo em minha direção, para o meu lado, para cima de mim. Procuro por marcas de tiro e sangue.

— Está ferido?

— Estou bem — ele diz. — Penny...

— Ela está bem.

— E você?

Suas mãos estão nos meus ombros. Sua boca está sobre a minha.

— Estou bem — digo, enquanto ele me beija.

Por Crowley, se é disso que preciso para ter Simon em meus braços — tiros, zonas silenciosas e perseguições em alta velocidade —, então eu topo. Vou me devotar a isso. Encontrei minha vocação.

Ele se afasta, passando a mão no meu cabelo.

— Baz...

— Simon?

—Você cheira a lobisreio morto.

SIMON

Pior ainda.

— A intestino de goblin — digo.

— Como você sabe o cheiro...

— Intestino *delgado*. — Tampo o nariz com a mão. — Pelas cobras, Baz!

— Eu sei, tá? — Baz empurra meu ombro. — Tenho os sentidos apurados.

— Está me fazendo lacrimejar — digo. — Posso até sentir o gosto.

—Você pode sair de cima de mim, Snow. Nada te impede.

— Não, tudo bem. Estou bem.

Daqui não saio, daqui ninguém me tira.

30

PENELOPE

Minha magia retorna em uma hora. Vim murmurando feitiços para mim mesma desde que voltamos à estrada, batendo o anel contra a perna. De repente, limpo-como-meu-nome funciona, e sinto como se minha pele e meu cabelo fossem esfregados. Pulo no pescoço do normal antes de sentir totalmente o efeito do feitiço.

Ele faz careta, mas só isso. Meio que já esperava.

— Acho que saímos da zona silenciosa — o normal diz.

Aperto o dedão em sua garganta.

— *É uma adaga o que vejo diante dos meus olhos?*

Um canivete cai do bolso da jaqueta dele, mas o normal não reage. Tento outro feitiço para revelar suas intenções:

— *Mostre suas cores!*

Um brilho roxo envolve o normal, e fico quase decepcionada. Azul é seguro, vermelho é perigo, e roxo é o resultado mais comum — quase todo mundo quer *alguma coisa* de você.

Ouço Baz lançando feitiços na caçamba da caminhonete, para tornar mais difícil nos ver, mais difícil nos seguir. Magia profunda. Ele já deve estar exausto.

— Não quero machucar vocês — o normal diz. — Nem expor.

— Você nos expõe ao olhar pra gente e identificar o que somos!

— Posso ajudar vocês. — Ele está notavelmente calmo. — Posso mostrar...

— Você nos afastou da magia e nos levou para uma armadilha!

— Foi um acidente!

— Foi? — Meus dentes estão à mostra. —Você sabia que ficaríamos sem magia.

O normal parece culpado. Minha mão continua em seu pescoço. Sua pele é alguns tons mais escura que a minha, e ele usa uma correntinha de ouro.

— Eu só estava seguindo vocês — o normal argumenta, parecendo um pouco mais tenso. (Ótimo, ele devia se sentir tenso mesmo.) — Achei que era sua intenção me afastar da interestadual. Como ia saber que não tinham ideia do que estavam fazendo?

— Por que você seguiria três monstros tentando te afastar da civilização?

Ele dá de ombros.

— Curiosidade?

Solto o ar por entre os dentes. Seguro seu pescoço com mais força.

— Se foi um acidente, como as criaturas das trevas sabiam que encontrariam a gente ali?

—Vocês não estavam sendo muito discretos — o normal diz, olhando para mim. — Lançaram uma dúzia de feitiços 'e mataram sete vampiros na feira renascentista. Na frente de todo mundo! Esses lugares sempre estão cheios de tipos mágicos.

— Por que alguém com magia iria a um lugar daqueles? — pergunto. — É uma completa farsa. Um insulto!

O normal começa a rir. Consigo sentir o movimento sob o dedão.

Me sinto ridícula. Essa situação toda é ridícula. Esse país inteiro. Eu o solto e me recosto no banco.

Noto o rosto de Simon na janelinha atrás de mim. Ele está agarrado a Baz.

— Aonde estamos indo?

— Tem uma cidade mais à frente — o normal diz. — Scottsbluff.

— Eles vão esperar que a gente pare lá — Simon diz.

O normal olha para ele pelo retrovisor, então fala mais alto, para que o ouça.

— Talvez. Mas estaremos mais seguros à vista de todos. Na estrada. Em cidades.

— Tá bom — Simon diz. — Mas precisamos parar por um segundo. — Ele vira para mim. — Baz...

— Encosta — ordeno.

— Tem uma parada em cinco minutos — o normal diz. — Área neutra.

SIMON

Faz barulho demais na caçamba da caminhonete para conversar.

Me aconchego em Baz, meio sentado em seu colo, enquanto o choque de ainda estar vivo passa. Ele me abraça um pouco forte demais. Sempre esqueço que Baz é muito mais forte que eu. Ele não se comporta como se fosse. Não me toca assim. Nunca me puxa ou empurra desse jeito. Com mais força do que eu poderia usar.

Eu me aninho ainda mais perto.

Sua voz sai grossa, tensa.

— Você deveria estar usando a corrente com a cruz.

— Já falamos disso. Prefiro me arriscar a levar uma mordida.

Seus braços me apertam mais. Tenho um pouco de dificuldade de respirar.

— Eu nunca faria isso — Baz diz.

— Eu sei.

Depois de alguns minutos, paramos em um posto na estrada. Baz vai caçar, e eu vou mijar. Penny lança um feitiço sobre uma máquina de venda automática — ela faz algumas tentativas antes de ser bem-sucedida — e eu pego um monte de batatinhas e biscoitos de queijo.

Ela apoia a testa no vidro.

— Estou seca. Não conseguiria lançar nem um clichê agora.

Assinto.

— Baz está igual. Ele gastou toda a magia nos acobertando. Podemos confiar em Shepard?

Penny se afasta da máquina e sacode a cabeça.

— Minha magia diz que sim, mas meu instinto diz que não. Ele sabe demais, Simon. Como pode? Devíamos deixar o cara aqui e roubar a caminhonete dele.

Isso parece duro demais.

— Ele nos salvou. E nem sabemos aonde estamos indo.

— Tá bom — ela diz. — Mas nos livramos dele na próxima parada. Roubamos o carro de outra pessoa e lançamos um feitiço de tontice nele.

Passo a língua nos lábios e concordo.

Baz parece mais firme quando sobe na caçamba da caminhonete, mas ainda está uma bagunça. Seu cabelo está desgrenhado como nunca vi, e a camisa chique está rasgada e manchada de sangue. Ele parece um anjo que caiu em desgraça. (Que é o que chamam de demônio, na verdade.)

Baz se joga ao meu lado, e eu bato os nós dos dedos na janela da caminhonete. Saímos. O motor já estava ligado.

Passo as batatinhas para Baz.

— Tudo bem?

— Já tive férias melhores, Snow.

Passo o braço em volta dele — o clima mudou, então não tenho mais certeza se posso fazer isso.

— Jura? — pergunto.

Baz baixa os olhos e sorri — de um jeito feminino, eu diria, só que nele não parece feminino. Parece, não sei, *vulnerável*. Ele se inclina para mim e leva a boca ao meu ouvido, para que eu possa ouvi-lo.

— Bunce tem um plano?

Confirmo com a cabeça.

— Chegar ao Colorado, dar um perdido no normal e pensar em um plano.

— Precisamos descansar — ele diz.

— Podemos descansar antes.

— Talvez a gente devesse voltar pra casa.

Sinto as costas de Baz sob meu braço. Sinto seu ombro na minha mão.

— É — digo. — Provavelmente.

PENELOPE

— Quantas horas faltam até Denver?

O normal me dá uma olhada. Desde a última parada, tem mantido o olhar na estrada e a boca fechada.

— Três.

— E já saímos da… zona silenciosa?

— Isso. Não existem muitas delas. Não tem tantos lugares sem ninguém, mesmo por aqui.

— Quem… — Penso no que quero perguntar a ele, e se vale a pena dar abertura para conversa. — Quem faz as regras?

Ele volta a olhar para mim e sorri. Eu não diria que é um sorriso simpático, mas não tem nada de *obviamente* maligno nele. Penso em alguns feitiços defensivos que poderia lançar, mas não tenho mais magia em mim. Simon costumava me perguntar qual era a sensação desse vazio. Quando ele tinha magia, nunca ficava sem.

É como perder a voz, eu dizia a ele. Como saber que só restam algumas palavras até que ela suma por completo. A única maneira de recuperar é descansar. E esperar.

Alguns magos não lançam feitiços poderosos a menos que realmente precisem. Foi o que o Mago nos ensinou: guardar nossa magia para nos defender.

Mas minha mãe me ensinou a lançar feitiços poderosos todos os dias. A ser ousada com minha magia. "Desenvolva seus pulmões", ela dizia. "Cave um poço mais fundo para suas reservas. Treine seu corpo para suportar e lançar mais magia."

O dia de hoje teria exaurido mesmo um feiticeiro mais poderoso. Usei tudo o que tinha contra aqueles vampiros, então tudo o que eu não tinha na fuga de Stonehenge. (Perguntei ao normal o que eram aqueles carros imitando pedras eretas. Ele disse que é arte. Uma atração de beira de estrada.)

O máximo que eu poderia fazer contra o normal agora seria irritá-lo.

— Já sei! — ele diz, com seu sorriso que não é maligno, mas que tampouco me convence. — Vamos trocar. Uma pergunta por outra.

— Já sei! — eu digo. — Você responde minhas perguntas e eu não te transformo em uma salamandra.

— Pode ser também. — Ele se ajeita no banco, tentando ficar mais confortável. Como não estamos em perigo imediato, finalmente percebo que não dei uma boa olhada nele. O normal é alto. Pelo menos tão alto quanto Baz. E meio desengonçado. Os garotos negros de Watford tinham cabelo raspado, mas o desse normal é mais comprido, cheio, com cachinhos densos no alto.

Suas roupas são meio estranhas. Talvez estivesse fantasiado para o festival renascentista. Usa calça de veludo cotelê verde desgastada nos joelhos e uma jaqueta jeans com uma dúzia de broches diferentes. Seu rosto também é comprido e desengonçado — rostos podem ser desengonçados? —, e ele usa óculos de armação dourada estilo John Lennon. E continua coberto de pó.

— Bom, eu não sei de tudo — ele diz. — Mas me parece que as zonas silenciosas ocorrem naturalmente. Sem gente, não tem feitiço. Algumas dessas criaturas mágicas foram os primeiros imigrantes. Tinham muitas coisas das quais fugir. Então vieram para as Grandes Planícies, e aqui já havia fluentes e criaturas nativos, mas também havia *muito, muito* espaço. Foi só quando os fluentes alemães e irlandeses apareceram que as coisas se complicaram de verdade. Em determinado momento, todo mundo concordou em ficar mais ou menos longe do pescoço uns dos outros. E as zonas silenciosas foram deixadas para as criaturas. Os fluentes nem as queriam, porque tinham que se manter perto dos falantes.

— O que é um falante? — pergunto.

— O que vocês chamam de normal. Eu.

—Tá. Então... precisamos nos manter em áreas bem povoadas?

—Via de regra, sim. Quer dizer, há criaturas mágicas em toda parte agora. Não há lugares silenciosos o bastante onde possam ficar. Mas isso é bom pra vocês. O oeste de Nebraska é a única zona silenciosa a leste das Montanhas Rochosas. Tem mais algumas no caminho para a Califórnia. — Ele olha para mim. — É nessa direção que vocês vão? Para oeste?

Não respondo.

— Sei que não é só uma viagem de férias. Estão numa missão? Numa busca?

— Se fosse uma missão, estaríamos mais bem preparados.

— Estão fugindo?

— Agora estamos — solto.

Ele se inclina para a frente, segurando firme o volante.

— Posso *ajudar*. Não é só com zonas silenciosas que vocês precisam se preocupar. Como eu disse, tem poucas delas. Mas as regras mágicas mudam a cada dez quilômetros por aqui. E os chefões também. Vocês podem acabar irritando alguém bem pior que Jeff Arnold.

— Quem é Jeff Arnold?

—Aquele gambasomem.

— O nome dele é *Jeff*?

— E como ele devia chamar? *Flor*, que nem o amiguinho do Bambi?

— Como você sabe tanto? — Ergo a mão do anel. — É mesmo um normal?

156

Ele levanta ambas as mãos, soltando o volante.

— Completamente. Mais sem graça impossível.

Isso me faz rir. Só um pouco, não sei bem por quê. Estou tão cansada.

Ele também ri. Provavelmente de alívio. *Não relaxe muito, normal. Eu ainda faria seu coração parar se achasse que você é perigoso.*

— Então como sabe tanto? — repito.

Ele volta a olhar para mim, como se estivesse falando sério — como se quisesse que eu achasse que fala sério.

— Sendo o tipo de cara que segue feiticeiros e vampiros para longe da estrada.

— Foi incrivelmente idiota — digo.

— Eu sei.

— Podíamos ter te matado.

— É, eu sei.

— Ainda podemos te matar, a qualquer momento.

— Confia em mim — ele diz. — Eu sei.

— Então por que faz isso? Você trabalha pra alguém?

— Dick Blick.

— Quem é esse cara? Outro gambá durão?

— Não. É uma loja. Vendemos tintas e pincéis caros.

— Isso é tão frustrante… Você não me conta *nada*!

Baz me ouve levantar a voz e olha para a gente da caçamba. Balanço a cabeça. Ele cutuca Simon, que olha para mim também. Faço um sinal de positivo para ele, que é nosso código para "está tudo bem". (É um código bem óbvio, mas a gente só precisa de um código discreto quando *não* está tudo bem.)

— Estou te contando *tudo* — o normal diz. — Respondi cada pergunta sua.

— Então como você sabe sobre feiticeiros e vampiros?

— Todo mundo sabe sobre feiticeiros e vampiros!

— Como sabe sobre *a gente*?

— Não sei nada sobre vocês, bruxinha. Mas quero saber. Estou *morrendo* de curiosidade. Três semas aparecem *praticamente no meu quintal* e dão uma de Buffy, a caça-vampiros, diante de metade da população de Sarpy County, Nebraska. Espera aí, é isso que vocês são? *Caça-vampiros?*

— Não, e do que foi que você chamou a gente? *Emas?*

— *Semas.* Seres mágicos. É como pessoas como eu chamam pessoas como você.

Levo a mão à testa para impedi-la de explodir.

— Os normais americanos têm um *nome* pra gente?

Por Gracie Slick, é uma catástrofe completa!

— Nem todos os normais. Normais como eu.

— Como você… — Aperto os lábios. — Com isso você quer dizer *irritantes* ou *imprudentes*?

— Normais que sabem que *magia* existe. Faço parte de uma comunidade on-line…

— Puta que o pariu.

Jogo o corpo contra o encosto do banco.

— Ei. — Ele olha para mim. —Você está bem? Tem alguma coisa errada?

— Tudo, aparentemente. Minha mãe estava certa quanto a este país. E quanto à internet.

—Você achava que iam conseguir manter a gente no escuro pra sempre? — O normal fala de maneira mais acalorada agora. Ou está sendo sincero ou é muito esperto. — O mundo está cheio de magia! Olha em volta! Esses campos têm um monte de pixies! Acha que tem como ignorar uma coisa dessas?

— Sim! Nossa segurança depende disso!

—Você ignoraria, se fosse normal?

— Eu nunca poderia ser normal.

— Poderia, sim.

Volto a me endireitar no banco.

— Não. Eu não seria eu mesma.

— Estou dizendo para *imaginar*...

— É inimaginável! É como me perguntar: *Como você se sentiria se fosse um sapo?* Bom, então não seria *eu*, né? Eu seria *um sapo*. E sapos têm sentimentos, aliás?

Ele balança a cabeça. Como se fosse eu quem estivesse sendo ridícula.

— Normais têm sentimentos, posso garantir isso a você. Talvez não sejamos como vocês, mas temos olhos e ouvidos. Notamos coisas.

— Pela minha experiência, não costuma ser o caso.

— *Eu* noto coisas — ele diz, apontando para o próprio peito e olhando para mim por cima dos óculos. Aparentemente esqueceu que precisa manter os olhos na estrada. — Olha, não sei nada sobre você especificamente. Até porque você não respondeu absolutamente nenhuma das minhas perguntas. Mas se você não soubesse de nada, se tivesse nascido normal, ou simplesmente ignorante, e visse a magia em ação, se testemunhasse um milagre com seus próprios olhos... deixaria para lá? Se tivesse um vislumbre de um mundo secreto, fingiria que nada aconteceu? Ou passaria o resto da vida tentando descobrir uma porta para ele?

Não consigo processar o que o normal diz. Só consigo pensar no perigo que corremos.

— Então é isso que você faz? Procura maneiras de entrar no nosso mundo?

— Claro, e já encontrei algumas.

É minha vez de balançar a cabeça.

— Isso te incomoda? — ele pergunta.

— Sim!

— Por quê?

— Porque... *não é da sua conta*. Não é o seu mundo, é o nosso. Você não tem o direito de conhecer nossos segredos!

— O que torna esse mundo seu?

— Como assim? Me parece óbvio.

— Não para mim. O que torna a magia sua?

Dou risada.

— Somos mágicos. E vocês não.

Ele vira a cabeça completamente para mim.

— Somos *feitos* de magia. Sem nossa magia, vocês seriam piores que normais. Seriam inúteis.

31

SHEPARD

Bom… eu estraguei tudo.

Eu pretendia ser encantador. Algumas pessoas acham que sou, acredite ou não. Quando eu tinha dezoito anos, consegui fazer com que uma dríade me contasse toda a sua história à beira de um riacho. Ela me deu bolinhos de amora e vinho de dente-de-leão. Foi a primeira vez na vida que fiquei bêbado.

Como foi que aprendi tanto sobre magia?

Minha estratégia é simples: eu digo a verdade.

Sempre uso meu nome verdadeiro (ainda que os contos de fadas ensinem a não fazer isso). Sempre deixo claro o que quero de uma situação e o que estou querendo dizer.

Seres mágicos estão sempre tentando ludibriar… Tentam passar despercebidos há tanto tempo que só conseguem se expressar por meio de ardis e charadas.

Se eu surjo com meu rosto verdadeiro e meu nome verdadeiro, mostrando claramente quem sou, eles ficam meio desestabilizados.

Certo, *ocasionalmente* eles retribuem a sinceridade com uma surra mágica. (E provavelmente nunca terei filhos, porque devo meu primogênito a pelo menos três diabretes.) Mas às vezes eles recebem bem a novidade! Tem uma hinkypunk que é colega de trabalho da minha mãe que só reclama comigo das suas enxaquecas.

Quem mais ouviria?

Quem mais quer saber suas histórias?

Existem trolls que passaram os últimos duzentos anos sentados sozinhos sob uma ponte. Se conseguir ignorar os urros e as clavas, se levar um pouco de caldo com ossos, eles ficarão gratos por ter alguém que os escute.

Se disser que não *pretende* lhes fazer mal e de fato nunca *fizer*...

Eles começam a gostar de mim. Começam a esperar que eu apareça.

Não estou dizendo que essa abordagem funciona com todo mundo. Não estou dizendo que não é *perigosa*...

Não vale a pena tentar encantar alguma coisa realmente das trevas. E às vezes não dá para saber se a coisa em questão é realmente das trevas ou não. Tem quem dê o nome verdadeiro e nunca o recebe de volta.

E às vezes só ignoram...

Feiticeiros são os piores.

Eles se chamam de "feiticeiros". Todos os outros os chamam de "fluentes".

Um lebrílope me explicou uma vez: "Tipo, tecnicamente somos todos mágicos, certo? Todos temos magia. Mas eles se identificaram a partir disso. Imagina agir como se você fosse a única espécie a beber água! Ou a respirar! 'Olha! Somos os respiradores!'".

Feiticeiros acham que são os únicos com magia porque só eles podem controlá-la. Todos os outros espíritos e criaturas têm regras que precisam seguir, limitações de verdade, mas os feiticeiros podem fazer qualquer coisa que conseguirem colocar em palavras.

A maior parte do que sei sobre feiticeiros ouvi de outros semas. É difícil localizar fluentes. Não dá para conhecer um simplesmente ficando à beira de um riacho. Não dá para plantar mil-folhas e valeriana e esperar que um apareça.

Em geral, nem dá para perceber quando se conhece um mago. Eles se esforçam muito para parecer normais — o que é bizarro, porque para eles normais *de verdade* são como gado. Animais que falam.

Mesmo quando se encontra um fluente e o identifica como tal, eles raramente estão a fim de papo. Magos não querem ver seu poder se esvaindo. Não querem que ninguém aprenda seus truques.

Achei que esses três talvez fossem diferentes. E eles *são*. O que um vampiro faz com uma varinha mágica? Que tipo de demônio é esse tal de Simon? (Ele é um demônio? Ou algum tipo de monstro fabuloso que nunca vi? Tem tanta coisa que eu nunca vi...)

Mas meu esquema de não ter um esquema não funciona com eles.

Eles vão me deixar para trás assim que não precisarem mais de mim. E então nunca saberei a história deles...

Paramos em um hotel nas imediações de Denver. Eu estava preocupado com quem íamos mandar à recepção — o garoto negro, o demônio branco, a menina do Oriente Médio ou o vampiro mordaz. (Provavelmente o demônio branco.)

Mas é um daqueles lugares em que todos os quartos têm entrada externa. A bruxinha escolhe um, segura a maçaneta e diz:

— *Abre-te Sésamo!*

É assim fácil.

Então ela tenta lançar um feitiço para tirar o cheiro de gambá de seus amigos. Os dois fedem quando descem da caminhonete.

Fico observando à distância.

— Você tem um feitiço de sopa de tomate? É a única coisa que funciona com o fedor do gambá.

— Era um *gambá*... — o tal do Simon diz. — Faz muito mais sentido que texugo.

Assim que entramos no quarto, a menina e o vampiro se jogam na mesma cama. (Eu não previa isso, mas tudo bem.) Vitória Alada se ajeita no carpete, perto da porta. (Vai ver ele não precisa dormir.) Então me dou conta de que sou prisioneiro deles. O que... imagino que seja justo. Já estive nesse tipo de situação. Posso usar minha lábia para sair dessa.

O problema é que eu ainda quero *entrar* nessa.

Sento em um sofá marrom afundado.

— Eu pego o primeiro turno de vigia — digo depois de um tempo, quando parece que a menina e o vampiro já estão dormindo. (Eu nem sabia que vampiros precisavam dormir. Nunca cheguei tão perto de um. Talvez ele seja um híbrido. Dá para ser só meio vampiro? Ou ter uma vampirez leve? Vai ver ele é do Novo Sangue. Os semas das Grandes Planícies estão preocupados com eles.)

Simon não me responde.

— É melhor eu pegar o primeiro turno mesmo — arrisco de novo. — Estou ligado demais para dormir.

Ele suspira.

— Como você vai vigiar a si mesmo?

— Já disse que podem confiar em mim.

— Por que deveríamos?

— Porque sou um cara legal. E gosto de ajudar.

— Porque você é um cara legal… — ele repete. Não consigo enxergar seus olhos no escuro. — E se *a gente* não for legal?

É uma excelente pergunta. Já estive errado antes.

— Tenta de novo — Simon diz. — Me diz o que é que você quer com a gente.

— Quero saber mais sobre magia — digo.

— Você já parece saber bastante.

— Quero saber *tudo*.

— Nem a gente sabe tudo.

Estou sentado agora.

— Quero saber tudo o que puder. Por que estamos aqui? Vocês são amigos? São uma equipe? Uma família? E quanto a você? Nunca vi coisa igual.

Simon dá risada, mas não parece achar graça.

— Como se eu fosse contar todos os meus segredos para alguém que me chama de "coisa".

— Nossa — digo. — Você está certo. Desculpa. Estou estragando tudo. Mas posso mesmo ajudar vocês. Tenho um carro, sei me virar

164

por aqui... conheço os Estados Unidos. Ajudei vocês a se livrar daquela confusão em Carhenge, e se dependesse de mim ela sequer teria acontecido.

— Fomos parar lá por causa sua!

— Não foi de propósito!

— Então a gente deixa você vir junto e depois o quê? Você vai fazer um documentário sobre nós pro seu canal do YouTube?

— Eu não faria isso.

Ele volta a suspirar.

—Vai dormir, Shepard. Não vamos te machucar.

Deito de novo, tentando pensar em outra tática. Pela manhã, os três vão ter desaparecido e eu vou estar com dor de cabeça.

— A gente é legal — Simon diz.

32

BAZ

Bunce lançou feitiços a torto e a direito. (O que foi meio exagerado; a-torto-e-a-direito sempre passa um pouco dos limites. Eu ficaria surpreso se ele lembrasse quem é ao despertar.) Então ela apagou tudo no celular dele.

Não pude ajudá-la com os feitiços. Ainda não estou... totalmente recuperado dos tiros. Minha pele se fechou e está quase cicatrizada — parece que levei um tiro há vinte anos, não vinte horas —, mas meu peito dói. E me sinto meio lânguido. Como se meu corpo morto-vivo tivesse que fazer um enorme sacrifício para se apegar à parte do "vivo".

Só dormimos por algumas horas. Simon não pregou os olhos.

Bunce faz outro feitiço para roubar um carro. Simon quer um conversível, mas ela insiste que seja mais discreto dessa vez — o que nos Estados Unidos significa uma monstruosidade branca chamada Silverado. (*Silverado, Tahoe, Tundra*. Como os americanos gostam de ser obviamente americanos!)

O Silverado faz parecer que a caminhonete do normal ainda não chegou à puberdade. Fica tão longe do chão que tem até degraus para subir. Tem um banco traseiro de verdade e mais lugares onde apoiar a bebida do que a sala de estar da minha casa.

(Temos só três tipos de picapes em toda a Inglaterra, enquanto aqui elas estão por toda parte. O que é que os americanos precisam carregar que o resto do mundo não precisa?)

Eu vou dirigindo, para o caso de termos algum problema, enquanto Bunce tenta me guiar usando um mapa que encontrou no porta-luvas. O celular dela ficou no Mustang. O meu não funciona.

Nosso principal objetivo é fugir. Aquele normal era espertinho demais. Pode estar nos rastreando. Talvez até tenha um jeito mágico de fazer isso. Snow está em modo de batalha total. Não o vejo assim desde que o Mago morreu.

Invejo sua relação com Bunce. Os dois agem como se fosse seu décimo turno de serviço juntos. Isso me lembra que Simon tinha toda uma vida na escola da qual eu nada sabia. O Mago o usava para lutar contra o que é que precisasse ser enfrentado, ainda que Simon fosse apenas um menino. (Simon sempre foi apenas um menino.) Mesmo com a extinção de seu poder, ele continua perfeitamente confortável bancando o menino-soldado.

Mas imagino que Simon não seja mais um menino…

Imagino que nenhum de nós seja.

Nos perdemos nas montanhas, intencionalmente. Bunce diz que há cidades por toda a parte, então não precisamos nos preocupar com a possibilidade de ficar sem magia — o que quer que nos reste dela. Estamos ambos exauridos. Alguém poderia perguntar como magos podem perder uma batalha contra outras criaturas mágicas, quando parecemos ter ampla vantagem sobre elas. E a resposta seria: *assim*. Por exaustão.

O sol brilha forte nas Montanhas Rochosas. Fico feliz de ter um teto sobre a cabeça, depois de escapar de Nebraska na caçamba. Mas estou cansado, e poderia jurar que estamos cada vez mais próximos do sol.

SIMON

Acho que nunca estive em um lugar tão bonito quanto este.

As montanhas são de todas as cores — cinza, azuis e quase roxas, com faixas de árvores verde-escuras e pedras laranja e vermelhas.

Saímos da estrada perto de um córrego, onde Baz vai lavar um pouco do sangue da camisa e do cabelo. (Ele deve ter arrancado o coração daquele gambá.) Deixamos o hotel antes que qualquer um de nós pudesse tomar banho.

— É melhor invocar nossas malas — Baz diz, sem olhar para nós. Ele está sem camisa, e suas costas brancas brilham. Seu cabelo preto está molhado, e gotas escorrem pelo pescoço.

— E se isso os trouxer até nós? — Penny pergunta.

— Não estou nem aí — Baz diz. — Quero minhas roupas. E meus óculos escuros. E a echarpe da minha mãe.

— Seria bom ter meu celular de volta — ela diz.

Eu queria invocar o conversível inteiro, mas não acho que seria uma boa ideia.

Penelope e eu estamos sentados no chão, comendo a carne de peru seca que encontramos no Silverado. (Gosto bastante de carne seca.) Baz se aproxima de nós, abotoando a camisa molhada e rasgada.

— No que está pensando? — Penny pergunta, oferecendo carne seca para ele. — Achados-e-perdidos?

— Como funcionaria? — pergunto. — As coisas vão voar de Nebraska até aqui?

— Talvez — ela diz. — Só usei achados-e-perdidos para coisas que estavam à mão, tipo quando deixo as chaves fora do lugar.

— Baz — digo —, e se a sua mala voadora matar alguém?

— Não acho que a gente vá conseguir trazer nada de tão longe… — Penny suspira. — Principalmente agora. Estou esgotada.

Baz se acomoda entre nós no chão.

— Tenho uma ideia melhor. — Ele aponta a varinha para Penny. (Deve tê-la lavado também. Da última vez que a vi, estava coberta de sangue de cabra.) — Me dá uma mão.

Penny ergue a sobrancelha, mas envolve o pulso dele com a mão do anel.

— Me acompanha, Bunce. — Baz fecha os olhos. Suas pálpebras estão cinza-escuras. Ele respira fundo e… começa a cantar? — *"A-ma-zing grace…"*

Penny recolhe a mão.

— Um *hino religioso*, Basil?

Ele suspira.

— Não podemos usar um hino como feitiço! — ela diz.

— Com essa atitude não podemos mesmo...

— É um sacrilégio!

— Não seja supersticiosa, Penelope.

Ela balança a cabeça.

— E é genérico demais. Essa música é mais um estado de espírito do que um feitiço.

— É *antiga* — ele diz. — E poderosa. Os americanos conhecem.

Dou uma ombrada nele.

— Estão tentando invocar Jesus?

Penny aponta para Baz.

—Você sabe que sou desafinada.

— Por sorte, o objetivo não é cantar bem, só fazer coro — Baz diz, pegando o antebraço dela. — Nossos ancestrais lançavam feitiços assim.

Baz ganha Penny com isso. Ela é doida por história mágica.

— Mas estamos esgotados, Baz...

— Harmonia é poder — ele diz.

Penny suspira e volta a fechar a mão do anel em torno do pulso dele.

— Se isso funcionar, minha mãe vai ficar tão impressionada que talvez me conceda uma última refeição.

— Se joga — Baz diz. — E enuncia a parte sobre encontrar com força. Você sabe que a intenção conta.

Baz volta a fechar os olhos.

— *"Amazing grace, how sweet the sound!"*

Sua voz parece ter mais nuances quando ele canta. Fica mais profunda e pesada do que quando fala. A última pessoa que vi lançar um feitiço cantando — a *única* pessoa que vi lançar um feitiço cantando — foi o Mago. Naquele dia. Sobre Ebb.

Ebb...

O Mago, ele...

Bom, não aprendemos música em Watford. O que mais será que ele extinguiu quando assumiu a escola? Sei que havia um grupo de teatro, e que era dada maior ênfase em história. Será que também havia um coral? É como se eu nunca tivesse realmente conhecido o Mundo dos Magos, porque meu mentor o virou de cabeça para baixo antes que eu chegasse.

Mas acho que não importa. Não faço mais parte desse mundo.

Penny está cantando também. Mais ou menos. Sua voz sai monótona e meio falada:

— *"I once was lost, but now am found."*

Eu estive perdido, mas fui encontrado. Baz canta mais alto, como se tentasse compensar por ela.

— *"Was blind, but now I see."* De novo, Bunce. *"Amazing grace..."*

Baz caçou nas imediações de Denver, mas está cinza como nunca o vi, e seu nariz continua escuro dos dias ao sol. (Ele ficou preto em vez de vermelho.) Penny tentou tirar o fedor de gambá com feitiços, mas Baz ainda cheira a enxofre. Suas roupas estão perdidas ou destruídas... É como se os Estados Unidos tirassem pedaços dele. Como se o golpeassem toda vez que têm a chance.

Baz faz Penny cantar os versos três vezes. (A voz dela vai ficando mais relaxada.) Então ambos abrem os olhos e se encaram. Penny sorri.

— Tá bom, você ganhou. Foi legal, mesmo que não funcione. — Ela olha em volta. — Devemos esperar?

— Não sei, talvez por um minuto. — Baz olha em volta. — Vamos lá, *encontrem* a gente.

A floresta está silenciosa. Ou, imagino, tão barulhenta quanto qualquer floresta, com vento, galhos e água se movendo. Este lugar deve estar cheio de dríades.

Então ouvimos... algo se aproximando.

O celular de Penelope cai entre nós. Ela ri.

— Funcionou! — Antes de pegá-lo, ela aponta a mão e diz: — *Apaga rastro!* — Então explica: — Talvez isso os impeça de nos seguir.

Baz levanta e fica olhando na direção de onde o celular de Penny veio.

Ela confere as mensagens e chamadas perdidas.

— Parece que ninguém mexeu nele. Vai saber, talvez tenha ficado no Mustang esse tempo todo. Ou podem ter hackeado com mágica. Ah, *finalmente*! Agatha!

Penny leva o celular à orelha.

Baz está frustrado.

— Por favor... — ele diz para a floresta, com as mãos na cintura. — O hino foi ideia *minha*.

— Ah, não. Ah, Simon...

Baz e eu viramos para Penny, que deixou a mão cair ao lado do corpo. Está tão pálida quanto Baz.

— O que aconteceu? — Baz pergunta, então sua mala atinge suas costas em cheio.

Penny põe o celular no viva-voz, para que possamos ouvir a mensagem na caixa postal.

— *Penelope? Sou eu, a Agatha.*

Ela está sussurrando.

— *Sinto muito por não ter ligado de volta. Sei que você ligou... várias vezes. Mas não sinto tanto assim, porque eu disse para não ligar. Nem gosto de falar pelo celular. Mas...*

Pela voz, ela parece escondida. Como se ligasse de dentro do guarda-roupa. Ou do banheiro. Talvez do carro.

— *Só achei que devia ligar. Estou em um retiro todo chique. Acho que contei sobre minha amiga Ginger. Foi ideia dela. É um grupo... bom, não sei se é um grupo ou um programa. Chama Novo Futuro. Achei que era só bobageira de autoajuda... E talvez seja... Mas talvez não seja.*

Do jeito que ela sussurra, tão perto do celular, parece que está aqui conosco.

— *Tem um cara... Por Crowley. É sério que liguei pra falar de um cara? Esquece, Penny. Está tudo bem. É só que... Tem alguns dias que eu queria ter minha varinha comigo. Mais pra me reconfortar. E acho que hoje é um desses dias. Espero que não estejam a caminho de San Diego. Eu disse que não ia estar lá. Bom...*

Uma voz masculina a corta. O cara não está sussurrando.

— *Agatha? Está pronta?*

— *Braden.* — Agatha tampouco sussurra agora. — *Só um segundo...*

Um farfalhar de tecido se segue. Então a voz do homem soa abafada.

— *Você estava no celular?*

— *Não. Claro que não.*

— *Conhece as regras.* — A voz dele parece mais distante. — *Nada de distrações.*

A voz de Agatha também.

— *Eu só precisava ficar um pouco sozinha.*

— *Tive a impressão de ter ouvido você falar...*

— *Eu estava treinando meus mantras.*

Uma porta se abre e fecha, então faz silêncio.

— É isso — Penny diz. — O silêncio continua por mais uns cinco minutos. Acho que Agatha se meteu numa confusão, de verdade.

— Parece que ela foi pra um retiro caro de ioga. — Baz já voltou a olhar para a mala. Para a mala aparentemente vazia.

Penelope franze a testa.

— Onde não deixam usar celular?

— Chamam isso de desintoxicação de redes sociais.

— Não. — Penny é firme. — Conheço Agatha. Ela preferiria beijar um troll a ligar para mim.

— Então por que você liga para ela, Bunce?

Baz está sacudindo a mala agora.

— Porque eu fico preocupada! Porque ela é um cordeirinho que se afastou do rebanho.

— O rebanho é a Inglaterra? — pergunto.

— O rebanho é a *magia*! — Penny diz. — Se algum de vocês se afastasse da magia, eu não deixaria para lá.

— Eu não sou mais um feiticeiro, Penelope.

— É claro que é, Simon. Aviões não deixam de ser aviões só porque estão no solo.

Baz joga a mala no chão, irritado.

— Agatha não me ligaria só para conversar — Penny diz. — Só me ligaria se estivesse *assustada*.

O celular de Penny volta a fazer barulho. A mensagem de voz ainda deve estar rolando. Parece que é a porta abrindo.

— *Ela estava falando no celular.* — É a mesma voz de homem. Ele ainda parece longe, mas agora seu tom é mais duro. — *Encontre.*

Mais barulho.

— *Temos o número dela?* — outro homem pergunta. — *Podemos ligar.*

— *Encontra e traz pra mim. Vamos ter que adiantar a extração.*

Outro farfalhar. Uma mão no telefone. Um terceiro homem fala, alto e claro:

— *Achei! Merda, a ligação não foi encerrada.*

Um tumulto. A mensagem termina.

Nenhum de nós se move. Todos encaramos o celular de Penelope.

Ela desliga o celular e olha para mim.

— Agatha está em perigo.

33

AGATHA

Está tudo perfeitamente bem.

Quer dizer, provavelmente estou sendo recrutada por uma seita.

E seduzida por seu líder carismático.

E estou presa na propriedade deles...

Mas tudo parece mais para bem, acho.

Claro que eu preferiria voltar para casa a passar mais um minuto neste lugar. Mas não posso deixar Ginger (que não vejo desde ontem). E tudo me leva a crer que não posso simplesmente ir embora.

Em parte, porque não tenho ideia de onde fica a saída.

Fui promovida para a ala exclusiva dos membros. Parece mais um hospital que uma mansão de novo-rico.

É tipo uma mansão/ hospital de novo-rico.

Todos os corredores são de aço inoxidável, com piso de cimento queimado. E há menos janelas do que seria de esperar.

— Estamos fazendo algumas reformas nesta parte da casa — Braden disse enquanto me mostrava tudo. — Segurança é primordial.

Ele me mostrou alguns laboratórios perfeitamente organizados. Então uma sala cheia de computadores, que parecia outro laboratório. Então um spa que parecia outro laboratório, com poltronas reclináveis de couro branco e uma jacuzzi.

—Vocês colocam cientistas para fazer pedicure nos membros? — perguntei.

Braden riu.

— Dedico a maior parte do meu tempo ao estudo da saúde. Limpezas profundas, desintoxicações, rejuvenescimento.

— Minha mãe adoraria este lugar.

—Vem — ele disse, pegando meu braço. Eu deixei que o fizesse. Estava meio encantada por ele naquele momento. Talvez não houvesse problema em sair com um jovem executivo bilionário. Eu sempre teria desculpas para me produzir. E Braden parecia gostar de minhas provocações.

Eu nunca podia fazer isso com Simon quando estávamos juntos. Ele era frágil demais. Era como um míssil nuclear com problema de autoestima, o que me exauria.

Segui Braden até o spa de aço inoxidável, e ele me fez sentar em uma das poltronas de couro.

— Segura aqui — Braden disse, me mostrando uma alavanca.

Segurei.

— Sabe seu tipo sanguíneo? — ele perguntou.

— Não lembro…

Ele apertou um botão da poltrona. Achei que ela fosse começar a massagear minhas costas. Em vez disso, um painel sensível ao toque saiu da lateral.

— A positivo — ele disse. — Olha aqui, essa é sua contagem de hemácias. Perfeitamente normal. E aqui são seus leucócitos.

— O que… como tem todas essas informações na tela?

— Uma amostra do seu sangue foi tirada — Braden disse. —Você nem sentiu.

— Não. Não senti.

— Sua glicose está mais alta do que o normal. Por que será?

— Esse é seu jeito de se certificar de que não tenho nenhuma doença sexualmente transmissível?

— Haha, não, claro que não. Mas você não tem. Não tem nada de extraordinário. Tenho uma vacina…

— Braden, o que está fazendo?

Ele sorriu para mim.

— Estou te mostrando o que eu faço. — Ele abarcou a sala com um gesto. — Temos aqui o equipamento médico mais avançado do país. Posso curar quase qualquer coisa.

—Você não deveria… dizer isso a alguém?

Ele riu de novo, como se eu estivesse bancando a espertinha. Nunca estou.

— Mal posso esperar para colocar eletrodos em você — ele disse. — E vamos precisar de uma amostra de sangue em jejum também. Talvez amanhã de manhã.

— Por quê? Estou doente?

— Não, você é perfeita. É extraordinária.

— Isso é algum tipo de tara médica sua?

Ele deu de ombros.

—Talvez. Um pouco. Só curto muito esse tipo de coisa. Gosto de ver as reações. Gosto de decifrar as pessoas.

Visualizo Braden sequenciando meu DNA e vendendo as informações obtidas.

—Você está tentando me vender alguma coisa? Tipo, vai me empurrar sucos com base no meu tipo sanguíneo? Porque Ginger e eu já caímos nessa. É um esquema de pirâmide.

Braden pegou minha mão. A que estava agarrada à poltrona.

—Agatha, por que não consegue aceitar que sou exatamente o que pareço: um gênio bilionário que não consegue tirar os olhos de você?

Isso foi ontem.

Passei a maior parte do dia com ele, e não vi Ginger até o fim da tarde.

— Onde você esteve? — ela perguntou. Todo o seu rosto brilhava. — Nem me diz, já sei. Você gosta dele, né?

— De quem?

— Nem vem com essa. Josh viu vocês dois na ala dos membros. Você gosta dele!

— Não sei — eu disse. — Acho que ele é interessante.

— *Interessante?* Ele é lindo, poderoso e se alimenta melhor que qualquer outra pessoa que a gente conheça. Nada de grãos, carne, tubérculos ou laticínios.

— E o que é que sobra, Ginger?

— Um monte de coisa! Castanhas, proteínas vegetais, folhas, algas...

— Tá bom — eu a corto. Parei de comer carne quando deixei a Inglaterra, assim como produtos de origem animal. Mas essas pessoas seriam capazes de jogar todo o seu prato de comida no lixo se você deixasse.

— Nem consigo acreditar que Braden te deixou entrar na ala dos membros — Ginger disse. — Estou me purificando há semanas em preparação. Acho que ele vai te deixar pular alguns passos do programa. De tanto que gosta de você.

— Não estou em nenhum programa.

Ela pegou minhas mãos, animada.

— Agatha! E se a gente subir de nível *juntas*?

— Não vou subir de nível — insisti. — Só... ando conversando com um cara.

— Você está evoluindo diante dos meus olhos. Está pelo menos quarenta por cento ativada agora.

Reviro os olhos.

Mas deixei Braden me levar em outra visita VIP antes do jantar. Ele me mostrou a área externa. Os jardins, o campo de golfe, a estufa.

— Você está perdendo todo o retiro — eu disse.

— O objetivo do retiro é foco — Braden disse. — E me sinto muito focado.

Em geral, tento não falar sobre mim mesma em um encontro. A maioria dos caras torna isso bem fácil — eles ficam felizes em monopolizar a conversa. Mas Braden queria saber tudo sobre mim. Como meus pais eram, onde eu cresci, se ainda tenho as amígdalas e o apêndice.

Minhas respostas foram vagas. A maior parte da minha vida pregressa envolve magia.

Contei a ele que meu pai é médico e que minha mãe vai a festas. Contei que não gostava da minha escola e que não sinto falta da Inglaterra.

— Nem dos seus amigos? — ele perguntou.

Não sinto falta de ser perseguida por monstros, pensei, *ou de ajudar meu namorado a se sentir hétero.*

— Fomos jogados na mesma escola, e agora não estamos mais lá — eu disse.

Depois do passeio, Braden me acompanhou até o quarto, para que eu pudesse me trocar para o jantar. Mas não para o quarto que eu dividia com Ginger, e sim para uma suíte na ala dos membros. Ele providenciara que todas as minhas coisas fossem transferidas para lá.

Não podemos usar o celular durante o retiro — pediram que os entregássemos ao chegar. "É um retiro de todo o mundo exterior", Ginger havia me explicado.

Mas eu ficara com o meu. Ainda estava na minha bolsa. Enquanto Braden esperava que eu me trocasse, entrei no banheiro e tentei ligar para Penny. Ela não atendeu.

Quando voltei do jantar, meu celular tinha sumido.

Então apaguei as luzes, não sei por quê. Não, eu sei por quê: para o caso de ter alguém me vigiando.

Apaguei as luzes e dormi vestida. A porta deste quarto tem fechadura, mas estou certa de que Braden tem a chave.

O que não deve ser um problema. Ele não tentou me machucar. Nem chegou perto demais. Ou me tocou de maneira desrespeitosa.

Talvez namorar seja assim quando se é um bambambã da indústria farmacêutica. Talvez se instale uma garota numa suíte de aço inoxidável e pergunte como ela se sente em relação a ressonâncias magnéticas.

Uma mulher me trouxe o café da manhã hoje. Mingau de teff com uva-passa e um pratinho de vitaminas.

34

PENELOPE

Eu costumava ser muito boa em decidir o que fazer.

Acontecia alguma coisa horrível, ou talvez só estranha e misteriosa, então Simon virava para mim e eu dizia qual era o plano. Sempre soube qual seria o próximo passo, mesmo que não fosse necessariamente o certo. Eu não ligava muito para certo ou errado. Confiava em minha capacidade de interpretar o cenário atual e traçar a melhor rota a seguir.

Às vezes, nos metíamos em situações em que só nos restava lutar. E às vezes chegávamos ao ponto em que a única possibilidade era Simon destruir tudo.

E, então, quando a poeira baixava, Simon virava para mim e eu lhe dizia qual era o novo plano.

Não tenho um plano desde que descemos do avião.

Agatha está em perigo, sei que está. Mas não sabemos onde. E continuamos gastando toda a nossa magia de uma vez só. Deixando um rastro de equívocos.

Não me lembro da última vez que tomei uma boa decisão. Talvez no voo, quando escolhi cheesecake em vez de strudel.

Simon pegou meu celular.

— Onde ela está?

— Podemos usar um feitiço de busca — Baz diz.

— Não vai ter alcance — digo. — Usei tudo o que eu tinha cantando.

Baz também. Ele chuta a mala vazia para o riacho.

— Podemos procurar na internet — Simon diz. — Por Novo Futuro.

— E se os caras que pegaram o celular dela tentarem ligar pra gente? — Baz parece assustado. — Eles têm nosso número.

— Jogo fora o celular? — pergunto. — Eles poderiam rastrear.

— Não — Simon diz. — Agatha pode ligar.

— É... — eu digo. — Verdade.

Baz está de pé à beira do riacho. Seu cabelo está lambido. Sua pele está cinza.

Simon mordisca os lábios. Não consegui reunir magia o bastante hoje para esconder suas asas. Tentei, mas elas só piscaram e voltaram. Não sei se alguma vez já fiquei tão seca. Se manter vivo nos Estados Unidos exige muita magia.

— Tá — Simon diz. — Temos que nos manter em movimento. Shepard deve estar procurando por nós, e talvez as criaturas mágicas também. O último paradeiro conhecido de Agatha é San Diego, então vamos continuar indo para oeste. Vamos proteger Baz do sol. Vamos esconder minhas asas. Vamos roubar comida e roupas quando pudermos, ou usar magia. E agora temos internet. Podemos achar esse pessoal do Novo Futuro onde quer que estejam. — Ele olha para mim. — Certo?

Assinto.

— Certo. É um bom plano.

Baz assente também.

— Bom plano, Snow. — Ele olha para as árvores. — É melhor eu caçar. Para não termos que parar de novo.

— Você não vai sozinho — Simon diz.

— Não vou deixar você ficar vendo...

Simon abre as asas.

— Você não vai sozinho.

Não posso ficar sozinha agora. Vou atrás deles, mantendo uma distância respeitosa.

Sei que Baz é um vampiro há pelo menos um ano — e Simon já suspeitava desde muito antes —, mas ele ainda fica pouco à vontade com isso. Nem se alimenta na nossa frente. Não come nem um sanduíche se achar que estamos olhando. Simon diz que Baz tem vergonha porque as presas dele saltam, então procuro sempre desviar o rosto. (Embora eu fosse adorar dar uma olhada melhor nelas, por motivos científicos.)

Sei que Baz às vezes lança feitiços para atrair presas, mas hoje ele nem precisa. Tem um gato-do-mato bem grande deitado no chão, à nossa frente. Espero que Baz ataque.

Em vez disso, ele bate o pé e grita com ele.

—Vai embora!

O gato se assusta e corre para longe.

— O que foi isso? — pergunto. — Prefere que eles se façam de difíceis?

— Não mato predadores — Baz diz.

— Por que não? Solidariedade?

— Eles são muito importantes para o ecossistema. Além disso, tem ovelhas por aqui, ou algo do tipo. Vi os rastros.

Ele nos leva mais para dentro das árvores.

— Eu poderia muito bem me virar sozinho, sabe? — Baz murmura.

— Eu sei, eu sei — Simon sussurra. —Você é muito feroz.

Baz olha para ele, franzindo a testa.

— Sou mesmo.

Está mais escuro aqui. Avançamos em meio a galhos de sempre--viva. Uma neblina paira na altura dos nossos joelhos. Não sei por que não me ocorreu que até as *árvores* seriam diferentes nos Estados Unidos. Simon e eu passamos bastante tempo perambulando pelos bosques em casa. Mas nunca vimos nada assim.

Baz para. Farejou alguma coisa.

Ele corre para a frente, mais rápido do que eu e Simon podemos acompanhar, com mais graciosidade do que poderíamos sonhar. Quando o alcançamos, está ajoelhado na beirada de um córrego e tem um carneiro com chifres morto sobre as pernas. Estão ambos em meio à neblina. Acho que Baz quebrou o pescoço do animal.

— Certo — ele diz. — Só preciso de um minuto.

Olho para baixo. A neblina agora chega até meu peito, e está *muito* escuro. Estendo a mão do anel.

Roubando..., alguém diz. Parece uma mulher. Parece que a voz está dentro de mim. A neblina já passa do meu queixo. *Chupador de sangue roubando nas minhas costas.*

A voz, que juro que está na minha cabeça, parece ter sotaque inglês. Do norte da Inglaterra.

— Podemos explicar! — Baz diz. Também deve estar ouvindo.

— Não sabíamos! — eu grito.

Simon pega minha mão.

— Não somos daqui!

Não, a voz diz. *Eu vejo. Eu sinto o cheiro... Vocês são diferentes. Não só chupadores de sangue. É muito pior...*

Fecho os olhos e lanço um feitiço em meio à escuridão:

— *Vem aqui já!*

Feiticeiros, diz a voz, desdenhosa.

Então a escuridão me engole.

35

BAZ

Não consigo me mexer.

Tento de novo, mas não consigo. Meus braços estão amarrados.

Não consigo sentar. Minhas pernas estão amarradas.

Meu rosto dói. Estou deitado sobre uma pedra.

Não consigo me mexer.

Não consigo respirar!

Ah, não. Eu consigo. Consigo. Estou amordaçado, mas ainda posso respirar.

Não consigo me mexer. Não consigo ver...

Abro os olhos.

Estou deitado de lado perto de uma fogueira. Tem uma mulher sentada do outro lado. Uma velha — ou talvez uma mulher mais nova com cabelo branco e comprido. Ela estende as mãos sobre o fogo. Tem anéis de ouro em cada dedo, e algumas pulseiras de ouro também. Ela me observa.

— Uggghh! — Simon grunhe em algum lugar perto de mim. Parece estar se debatendo, a julgar pelo som. Queria poder dizer a ele para se acalmar. Grunho também, para que saiba que estou aqui.

Ele se debate ainda mais.

Devia botar vocês pra dormir de novo, a mulher diz, mas sua boca não se move. Sua voz está dentro da minha cabeça. *Todos vocês. Não preciso que estejam acordados pra dar um jeito em vocês.*

Ela levanta e vem até mim. É mesmo uma velha, acho, embora se mova como alguém mais jovem. Usa um jeans gasto e um xale vermelho com contas, que brilham à luz do fogo. Seus olhos são claros, de um tom de verde que só se vê em gatos. Ela levanta meu queixo com a ponta da bota cinza. *Ouvi falar de você*, a mulher diz. *Não achei que ia conseguir, mas aqui está. Você cheira a sangue e magia, menino. Ambos rançosos.* Os lábios dela se curvam. *Mas não na minha montanha.* Ela me dá um chute no estômago.

Caralho.

Tento gritar, mas só engasgo. Meu peito ainda queima dos tiros. Preciso comer Preciso beber. Não estou me sentindo nem um pouco bem.

Simon está se debatendo de novo. A mulher se vira para olhá-lo. *Filhotinho tolo. Fez um amigo perigoso. Vai sofrer por isso.*

O que ela é? Uma fada? Uma elfa? Ainda tem isso nos Estados Unidos? Estamos nas Terras Imortais? Minha mãe saberia. Ela podia nomear todo tipo de criatura ou ser mágico, incluindo os perdidos e extintos.

A mulher levanta a cabeça. Sente o cheiro de alguma coisa.

Eu também sinto: cheiro de humano. De normal.

— Shepard! — a mulher diz em voz alta. Está sorrindo agora.

— Margaret!

É o normal que deixamos em Denver. Ainda não consigo vê-lo, mas reconheço sua voz e seu cheiro. Ele devia estar trabalhando com essa mulher desde o começo.

O normal passa por mim, e a velha estica os braços, pronta para abraçá-lo.

— Eu não sabia se você estaria acordada — o normal diz, abraçando-a.

— Quente demais — ela diz, rabugenta. — Não durmo. Quente demais o tempo todo agora. — Ela passa a cabeça em seu ombro. Em seu braço. — Você trouxe alguma coisa. Sinto o cheiro.

Ele ri e estende a palma aberta.

Ela pega o que quer que seja — anéis — e os coloca nos dedos já cheios.

— Bom demais para mim, Shepard. Bom garoto. Bom homem.

—Vejo que conheceu meus amigos — ele diz.

A mulher faz uma careta e se afasta dele.

— Não são seus amigos. Novo e Futuro.

— Também achei — Shepard diz. — Eu os vi pela primeira vez ainda em Omaha. Mas eles não podem ser parte do Novo, Margaret. Vi esses três matarem meia dúzia de vampiros a sangue-frio.

— Não! Quão frio?

— Gelado.

Não consigo acreditar que o normal esteja nos defendendo. Não consigo nem acreditar que ele nos reconhece. Bunce lançou tantos feitiços nele que não achei que fosse reconhecer seu próprio reflexo.

— Se viraram contra sua própria gente, talvez. — A mulher olha para mim, cutucando meu quadril com a bota. — Este daqui é obra deles. Finalmente conseguiram. Híbrido.

— Ele é mesmo? — Shepard me olha por um segundo. — Fiquei pensando se… — Ele balança a cabeça. — Não sei… Acho que é só coincidência, Maggie. São só turistas.

Ela cospe. A saliva quente cai na minha bochecha.

—Turistas?!

— Eles não conhecem as regras — Shepard diz. — Dirigiram até uma zona silenciosa só para ver o Carhenge.

— Dizem que é espetacular — ela diz. Relutante. —Vi fotos.

— Concordei em ser guia deles. Estávamos começando a nos conhecer quando um bando armado nos cercou.

A mulher se agacha para me olhar, acariciando o queixo. Ela tem seis anéis no dedinho. Um deles é o da Penelope.

— *Magos* — ela desdenha. — Filhotinhos descuidados, híbridos. Lixo do Novo Sangue… *Invasores*, Shepard. Esse aqui matou meu carneiro.

— Ele devia estar com sede — Shepard diz. — Bebi água do seu riacho uma vez, lembra? Antes de nos conhecermos?

Ela levanta e volta a franzir a testa para ele.

— Mas você é um bom menino. Inocente. Não um cavaleiro. Não um mago. Não um *chupador de sangue*.

— Vamos ouvir o que eles têm a dizer — Shepard sugere. — Se não gostar, ainda pode comer os três.

— Não como esse — ela diz, olhando para mim. — Muito rançoso.

Shepard tira a mordaça de Simon primeiro.

— Obrigado — ouço Simon dizer. — Te devo uma.

— Cara, você me deve tantas que vamos ter que assinar um contrato.

Ele tira minha mordaça em seguida e me ajuda a sentar.

— Nada de feitiços — diz, baixo. — Ela pode impedir vocês à distância.

Concordo com a cabeça.

— Achei isto com ele — a mulher diz, mostrando minha varinha. — Provavelmente roubada. Presa de efalante. Extinto.

Ela a joga por cima do ombro.

Bunce começa a fazer perguntas antes mesmo que tirem totalmente sua mordaça.

— O que é o Novo Futuro? O que eles estão tramando? Estão com nossa amiga!

— Agora você fala… — Shepard diz, ajudando Bunce a sentar.

— Tira as mãos de mim! — Bunce grita. Ele obedece. Ela cai para o lado. — Você precisa nos dizer. Nossa amiga está em perigo!

A mulher de cabelo branco (é uma mulher?) volta a sentar do outro lado do fogo.

— Precisa, não. Vocês falam.

— Falamos tudo — eu digo. — Qualquer coisa que quiserem saber.

Olho para Simon. Ele assente para mim, indicando que está bem. Suas mãos continuam amarradas. E seus tornozelos. E suas asas. Mas ele está bem.

— Contem a Maggie por que estão aqui — Shepard diz, sentado ao lado da mulher, perto do fogo.

Tento assumir o controle. Sou o único de nós que tem algum tato.

— Estamos de férias — digo. — Somos mesmo turistas.

— E quanto à sua amiga? — Margaret pergunta.

— Viemos fazer uma visita...

Bunce me interrompe:

— Queríamos dar uma conferida nela, estávamos preocupados. E ontem ela deixou uma mensagem de voz dizendo que estava com o Novo Futuro. Eles vão fazer uma *extração*. Vocês têm que contar pra gente...

Snow está com o queixo erguido.

— Quem é *você*?

— Não importa — eu digo, desejando que os dois calem a boca. — Não precisa nos dizer nada. Vamos embora. E não vamos voltar.

— Você é do Novo Sangue — ela diz para mim, muito segura.

— Não. Meu sangue é bem antigo. Sou de uma família muito tradicional.

Ela nem está ouvido.

— Você é o híbrido.

O normal se inclina para a frente. Odeio o modo como olha para mim, como se eu fosse um cofre que ele está prestes a abrir.

— O Novo Futuro, que algumas pessoas chamam de Novo Sangue... está tentando ensinar vampiros a fazer magia...

— *Como?* — Fico pasmo.

— É uma abominação! — Bunce diz.

— Sim — Margaret concorda, apontando para mim. — Você é uma abominação!

— Não sou... *isso* — digo. — Sou um feiticeiro! Fui mordido por um vampiro quando bebê!

— Ahá! — Shepard diz, estalando os dedos como se tivesse acabado de resolver um mistério.

— Não. — Ela parece ter repulsa à ideia. — Teria sido proscrito, teria sido jogado para os dragões. É a lei dos magos.

— Sim, bom, minha mãe morreu. Os vampiros a mataram. E depois não sobrou ninguém forte o bastante para me banir.

— Não é tarde demais — a mulher diz. — Dragões ainda têm fome.

— Ele não é um vampiro do mal — Simon diz. — Nem morde gente. Só ratos, veados e ovelhas…

— *Invasor!* — ela diz.

— Desculpa — digo. — Eu não sabia que aquela ovelha tinha dono.

— Ele está arrependido — Shepard diz. — Acredito nele.

— Espera que acreditemos que não é um híbrido? Quando o mundo todo sabe que chupadores de sangue estão misturando sangue e magia?

— *Como?* — Penny pergunta.

A mulher olha para nós, por cima do fogo.

— Não sei. Nada de bom. Trevas.

— Se os vampiros dominarem a magia — Shepard diz —, não vão poder ser impedidos. Vão estar no topo da cadeia alimentar.

A mulher silva.

— Olha… — Bunce não se deixa intimidar, mesmo amarrada como um porco no solstício. — Sei que isso tudo parece ruim, mas não somos parte dessa trama dos vampiros. Se nossa amiga foi envolvida nisso, está em perigo e precisa da nossa ajuda. Tem que nos deixar ir.

A mulher movimenta os dedos, batendo os anéis.

— O que acha, Shepard?

— Acredito neles — o normal diz.

— Molenga — ela diz. — Acredita em todo mundo.

— Passei dois dias com eles, e a única coisa que feriram foram aqueles vampiros.

— E meu carneiro.

— Sinto muito por isso — repito.

Ela faz um gesto com a mão.

— Deixe o chupador de sangue e a maga irem. O filhotinho fica comigo.

— *Quê?* — todo mundo menos ela diz.

— Ela está falando de mim? — Simon pergunta. — Não sou um filhotinho!

Ela suspira.

— Pobre filhotinho. Recém-saído do ovo.

O normal olha para Simon, como se ele tivesse encontrado um enigma melhor que eu, então começa a dizer:

— Não…

A mulher vai até Simon, para olhá-lo de perto.

— Órfão. Só pode ser. Voando com feiticeiros e chupadores de sangue. Que vergonha.

— Não sou órfão! — Simon retruca. — Bom, eu sou. Mas não saí de um ovo.

— Achei que ele fosse um demônio — Shepard conjectura.

— Pfffff. — A mulher circula Simon. — Asas vermelhas. Rabo pontudo. Do norte, como eu. Precioso. Perdido.

— Não, não, NÃÃÃO — Simon diz, compreendendo o que ela quer dizer.

— Por Crowley! — solto.

Penny solta um:

— Puta merda.

— Não sou um DRAGÃO! — Simon grita.

— Ainda não. — Ela acaricia sua asa. — É um filhotinho. Um dia dragão. Um dia feroz.

— Ele não é um dragão! — digo. — Essas asas vieram de um feitiço.

— Este não é um dragão, aquele não é um vampiro. Sou cega, sou? Sou tola?

Ela voltou a rosnar para mim.

— Não — digo. — Não é você. Somos nós. Somos muito confusos.

— Sou só um normal com asas! — Simon insiste.

— Asas de dragão. — Ela assente. — Grandes e vermelhas.

— Olha mais de perto — Simon implora.

— Cheira! — Bunce diz. — Ele tem cheiro de dragão?

A mulher franze a testa para Bunce. Então puxa a corda envolvendo o peito de Simon e o põe de pé. Ela se inclina contra seu pescoço para cheirá-lo. Ele ergue o queixo. Ela vai para trás dele e pressiona o rosto contra as asas amarradas.

— Cheira a dragão… mas também a ferro. Outra abominação!

— Foi só um feitiço — Penny diz.

— Quem fez? — Margaret puxa as cordas, endireitando Simon.

— E-eu — ele gagueja. — Eu era um feiticeiro. Lancei o feitiço.

— Como?

— Eu queria asas — Simon diz. — Queria voar.

— E o rabo?

— Queria ser livre!

Margaret se afasta de Simon, e ele cai no chão. Ela o observa tentando sentar.

Siiim. Livre. Ouço sua voz dentro da minha cabeça. *Melhor que isso. Melhor.*

Ela volta para perto do fogo.

— Acredita em nós? — Bunce pergunta.

Margaret dá de ombros.

— Acredito que são párias malformados e lixo turista.

Ela não está errada.

— Então… — digo, com cuidado. — Podemos ir?

—Vão atrás do Novo Sangue? Brigar?

— Sim! — Simon grita.

—Vão — ela diz. — Digam ao Novo Sangue que nunca estarão no topo. Estar no topo! *Eu* estou! Novo Sangue vai queimar quando acordarmos. Quando acordarmos no topo.

A mulher — *a dragoa?* — pega a mão do normal.

— Leve todos daqui, Shepard. Não deixe que machuquem você. Deixe que machuquem os chupadores de sangue.

Ela aperta a mão dele, então se afasta de nós e do fogo.

— Espera! — Bunce grita. — Meu anel. Preciso dele.

A mulher se vira abruptamente com o punho erguido, como se Penny a tivesse atacado. Deve ter uns trinta anéis nas mãos e uma dúzia de pulseiras douradas.

Agora é meu!, ela estrondeia em nossa mente.

Penny parece à beira das lágrimas.

— Por favor. Não posso fazer magia sem isso. Não posso ajudar minha amiga. Ou machucar chupadores de sangue.

A dragoa — *só pode ser* — vai até Penny e olha para ela. Leva a mão pesada à boca e fecha os dentes em torno do anel dela. Então cospe alguma coisa na terra. É a pedra roxa que ficava no meio.

E vai embora.

Continuamos vivos. E ela se foi.

36

SIMON

Shepard me desamarra primeiro, então eu solto Baz.

—Você está bem?

— Já estive melhor, para ser sincero — ele diz. O que me faz pensar que deve estar quase morto.

Eu o ajudo a levantar.

—Vamos te tirar daqui para beber alguma coisa. Mais gatos. Uma vaca. Qualquer coisa.

Minhas asas batem, fora de controle. Elas doíam muito quando estavam amarradas — acho que posso ter distendido alguma coisa. Espero que não tenha quebrado. Não é como se eu pudesse dar uma passada em uma clínica veterinária para ver.

Penny nem espera ser desamarrada para encher Shepard de perguntas.

— Onde estão esses vampiros? Como os encontramos? Cadê nosso carro?

—A caminhonete que vocês roubaram? — Ele agora se dedica aos nós nos tornozelos dela. — Mais pra baixo, onde vocês estacionaram.

—Temos que ir embora — Penny diz.

—Vocês precisam *descansar*. Quase não escaparam vivos dessa.

—Aquilo era uma dragoa? — pergunto a ele. Minhas asas se convulsionam. Shepard me passa uma garrafa de água.

— Era. — Os olhos dele brilham. — Ela não é magnífica?

— Depende — Baz diz. — Ela está ouvindo?

— Certeza — Shepard diz. — Ela ouve tudo nesta montanha.

— Como?

Ele sorri.

— Ela *é* a montanha.

Todos olhamos para o chão.

— Dragões — ele sussurra. — Um bando deles. Dormindo desde Deus sabe quando.

— Precisamos ir — Baz diz. Há um som baixo de algo vindo, como um bumerangue, então uma calça acerta seu rosto.

Shepard parece confuso.

— O que…

— Graças a Crowley — Baz diz, tirando o jeans do pescoço. — Meu reino por mais roupas limpas.

Penny continua olhando para Shepard.

— As montanhas são *dragões*?

Ele assente.

— Não é incrível? A maior parte é nativa. Faz uns séculos que Margaret chegou, acho. Por isso ela acorda: está acostumada com um clima mais frio. Mas diz que os outros andam se mexendo. Ela está animada para conhecer todos. E nervosa, imagino. — Ele baixa a voz. — Não digam a ela que eu falei isso.

— Mas ela parece uma mulher.

— É a imagem pública dela — ele diz. — Meio que uma emissária mágica.

Penny está desamarrada. Ela cruza os braços.

— Leva a gente pro carro.

Shepard recua.

— Pra poderem apagar minhas lembranças de novo?

— Por que não funcionou da primeira vez?

Ele dá de ombros.

— Vai ver já usaram pó de pixie demais em mim ao longo dos anos. Feitiços de esquecimento não surtem mais efeito.

Penny ergue o punho. Tento impedi-la, mas ela já está lançando um feitiço.

— *A ficha não caiu!*

O corpo de Shepard é jogado para trás, como se tivesse levado um soco no queixo. Ele sacode a cabeça e a levanta, com os olhos límpidos e nem um pouco vidrados.

— Mas não chega a ser gostoso.

Penny deixa a mão cair.

— Não sei por que não confiam em mim — ele diz. — Já salvei a pele de vocês duas vezes. Ainda sou a única opção para sair desta montanha em segurança. Não podemos ser amigos?

—Você não quer ser nosso *amigo* — Penny diz. — Não é como se a gente tivesse se conhecido num bar. Você só está nos ajudando porque quer informações.

— E tudo bem — Baz diz. Todos olhamos para ele, que olha para Penny. — Não podemos salvar Wellbelove sozinhos. Não conseguimos nem *nos* salvar. Precisamos de um guia.

— É disso que estou falando! — Shepard diz.

Baz olha para ele.

— Se é de informações que precisa, vai ter. Nos ajude a encontrar nossa amiga e deixamos que viaje conosco. Vamos responder algumas de suas perguntas. Mas você não vai poder compartilhar esse conhecimento com mais ninguém.

Shepard assente de imediato.

— Concordo.

— Concorda com o quê? — Baz pergunta.

— Que não vou contar a ninguém o que descobrir. Vou guardar só pra mim.

— Aperta aqui — Baz diz.

Shepard estica o braço. Baz abre a própria mão para Penny, que coloca a pedra roxa nela. Então Baz pega a mão de Shepard, apertando a pedra preciosa entre eles, e lança um feitiço:

— *Que você morra se estiver mentindo!*

Suas mãos dadas se iluminam.

Shepard arregala os olhos, mas não tenta puxar a mão.

— Eu mantenho minhas promessas.

—Vai manter essa — Baz diz. — Ou vai morrer. — Ele senta no chão, porque o feitiço o deixou exausto. — Cadê minha varinha?

Todos queremos ir ajudar Agatha o quanto antes, mas Penny e Baz estão literalmente esgotados. Ele parece uma das carcaças secas que costuma deixar para trás. Quando chegamos à próxima cidade, roubo um cachorro para ele. Não é o meu melhor momento. Não é o melhor momento de nenhum de nós.

Arrombamos outro quarto de hotel, e Baz e Penny se jogam nas camas. Shepard se oferece para comprar uma pizza. Penny faz um sinal fraco de positivo para ele.

Antes de sair, Shepard para à porta.

— Se forem embora enquanto isso, tudo bem. Não vou seguir vocês dessa vez. Mas não fiquem achando que vou livrá-los da próxima confusão em que se meterem.

Nenhum de nós discute ou tenta reassegurá-lo. Estou cansado demais para me importar.

Quando a porta se fecha atrás dele, Penny senta.

—Vamos dar dez minutos a ele, então ir embora.

Baz joga um travesseiro nela.

— Para com isso, Bunce. Precisamos de ajuda. E eu preciso de um banho.

Ele parece um pouco melhor depois de ter bebido o sangue do cachorro, mas seu cabelo está armado e opaco, e tem sangue fresco na camisa, que já estava manchada e rasgada. Hum. Ele não costuma derramar sangue enquanto bebe…

— Baz… — Ele passa por mim no caminho para o banheiro. Pego seu braço. —Você está *sangrando*?

— Não.

— Está, sim — digo. Começo a desabotoar sua camisa.

Baz evita meu olhar.

— Snow — ele diz, com a voz baixa mas severa —, por favor, não...

— *Baz*. — Seu peito está coberto de calombos redondos e volumosos. A pele está rachada em alguns pontos, e ensanguentada. Eu o toco. Os calombos parecem pedras. Alguns se abrem com a pressão dos meus dedos, e pedacinhos de metal escuro atravessam sua pele. — O que aconteceu?

— Chumbo grosso — ele diz. — De ontem à noite. Meu corpo parece estar rejeitando.

— Dói?

— Não muito.

Olho para seu rosto, com os dedos ainda em seu peito. Os olhos dele estão estreitos e sombrios — *dói, sim*. Aproximo o rosto do dele. Quero reconfortá-lo, mas não sei como.

— Simon... — Baz diz.

— Oi?

Noto um leve arranhar na respiração dele.

— É melhor lavar as mãos.

— Ah. — Recolho a mão. Coberta de sangue de vampiro. — Tá.

Quando Baz sai do chuveiro, está com o jeans limpo e sem camisa. Seu peito está coberto de pústulas e cortes, e tem um hematoma cinza-escuro na lateral.

Shepard voltou com a pizza, dizendo que é do tipo mais barato possível, e ainda é melhor que qualquer outra que já comi em casa.

Ele ficou surpreso ao voltar ao quarto e nos encontrar aqui. Não faz mais perguntas, e nenhum de nós se dá ao trabalho de vigiá-lo esta noite. Penny e Baz pegam uma cama e Shepard fica com a outra. Eu pego o travesseiro que sobra e uma colcha e adormeço no chão.

37

BAZ

Sei que me curo mais rápido que outras pessoas. (Mais uma prova de que não sou gente.) Mas nunca testei meus limites de fato. Ninguém nunca tinha esvaziado uma espingarda no meu peito ou chutado minha barriga usando botas com ponta de aço...

O máximo que eu tinha me machucado antes disso foi quando os nulidades me pegaram. *Acho* que minha perna se curou na hora mesmo assim — só que do jeito errado, porque eu estava preso dentro daquele caixão.

Antes disso, eu tinha entrado em brigas com Simon. Alguns olhos roxos ao longo dos anos, um corte no lábio. Eu me recuperava rápido de tudo isso, mas ele também. Acho que a magia de Simon costumava curá-lo, ainda que ele não conseguisse lançar feitiços para tal.

Não é mais assim — as asas dele estão machucadas, não estão fechando direito. Vou tentar lançar um feitiço nelas assim que ele acordar.

Acordei antes de todo mundo, me sentindo melhor do que em muitos dias. O resto do chumbo saiu ontem à noite no banho, e meu peito parou de queimar. Está coberto de cicatrizes brancas e brilhantes agora — mas elas também vão sumir, acho. Todas as minhas cicatrizes sumiram até agora.

Comemos pizza fria no café da manhã.

Juntamos todo o nosso dinheiro sobre a cama. Somando tudo, temos algumas centenas de dólares. Tenho meu cartão de crédito, mas ainda hesito em usá-lo.

— Isso não paga nem a gasolina — Shepard diz, olhando para o dinheiro.

—Vamos enfeitiçar o tanque — Bunce diz. — E fazer o dinheiro durar. — Ela segura a pedra preciosa sobre as notas. — *Um centavo economizado é um centavo no bolso!* — A pilha dobra. Bunce sorri. — Sempre quis tentar isso…

O queixo de Shepard cai.

—Você pode *fazer* dinheiro?

— Parece que sim.

—Você não pode ficar usando expressões americanas — digo a ela. — São imprevisíveis demais.

— Não tinha outro jeito. — Bunce dá de ombros. — Precisamos de comida e roupas. E este aqui — aponta para Shepard — precisa nos dizer como encontrar o Novo Futuro.

— Não sei *exatamente* como — ele diz.

Simon está comendo o último pedaço de pizza.

— Fala pra gente o que você sabe.

Shepard empurra os óculos.

— Que é um novo grupo de vampiros. Os vampiros por aqui costumam ficar sozinhos. Ou fazem parte de uma família que não se mistura com os outros. Mas o Novo Sangue… não é uma família. É mais como um bando de especuladores. Eles não se escondem e atacam normais sozinhos. Simplesmente pegam o que querem. E são ambiciosos. Até eu sei que estão tentando conseguir magia.

— E quanto aos feiticeiros? — Bunce pergunta. — Por que deixam isso acontecer?

Feiticeiros não toleram vampiros. Ter feito um acordo com eles foi o que mais manchou a reputação do Mago na Inglaterra. Foi o motivo pelo qual acabou sendo enterrado sem lápide. Nem os Homens do Mago, seu bando de seguidores, honra sua memória agora.

— Os feiticeiros provavelmente poderiam impedir o Novo Sangue — Shepard diz —, mas precisariam se organizar. Não sei como é lá de onde vocês vêm, mas aqui os fluentes não… *falam* muito uns com os outros.

Não tenho vontade de contar nada a respeito de onde viemos.

— Você falou que esses vampiros estão tentando aprender a lançar feitiços — digo. — Não tem como. Ou se nasce feiticeiro ou não.

Simon pigarreia.

— Então é genético? — Shepard pergunta. — Sempre quis saber se, caso eu me casasse com uma fluente, poderíamos ter um bebê mágico.

Bunce gargalha.

— Como você sabe que esses vampiros querem magia? — pergunto. — Se sabe tão pouco sobre eles.

— Eles mandaram batedores para todo o país, à procura de truques e conhecimento. Se comunicaram com alguns entusiastas por magia da minha rede de contatos.

— Tá vendo? — Bunce aponta para ele. — É por isso que guardamos segredo! Você vai compartilhar o que descobrir conosco com vampiros arrogantes?

— Não! — Shepard é firme. — Eu jurei pela minha vida.

— Onde eles estão? — pergunto.

— Não sei onde o Novo Sangue fica — Shepard diz. — Mas sei onde está a maior parte dos vampiros americanos. Las Vegas.

— Las Vegas… — Bunce parece reprovar a ideia.

Olho para Snow. Ele está sorrindo.

Antes de partirmos, Simon teima em tentar ligar para Agatha.

— Mas e se os caras do Novo Futuro rastrearem a ligação até a gente? — Bunce se preocupa.

— Se encontrarem a gente, o problema de encontrar esses caras já vai estar resolvido — Simon responde.

— Vamos ligar — digo. — Vai que a Wellbelove atende e diz que está em um spa, esperando para extraírem os cravos da pele dela.

— Você não acredita nisso — Bunce diz.

Ela está certa. Não acredito.

Bunce e eu lançamos feitiços para que seu celular não possa ser rastreado, ou pelo menos tentamos, então ligamos para Agatha. Cai direto na caixa postal. Agatha não gravou uma mensagem pessoal. (Eu não ficaria surpreso se fosse: "Penelope, para de me ligar".) Bunce desliga na hora.

— Tá — Simon diz, após um momento. — Vamos em frente.

Quando abrimos a porta do hotel para sair, a maior parte das minhas meias e três camisas entram. Fico tão feliz que as abraço de verdade. (Eu ia ter que fazer um feitiço que fizesse surgir uma camisa do nada. Ou Shepard precisaria ir a um Walmart para me comprar uma. Sem camisa, não iam nem me deixar entrar lá.) Uma das minhas meias está coberta de penas, mas as camisas estão limpas. Visto uma na hora — com uma estampa boa, roxa com folhas azul-marinho — e enfio o resto em um saco plástico. (Me arrependo de ter deixado a mala naquele riacho, mas não temos como voltar pra buscá-la agora.)

Bunce lançou o feitiço para sumir com as asas de Simon de novo. Ele insiste que eu me aperte na cabine da caminhonete com Penny, em vez de ir na caçamba com ele.

— Você já está com queimadura de sol — Simon diz. — E sabe o que o vento faz com seu cabelo.

Shepard pede que Simon deite na caçamba — aparentemente, ir atrás é perigoso e ilegal.

— Perigoso e ilegal são meus nomes do meio — Simon diz.

— Você não tem nome do meio — eu digo. O que parece magoá-lo, e me arrependo de imediato. Estou *preocupado* com ele. Pego sua mão, em uma tentativa de compensação. — Só toma cuidado —

digo. — Vamos ter bastante tempo para temeridades quando formos lutar contra os vampiros.

— O que é temeridade? — Simon pergunta.

— Seu nome do meio.

Ele aperta minha mão. Por Crowley, somos muito ruins nisso. Nunca sei o que Simon quer. Esse aperto significa "Gosto de você"? Ou "Se cuida"? Ou "Me devolve minha mão"? Juro que parece mais um "Sinto muito". Não conseguimos nem ficar de mãos dadas sem trocar pedidos de desculpas. Se um de nós encontrar palavras um dia...

— Basil, entra. — Penelope está segurando a porta aberta. Vai me fazer sentar entre ela e Shepard.

Aperto a mão de Simon, então faço como querem.

38

SHEPARD

Isso, isso, *isso.*

Estou *dentro.* Estou mais dentro do que já estive antes. E olha que já fiz o parto de um filhote de centauro! E ajudei uma malfada com a declaração do imposto de renda!

Mas *ninguém* consegue se relacionar com fluentes e vampiros. Fluentes não se relacionam com ninguém! E quando isso acontece, não revelam nada. Já ouvi dizer que fluentes às vezes se casam com falantes e *nunca* contam a eles sobre sua magia.

Vai ser difícil manter tudo isso em segredo. Eu adoraria mencionar o assunto nos fóruns. Seria o maior furo. Mas já guardei segredos antes. Nunca havia contado a ninguém sobre Maggie até ontem. (E foi ela que contou a eles, acho.) Saber é melhor que contar.

E talvez, se eu ajudar esses três a recuperarem a amiga, eles me mantenham por perto. Posso ser o amigo normal! (Simon diz que é normal... mas ele tem asas de dragão.)

— Ainda não fomos devidamente apresentados — digo, quando voltamos à estrada. —Vocês sabem que meu nome é Shepard... E você é o Baz, certo?

O vampiro assente.

— E você é Penelope?

— Acho que sim — ela diz. Da primeira vez que a vi, seu cabelo estava puxado para trás e preso em um rabo de cavalo. Agora, o rabo está se desfazendo, e cachos castanhos rebeldes e elétricos caem em seu rosto. Penelope não parece se importar. Tampouco reclamou de suas roupas, embora esteja usando a mesma saia xadrez e as mesmas meias até os joelhos desde que nos conhecemos. Gosto dos sapatos dela, tipo boneca com fivela prateada, pretos e brilhantes.

Minha picape não foi feita para três passageiros. Meu cotovelo está colado no de Baz.

—Você não morde gente mesmo?

— Por enquanto não — ele diz.

— Não achei que desse para evitar.

Ele me encara sem virar a cabeça, então revira os olhos.

— Por que mais vampiros não fazem isso? — pergunto a ele. — Não morder gente?

— Não sei bem… — ele diz. — Mas acho que deve ser porque o gosto é bom.

Penelope bufa e se inclina sobre ele para olhar para mim.

— Pelo menos sabe aonde estamos indo?

— Bom, pensei em ir para Las Vegas…

— E depois o quê? "Desculpe, senhor ou senhora, mas pode nos apontar a direção dos vampiros? Não os antigos e malvados. Os novos e ainda piores."

— Podemos lançar um feitiço para encontrar o Novo Sangue, se estivermos perto o bastante. — Baz se vira para ela, dando as costas para mim.

—Tenho uma amiga na região — interrompo. Preciso que continuem precisando de mim. — Ela tem contatos. Vai nos ajudar se puder.

39

SIMON

Nunca vi um céu tão azul.

Estou deitado na caçamba da caminhonete, usando o saco de dormir de Shepard como travesseiro. Baz consertou minha asa com um feitiço. Ele me comprou uma imitação de Ray-Ban e um pacote de garrafas de água no último posto. De tempos em tempos, eu o vejo virar o pescoço para ver como estou.

Estou bem.

Muito bem.

Debaixo deste céu — nunca vi um céu tão amplo —, quase posso acreditar que ele e eu vamos ficar bem. Nós dois. Estamos nos virando, não é? Mais ou menos? Mesmo com tanta gente nos amarrando e atirando em nós.

Estamos nos virando. Ele continua me tocando e eu continuo deixando. E não tenho sentido, não sei, aquela estática que costumo sentir, como se o que existe entre a gente fosse um prédio do qual preciso sair correndo antes que desabe comigo dentro.

Baz tem me tocado, e isso é bom.

(Tocar *Baz* é sempre bom. Seria mais fácil se *eu* pudesse tocá-lo o tempo todo. E beijá-lo. Sem precisar *ser beijado*.) (Não consigo explicar por que é diferente. Por que beijar é fácil e ser beijado é sufocante.) (Só que esta semana não tem sido. Tem sido bom. Este céu é tão amplo. Tem tanto ar.)

Shepard se mantém fora das estradas principais. A maior parte do tempo, temos o asfalto só para a gente. Eu sento e me encosto na lateral da caminhonete, vendo a paisagem mudar de verde para cinza para vermelha.

Este país muda toda vez que você desvia os olhos.

Ele se espalha em todas as direções.

Nem consigo acreditar que Utah fica no mesmo país que Iowa. Ou no mesmo planeta. A sensação é essa, de que sou o primeiro homem em Marte. Fico meio feliz por Baz não estar aqui comigo, assim não pode ver que estou de queixo caído.

Fora que faz calor demais para ele aqui fora, e é claro demais. E tem o vento constante e o chacoalhar incessante. Me sinto meio tonto e todo dolorido.

Me sinto bem.

BAZ

Faz quatro horas que estamos no carro, e Shepard diz que vai demorar pelo menos mais oito. Bunce quer encantar a caminhonete para que vá mais rápido, mas acho que vamos precisar de todas as nossas reservas quando chegarmos aonde quer que estejamos indo.

Shepard continua tentando nos fazer falar. Sem sucesso. Nunca fui de falar muito, e Bunce parece a mais avessa a ele de todos nós.

Não resta nada a fazer a não ser olhar para o cenário cada vez mais deprimente. O verde aqui não é verde. Já passamos por todo tipo de campo, nenhum saturado como os lá de casa.

No momento, quase não tem verde à vista. Toda a paisagem ficou vermelha e angulosa.

Viro para dar uma olhada em Simon. Emprestei filtro solar...

Simon não está ali.

— Encosta. — Agarro o braço de Shepard. — Snow sumiu.

Bunce vira para olhar.

— Para onde ele pode ter ido?

— Deve ter caído da caçamba — digo. — Faz a volta.

Penny desafivela o cinto de segurança e abaixa o vidro, colocando o corpo para fora para olhar.

— Ele está bem! — Shepard grita. —Volta pra dentro! — Ele me dá uma cotovelada. — Ela vai cair.

Pego Bunce pela cintura.

— Seu amigo está bem ali — Shepard diz, apontando à frente. — Está voando.

Vejo a sombra no asfalto à nossa frente: Simon, com as asas abertas, o rabo pontudo esticado para trás.

— Maluco — sussurro.

40

PENELOPE

—Vou precisar da ajuda de vocês nessa parte — Shepard diz.

— Que parte? — pergunto. — Por quê?

Tenho que me inclinar sobre Baz para falar com o normal, e isso está ficando cansativo. Faz pelo menos umas onze horas que estamos neste carro. Simon ficou o tempo todo lá atrás — ou acima de nossas cabeças —, exposto ao deserto. Eu o enchi de feitiços protetores, e sei que Baz fez o mesmo, mas *falando sério*, isso é um pouco demais. Quero salvar Agatha, mas não às custas de Simon.

Ele pareceu bem na última parada. Na verdade, pareceu exultante — talvez até de um jeito preocupante.

— Não consigo acreditar que vamos passar assim perto do Grand Canyon sem parar! — Simon lamentou. — E da Rota 66! E do Parque Nacional de Joshua Tree!

— Também temos parques em casa, Snow — Baz disse. — Esquece isso.

Baz está suportando muito melhor a viagem agora que tem um teto sobre a cabeça. A mancha preta no nariz quase sumiu, embora ele ainda me pareça cinza demais.

Ele chupou o sangue de uma cobra depois do almoço, o que o deixou azedo e irritável.

— Muito bem — Shepard disse, quando Baz voltou à caminhonete. — Uma cobra no café, uma cobra no almoço e um jantar equilibrado.

Eu o ignorei. Tento ignorar o normal tanto quanto possível. Dissemos que ele pode ficar com a gente e nos ajudar, mas não prometemos responder às suas perguntas, nem entretê-lo.

Mas o cara não para de tentar. Não para de *falar*.

Quando não respondemos suas perguntas sobre nossas famílias, o normal fala sobre a dele. A mãe é professora, a irmã mais velha é jornalista. Seus pais são divorciados, e o pai, que é comissário de bordo, mora em Atlanta, e tudo bem, porque assim ele pode ir para um lugar mais quente no Natal, e às vezes nem precisa pagar pela passagem de avião. E pelo amor da magia, até sei que ele jogou futebol quando era pequeno, mas agora prefere RPG. Nada parece trivial demais para comentar.

O que ele gosta *mesmo* é de falar sobre magia. É quase como se achasse que nos contar sobre todas as criaturas mágicas que conheceu vai nos deixar tentados a retribuir.

Não é o caso. Além disso, feiticeiros não confraternizam com criaturas mágicas, nem mesmo as que não são malvadas. Estudamos com alguns pixies e espíritos domésticos, e tinha um centauro um ano à nossa frente — mas eles eram pelo menos *meio* feiticeiros. (Como um feiticeiro se apaixona por um centauro? O que eles podem ter em comum?) ("A metade de cima", Simon disse quando tentei discutir o assunto com ele.)

Shepard, no entanto, nunca conheceu uma criatura mágica com quem não tivesse feito amizade. Se é que dá para acreditar nele.

— Você não fez um mochilão com um pé-grande — eu disse, depois de cinco ou seis horas das bobagens dele.

— Eu te disse que ele não usou mochila. Só tinha uma pochete com um pente e uma faquinha. Deixei minha escova de dente com ele, e o cara ficou superfeliz. Preciso voltar lá com outra pra ele…

— Como é que você teria tempo pra todas essas aventuras? Não deve ser mais velho que a gente. Não está na faculdade?

— Tenho vinte e dois. E vocês?

— Não te interessa.

— Tá. Bom, deixei os estudos de lado por um tempo. Vou voltar quando souber o que quero fazer. Enquanto isso, a melhor professora é a estrada.

— A estrada... A estrada te distrai, isso sim. Você aprenderia mais *com* o mundo se soubesse mais *sobre* o mundo.

— É isso que minha mãe diz!

— Ela é claramente mais inteligente que você.

— Não vou negar. E sua mãe, como ela é?

— Pfff.

Estamos no Arizona, acho, em uma estrada escura. Temos nos mantido fora das principais rodovias, mas nunca nos afastamos das cidades e das pessoas.

— O que estamos prestes a tentar não é exatamente permitido — o normal diz.

— Achei que você fosse o maior defensor da lei e da ordem...

— Não acho que a gente deva roubar carros, falsificar dinheiro ou cometer outros atos de apropriação indébita. Mas isso não vai prejudicar ninguém. Precisamos entrar para ver minha amiga, mas meio que já passou do horário de visita...

— Fala logo do que você precisa — Baz o corta.

— Uns abre-te-sésamo já devem bastar.

— Argh — resmungo. — Não chame os feitiços pelo nome. Você não devia conhecer nenhum.

— Ouvi vocês usando no hotel! Fora que todo mundo sabe que abre-te-sésamo é um feitiço. Deve ser um feitiço justamente porque todo mundo conhece a expressão. Já pensou a respeito?

Estou escondendo o rosto. Quero tapar os ouvidos.

— Quem explicou a origem da nossa magia pra você? Me conta, por favor, pra que eu possa garantir que encare o tribunal internacional.

Não existe nenhum tribunal internacional, mas gosto da ideia de confundir Shepard com informações falsas.

— Tá bom — Baz diz. — Vamos logo com isso. Não temos tempo a perder discutindo.

Viramos em uma estrada maior e seguimos as placas para algo chamado Represa Hoover. Acho que conheço de nome.

Olho pela janela de trás. Simon está sentado, apoiado na lateral da caminhonete. Não parece haver nenhuma parte da viagem que ele não curta. (A não ser os momentos em que quase morremos.) (Mas, sinceramente, ele pareceu gostar disso também.)

— Talvez vocês pudessem tornar mais difícil verem a gente — Shepard diz. — Tem câmeras.

— *Como em espelho, obscuramente!* — Baz lança na caminhonete.

Shepard assente.

— Legal. Agora aqueles portões…

— *Abre-te Sésamo!* — digo, mas o feitiço sai monótono e sarcástico, de modo que tenho que repetir.

— Talvez tenha guardas — Shepard diz, apertando os olhos para a escuridão à nossa frente.

— Deixa comigo. — Baz está muito concentrado. — Ponho todos para dormir?

— Opa. — Shepard levanta uma mão. — Não quero que ninguém pegue no sono sobre o painel de controle e exploda toda a represa…

— Duvido que tenha um botão que *exploda toda a represa* — digo.

Baz está ficando impaciente.

— Deixa comigo.

Estacionamos, e Simon pula da caçamba.

— Qual é o plano? Vamos ver a represa? Legal. A gente não podia ter entrado?

Baz pega a camiseta de Simon e o puxa para mais perto, procurando alguma ferida.

— Você está bem? Está com sede? Está morrendo por insolação?

— Estou bem — Simon diz. — Você devia ir atrás agora que o sol se pôs. Nunca vi tantas estrelas.

Simon abre as asas, como se estivesse se espreguiçando. Baz espana o pó dos ombros dele. Baz parece tímido, como se não tivesse certeza de que pode ser assim carinhoso. É duro de ver, então olho para Shepard. Ele também está olhando. Empurro seu braço.

— Qual é o plano?

Ele pega uma garrafa de água da caçamba.

— Minha amiga mora na água — Shepard diz. — Bom, mais ou menos. Só temos que ir até a represa e ver se ela está a fim de falar.

— Então a vida de Agatha depende de alguém querer falar com você? Ótimo.

— Para sua sorte, a maioria das pessoas gosta de falar comigo. Você é uma notável exceção.

Seguimos uma trilha que dá na represa.

Baz e eu nos certificamos de que os guardas não nos vejam com uma combinação de por-espelho-em-enigma e nada-para-ver-aqui.

Shepard observa cada passo nosso. Tenho certeza de que assim que tiver tempo vai anotar todos esses feitiços em um dos caderninhos empilhados sobre o painel do carro. Bom... não prometemos que não destruiríamos qualquer evidência.

Simon voa atrás de nós. Acho que ele está curtindo ficar com as asas à mostra. Quando voltarmos para casa, precisamos achar um lugar para ele exercitar as asas. (Se não formos para a prisão mágica.) (Pelo menos se formos para a prisão *mágica,* Simon não vai precisar esconder as asas.)

A represa é enorme — e bem bonita, na minha opinião —, uma parede curva de concreto segurando o rio. Quando chegamos ao meio dela, Shepard se inclina o máximo possível sobre a água. Se eu me importasse com ele, ia puxá-lo de volta. Seria uma bela queda daqui, e o rio deve estar baixo. Dá para ver a linha da água na pedra em volta do reservatório, como a marca no interior da banheira.

— Azul... — Shepard chama, baixo. Ele vira a garrafa sobre o parapeito e derrama um pouco de água. Ninguém responde de pronto.

Ele continua debruçado na direção da parede, esvaziando a garrafa.

— *Azul...*

Um barulho de água agitada vem lá de baixo — uma voz fluida, arrastada.

— Shhhhep — a voz diz.

Um pilar de água surge à nossa frente. Recuo num pulo. Simon apoia a mão no meu ombro para me segurar. Ele aterrissou.

A água cai.

Mais alguns jatos sobem e descem.

Então uma coluna mais larga de água sobe e se sustenta ali. Parece uma mulher por um momento. Como uma escultura de gelo derretida.

— Tem gossshhto de pláshtico — diz a voz retumbante. Retumbante e feminina.

— Eu sei — Shepard diz. — Desculpa.

Uma mão de água toca a bochecha dele.

— Aquíferrro de Ogallala... — ela balbucia, acariciando o normal. — Neve das Rochosash.

— É — Shepard diz. — Estou fazendo uma viagem de carro.

— É mais uma missão de resgate — digo.

A água se vira para mim, então se afasta. Recua.

— Eshhtranhosh — a água diz. Ela diz. Ela flui.

— Amigos — Shepard diz.

—Você é amissshhhtoso demaish, Shhep.

— Pode ser — ele diz. — Mas em geral confio nos meus critérios.

— Magia — ela diz. — Perrrigo. Me deixa levarrr elesh. Você fica.

O nível da água no reservatório está subindo. A coluna se alarga, tomando mais claramente a forma de uma mulher. Resisto ao impulso de lançar um feitiço. Simon aperta meu ombro.

— Eles não vão nos machucar! — Shepard insiste. — Estão procurando uma amiga. Achamos que foi sequestrada por vampiros.

A água — será algum tipo de espírito do rio? Ou o próprio rio? — silva.

— Másh companhiash — ela borrifa. Meus sapatos e minhas meias estão molhados. Baz recua um pouco.

— As piores — Shepard diz. — Achamos que ela está com o Novo Sangue.

O lago todo se revolve. Dá para ouvi-lo batendo contra o concreto.

— Achamos que talvez pudesse nos dizer onde eles estão — Shepard diz. — Afinal, você está em toda parte.

— Não maish — ela soluça. — Fui rrrepresada, diminuída e eshhcondida na brrruma.

— A meu ver, você ainda é grandiosa — ele diz.

A água bate em seu rosto. Faz um barulhinho de *Psssssht*.

Shepard se inclina ainda mais — demais, tirando os pés do chão. Água pinga de seu rosto e de seu cabelo.

— O Novo Sangue tem goshhto deshhtilado — ela murmura. — Prrrodutosh químicosh, suplementosh vitamínicosh.

Já estou impaciente.

— Onde eles estão?

Levo um banho em resposta.

Shepard me olha como quem diz "fica quieta!". Ah, *agora* ele quer que eu fique quieta.

— Ficaríamos muito gratos se puder nos ajudar — ele quase suplica.

— Oeshhhte — ela diz.

— Só isso?

— Na coshta. Água salgada. Irrrigação. Camposh de golfe.

— Poderia ser qualquer lugar na Califórnia — Shepard diz para si mesmo.

— Às vezes osh shinto maiss perto…

— É?

— Lash Vegash.

— Eles estão se misturando com os outros? Não pode ser.

A água parece dar de ombrosh. Quer dizer, ombros.

— Todosh acabam encontrando o caminho para Katherrrine.

— Katherine — Shepard repete. — O hotel?

— Não. — Ela balança a cabeça para a frente e para trás, jogando água em todas as direções. — Perrrigo. Você devia deixá-losh ir shozinhosh.

— Azul. Prometi que ia ajudar.

— Você ajuda demaish.

— Isso me lembra algo. — Ele sorri e volta a pisar no chão, então pega a mochila. — Te trouxe um negócio. — Shepard puxa um livro. — Gostei desse. É meio triste. Mas tem boas piadas.

— É ficção?

— Claro — Shepard diz, jogando o volume na água. Ele volta à mochila. — Este aqui se leva um pouco a sério demais, mas sei que você adora faroeste. — Ele joga outro livro por cima do parapeito. — Teria trazido mais se soubesse que vinha. Mas peguei isso no caminho. — Ele levanta um rádio. — É à prova d'água.

— Issho não exishte — ela goteja.

— Bom, é *resistente* à água — ele diz, soltando o rádio. Água jorra para pegá-lo. — Volto quando puder para trocar as pilhas.

— Obrrrigada, Shhhep. Você é um bom amigo.

Simon se afastou um pouco da passarela, sabendo que não vamos descobrir mais nada a respeito de Agatha. Ele bate as asas para olhar mais além do parapeito.

Um muro de água se ergue à frente dele, e a forma feminina parece atravessá-lo, alcançando o queixo de Simon.

— Conheço você — ela diz, olhando para ele.

Simon volta a aterrissar e fica imóvel.

— Você errra o drrreno.

Ele confirma com a cabeça.

— É... Desculpa. Peguei sua magia?

— A minha, não. A do mundo, shiiim.

— Sinto muito — ele diz. — Eu não sabia.

Ela alisa o cabelo dele para trás, ensopando-o.

— Não tem prrroblema — ela borbulha. — Você devolveu. E maish.

Ele inclina a cabeça e deixa que a mão dela caia sobre ele.

Baz e eu ficamos paralisados. Assim como o guarda a alguns passos de distância.

Ergo minha ametista.

— *Esses não são os droides que você está procurando!*

— Esses não são os droides que estou procurando — o homem diz, dando as costas para a gente. — Por que eu estava procurando por droides?

— Temos que ir — Baz diz, então olha para o rio. — Obrigado.

— Ela não ajudou muito — resmungo. Baz me dá uma cotovelada.

A água retorna a Shepard, para se despedir. Ele promete voltar assim que puder. E visitar sua nascente em La Poudre Pass.

— Shhhep — ela implora —, não pode explodirrr a represa para mim?

— Agora não — ele diz. — Mas vou continuar pensando a respeito.

— Seria melhorrr para todo mundo.

— Todo mundo menos eu — ele diz. — Mas está na minha lista de objetivos a longo prazo.

— Seria terrorismo! — eu digo.

— Liberrrtação — o rio discorda.

— A magia nos salva dos radicais — eu digo, soando exatamente como minha mãe, para meu assombro.

41

BAZ

Às vezes a audácia de Bunce é pura arrogância. Ela interroga Shepard durante todo o caminho de volta à caminhonete. Como se nossa magia extinguisse qualquer possibilidade de sermos vistos pelos guardas, como se o rio não pudesse mudar de ideia e nos derrubar do alto da represa.

— Por que você jogou lixo na água? — Bunce pergunta no volume máximo.

— Porque ela fica entediada — Shepard diz. — Costumavam jogar todo tipo de coisa nela: jornais, caixinhas de fósforo, documentos de divórcio. Agora tudo o que ela recebe são produtos químicos e iPhones que param de funcionar assim que encostam nela.

— E como é que alguém *conhece* um rio, aliás?

— Se apresentando.

— É mesmo, *Shep*?

Simon está voando acima de nós, aproveitando o fato de que não pode ser visto.

—Você devia voar mais — digo, quando ele desce perto da caminhonete.

—Verdade — Simon diz. — Posso subir a Regent Street e atravessar Piccadilly Circus.

— Poderíamos ir para o interior. Tem a propriedade da minha família.

— Eu provavelmente apareceria no Google Maps…

— Eu poderia lançar um feitiço em você antes.

Simon dá de ombros.

Penny está esperando que eu entre no carro.

— Anda, Baz, vamos embora.

Simon segura meu cotovelo.

—Vem comigo — ele diz, olhando para o ponto em que sua mão toca meu braço. — Dá para ver as estrelas.

O cabelo dele cai entre nós em cachos molhados. Eu me inclino para a frente e toco sua testa com a minha.

— Tá — eu digo. —Vamos.

Não consigo ver seu sorriso, mas sei que está aqui.

Ele sobe na caçamba da caminhonete, e eu o sigo. Penny suspira e entra na cabine. Vai ter que discutir com Shepard sem se inclinar sobre mim. (Não fico preocupado com a segurança dela. Usei três feitiços para descobrir os propósitos do normal, e ele não planeja nos machucar.)

Tem um saco de dormir estendido na caçamba, e Simon deita nele, tomando o cuidado de deixar espaço para mim. Estou agachado, olhando as estrelas. A caminhonete sai, e eu perco o equilíbrio.

—Vem aqui — Simon diz.

Odeio ir na caçamba. Me sinto como uma xícara de chá apoiada no teto de um carro em movimento.

— Isso é muito perigoso — digo, ajoelhando. — E se passarmos por uma lombada?

—Você vai ficar bem. É resistente.

— E você?

— Tenho asas.

Olho para ele. A caminhonete está em alta velocidade.

— Baz — Simon diz, esticando o braço para mim. —Vem aqui.

SIMON

Vem aqui.
  Anda.
  Por favor.
  Deixa a gente ter isso.

BAZ

Deito ao lado de Simon, que passa o braço esquerdo por baixo da minha cintura. Sinto a caçamba dura sob nós e cada cascalho sobre o qual os pneus passam — mas é melhor ficar deitado, deixando o vento bater mais acima, e não contra mim.

Ainda que o dia tenha sido abrasador, está fresco agora, quase frio. Simon aperta o braço à minha volta. Ele não é mais tão quente quanto costumava ser. (Literalmente. É um motor de combustão com menos combustível.) Mas, por Crowley, ainda é bem quentinho.

Tento não pensar em quanto tempo faz que não o sinto assim. Contra o meu corpo, do ombro ao joelho. Tenho medo de que se o fizer vou apertá-lo com força demais. Vou fazer o que quer que tenha feito lá atrás para afastá-lo.

Simon aponta para o céu acima de nós, preto como piche aqui no deserto, cheio de estrelas piscando. *Estou vendo, Snow. Não sou cego.*

Quando seu braço direito cai, Simon me envolve com ele também. Fecho os olhos.

O que é isso? Por que ele está deixando que eu me aproxime assim?

Será uma mudança real? Ou uma exceção, já que estamos no meio da noite, no meio do deserto?

Só posso abraçá-lo quando estamos fugindo?

SIMON

A mão de Baz finalmente me toca. Sobe pelas minhas costas, por baixo da camiseta. Familiar e fria.

Nunca passaria pela cabeça de alguém que é possível sentir falta da frieza de uma pessoa, e muito menos se pegar o tempo todo se aproximando dessa pessoa justamente por isso. Mas Baz tem o tipo de frieza que me faz querer estar perto.

(Suas mãos são leves como uma pena nas minhas costas. Leves como uma pena e geladas.)

Quero esquentá-lo com minhas mãos. Com meu calor, minha bochecha, minha barriga.

Envolvo nós dois com minhas asas e o pressiono contra a caçamba, pressiono meu corpo contra cada centímetro acinzentado dele.

Quando foi a última vez...

Não. Não pensa na última vez.

Não pensa que pode ser esta.

Não pensa.

Ainda estou molhado, por causa do espírito do rio. Meu nariz está da mesma temperatura do queixo de Baz.

Aproximo o rosto do dele. Pairo sobre ele.

Costuma ser neste ponto, quanto estamos assim próximos, que eu me afasto.

— Posso? — pergunto, pressionando. Não tenho certeza de que ele vai me ouvir, com todo o barulho.

BAZ

Seu cabelo está cheio de poeira. Seu rosto está frio e úmido. Ele é sempre desajeitado. Apertando seu peito contra o meu. Batendo seu ombro contra o meu. Pressionando minha cabeça contra o metal da caçamba.

Toco Simon Snow como se ele fosse feito de vidro. Como se fosse explodir caso eu apertasse o botão errado.

Ele me toca como se não conseguisse decidir entre me empurrar ou me puxar, e acabasse optando pelas duas coisas.

Vou aonde ele quer. Aceito o que oferece.

— Posso? — Simon pergunta.

Pode o quê? Me beijar? Me matar? Partir meu coração?

Eu o toco como se ele fosse feito de asas de borboleta.

— Não precisa pedir — digo alto o bastante para que ele me ouça por cima de todo o barulho.

SIMON

Lábios frios, boca fria.

Nunca ouvi o coração de Baz bater.

E já passei a noite toda com a cabeça apoiada em seu peito.

BAZ

Minha parte preferida de beijar Simon quando ele está frio é o modo como vai ficando quente em minhas mãos. Como se *eu* fosse a fogueira acesa. Como se eu fosse vivo. Eu o esquento com meus braços, então ele me esquenta com os seus. Simon me devolve tudo.

SIMON

Eu daria a ele tudo o que sou.

Daria a ele tudo o que eu era.

Me entregaria totalmente.

★ ★ ★

Costuraria nossos corações, pedaço a pedaço.

BAZ

É bom, é bom, é tão bom.

E eu resisto a exigir uma explicação.

Por que agora, qual é a chave? Como volto a este mesmo lugar amanhã? Promete que vai me deixar voltar?

Às vezes Simon me beija como se fosse o fim do mundo, e eu fico preocupado que ele possa acreditar que realmente é.

A caminhonete para cedo demais. Shepard não quer chegar a Las Vegas durante a noite.

— A probabilidade de sermos notados vai ser menor pela manhã — ele diz.

O normal para em um campo aberto, e nós quatro nos deitamos na caçamba. Penny fica entre mim e Simon, por segurança. Só tem um saco de dormir, então lanço um feitiço para tornar o metal mais macio:

— *Amortece o golpe!*

Shepard fica encantado. Não para de pular na caçamba, como uma criança em um brinquedo inflável.

— Então… — Bunce começa a dizer. — O que você sabe sobre esse hotel para onde a gente vai?

— O Katherine? — ele diz. — É um hotel de vampiros. O mais antigo deles, acho. As festas de lá são infames. Acontecem toda noite, na cobertura.

— Tem hotéis só para vampiros? — Simon pergunta.

— Tem tudo só para vampiros em Las Vegas — Shepard diz. — Provavelmente até lavanderias. Táxis. Contadores…

— Achei que você tinha dito que nunca havia visto um vampiro — eu digo.

— E nunca vi. Nunca tinha visto.

— Então como sabe dessas festas?

— Conheço gente que sabe — Shepard diz. — Bom, não exatamente *gente*…

Bunce bufa.

— Então vamos invadir uma festa de vampiros e esperar que seu charme funcione com eles? "Oi, sou o Shepard e só quero que a gente fique amigo. Me conta todos os seus segredos de vampiro, por favor."

— Nossa, não — Shepard diz. — Iam chupar meu sangue. Vampiros são conhecidos por manter a boca fechada. Eles não se misturam.

— E então? — Bunce diz.

— Então não vou fazer nada disso. Baz vai.

42

AGATHA

Estou acordada. Não tenho certeza de que ainda estou no meu quarto. Acho que estou esperando por Braden.

Braden veio ontem, enquanto eu ainda tomava café, e pareceu tão feliz em me ver que acabei sorrindo de volta para ele. Por um momento me senti ridícula. Por que estava preocupada? Eu tinha ganhado um quarto próprio em um retiro de luxo. Estava sendo paparicada pelo tipo de cara que aparece na seção de celebridades em revistas de famosos.

Ele sentou na minha cama.

— Bom dia.

— Bom dia — eu disse. — Qual é a programação de hoje? Acho que Ginger e eu temos que meditar. Ou mediar... Pra mim tanto faz.

— Agatha... — Braden disse. — Quero falar com você *de verdade*.

— E não é isso que temos feito? Parece que conversamos tanto.

— Quero ser sincero — ele disse.

Resisti heroicamente a revirar os olhos.

— Claro.

— Agatha, você é o espécime perfeito.

— Braden, sei que você é das ciências, mas garotas em geral não gostam de ser chamadas de "espécime".

Ele riu.

— Você é tão engraçada.

— Achei que fôssemos ser sinceros.

Braden riu ainda mais e pegou minha mão.

— Agatha... eu sei o que você é.

Ele ainda sorria para mim.

Não movi nem um músculo do rosto.

— Eu te contei tudo a meu respeito.

—Vamos. — Sua voz saiu gentil. — Pode parar de fingir. Não temos segredos entre nós.

Com certeza temos.

Esperei que ele se explicasse.

— Eu te vi — Braden disse. — Na biblioteca.Vi você acender o cigarro.

— Achei que tinha me perdoado por fumar na sua casa.

Seu sorriso falhou pela primeira vez.

— Agatha, *por favor*. Achei que pudéssemos fazer isso de verdade. Que pudéssemos ter esta conversa.

Sorri exatamente como minha mãe faz quando não quer ouvir alguma coisa. Como ela sorriu para mim quando eu disse que não queria estudar em Watford e quando pedi mais um cavalo.

— *Agatha.*

— Braden...

— Sei que você tem a mutação.

— Mutação?

— Deve ser uma mutação — ele disse. — Já descartamos qualquer possibilidade de contágio.

Eu realmente não sabia do que ele estava falando.

— Sei que você faz magia!

Há um protocolo para isso. A primeira coisa a fazer é se esquivar. Então negar.

— Acho que não entendi...

—Temos tudo em vídeo, Agatha! Não sei que feitiço você lançou, porque mal moveu os lábios. Te ensinaram a fazer isso?

A terceira coisa a fazer é fugir. Levantei e fui em direção à porta.

—Você está sendo bobo. — Isso também parece algo que minha mãe diria. — Preciso encontrar Ginger. Quer vir junto?

Levei a mão à maçaneta. Ela não girou.

Se esquivar, negar, fugir, *lutar*.

— Braden, o que está acontecendo?

Ele também levantou, me encurralando contra a porta.

— Não precisa guardar esse segredo de mim. Sei a seu respeito. Sei sobre sua gente.

Que opções me restavam? Estava sem minha varinha. Imagino que poderia ter gerado uma chama na palma da mão, mas então ele teria a prova que queria. E uma chama de isqueiro não ia me tirar dali.

— Isso é simplesmente inaceitável — eu disse. — Sou uma convidada em sua casa, e exijo ser tratada como tal.

—Você pode falar comigo, Agatha! — De alguma forma, ele ainda sorria. — Nós dois somos parte do novo estágio da humanidade.

— Novo estágio da humanidade? Braden, sou uma aluna de primeiro ano da San Diego State. Acho que nem vou conseguir entrar para veterinária. Eu…

— Para de me *enrolar*. — Ele chegou muito perto de elevar a voz.

— Achei que pudéssemos fazer isso juntos. Achei que você ia *querer* que fizéssemos isso juntos. Você veio para cá voluntariamente. Você *quer* subir de nível. Quer mais da vida.

— Não. Não é verdade. Só vim porque sou uma boa amiga.

—Você teve a oportunidade de nos conhecer, sabe que estamos aqui para evoluir. Estamos movendo a humanidade para a frente.

— Por favor, Braden, você só é muito rico e muito bom de ioga…

— *Somos o novo estágio da vida humana!* — ele rosnou, mostrando os dentes. Mostrando… as presas.

Perdi o ar.

— Estamos superando todas as limitações, Agatha! Já conquistamos a doença e a decadência, e agora vamos conquistar o impossível!

Passei por Braden para sentar na cama, muito comportada.

Ele me seguiu e ficou pairando acima de mim, ainda nervoso.

— Sabemos tudo sobre vocês. Estamos mapeando seu genoma neste exato momento. *Nos laboratórios daqui.* Estou construindo outro prédio para ampliar as pesquisas. Sabemos das suas varinhas e dos seus feitiços. Paus-e-pedras é um, certo? E livres-afinal?

Entrelacei as mãos sobre as pernas.

—Vamos saber de tudo em breve, e você poderia ajudar, poderia tornar o processo muito mais eficiente. E ia se beneficiar também. Seria uma de nós. Forte. Sadia. Imutável.

Fiquei olhando para a parede.

— Se já terminou…

— Agatha.

— Se já terminou, eu gostaria de…

— É um convite. Mas não é um pedido.

— Ginger deve estar procurando por mim.

Então ele tocou meu braço. Provavelmente com uma de suas agulhas infinitesimais.

— Espero que pense nisso — Braden disse, e ao fim da frase eu já sentia a cabeça pesada.

Mas agora estou desperta. Com os olhos abertos.

Não posso abrir a boca.

Não consigo lembrar por quê.

Acho que estou esperando por Braden.

43

SIMON

Baz está diante de um espelho de corpo inteiro, usando — juro por Merlim — um terno florido. É de um tecido escorregadio, azul-escuro com rosas vermelho-sangue. E camisa branca. Não — camisa rosa-clara. Quando ele começou a usar todas essas flores? Quando seu cabelo ficou assim comprido? Baz passou alguma coisa nele, e mechas grossas pendem sobre seu colarinho, em ondas pretas.

— É sério isso? — digo.

Ele ergue uma sobrancelha para mim através do espelho.

— Perfeito — Shepard diz. — Vampiros são sempre espalhafatosos.

Baz lança um olhar maligno para Shepard.

— Não. Está perfeito porque está realmente perfeito.

Se Shepard pudesse ver a casa de Baz, saberia que não são só os vampiros que levam uma vida gótica — feiticeiros incrivelmente ricos também.

Baz nem piscou quando entramos neste lugar, cujo tema parecia ser "E se Drácula abrisse um hotel e nem se importasse se todo mundo ficasse sabendo quem ele é?".

Tudo é preto aqui. As paredes, os móveis. Tudo, menos o carpete, que tem cor de vinho derramado. Ou sangue derramado, imagino.

Penelope entrou e quase saiu no mesmo instante. O arranjo central do saguão é um monte de gaiolas penduradas. Pelo menos uma dúzia, todas pintadas de preto, só com pássaros pretos dentro. Papagaios pretos e, sei lá, cacatuas pretas, ou coisa do tipo.

— Será que eles *pintam* os pássaros? — Penny perguntou, andando perto da parede para evitar as gaiolas. (Ela odeia pássaros desde o quarto ano, quando o Oco mandou corvonstros atrás de nós e eles tentaram bicar nossos olhos.)

Todos mantivemos distância do balcão da recepção enquanto Baz conseguia um quarto pra gente. Não sei bem se ele usou dinheiro ou magia, ou se os funcionários só o reconheceram como um dos seus. Todo mundo que trabalha aqui é pálido e incrivelmente bonito. Os homens usam terno preto e as mulheres usam vestidos de couro preto com detalhes em renda. (Couro *e* renda.) (Eles são vampiros também? Todo mundo aqui é vampiro? Eu deveria saber, já que morei com um. Mas levei anos de estudo meticuloso para chegar a uma conclusão.)

Nosso quarto é um pouco mais vívido, pelo menos. É só *quase* todo preto. As paredes são da cor da camisa de Baz (será que vampiros curtem rosa?) e as camas são cinza. Tudo o que poderia ser de couro de fato é.

Chegamos aqui pela manhã e passamos o resto do dia tirando a areia do cabelo, dormindo e pedindo serviço de quarto. Baz saiu um pouco e voltou com o terno e roupas novas para mim e para Penelope. Shepard não deixou que ninguém mais saísse do quarto.

— Las Vegas não pode ser tão perigosa assim — Penny diz. — Alguns dos feiticeiros mais famosos do mundo vivem aqui. — Ela está deitada em uma das camas, usando um vestido amarelo bem bonito. Baz devia escolher a roupa dela mais vezes. (Mas nunca devia escolher a minha. Ele me trouxe uma camisa preta. Como se eu trabalhasse em um banco.) Penelope suspira. — Não acredito que vim até Las Vegas e não vou ver Penn e Teller.

— Por favor — Baz murmura. — Eles são uns vendidos.

Os olhos de Shepard se iluminam.

— *Penn e Teller?*

Baz ajeita os punhos e o colarinho da camisa, então dá as costas para o espelho. Ele está perfeito mesmo. Qualquer que seja o estilo que está tentando incorporar — estrela do pop gótica? —, combina muito com ele.

Penelope senta, muito séria.

— Bom, Basil, estaremos aqui ouvindo, e o seu celular...

—Vai ficar no meu bolso, Bunce — ele diz. —Vou ligar antes de ir. Vocês vão ouvir tudo.

Baz liberou as chamadas internacionais do celular.

Pensar nele em um cômodo cheio de vampiros desperta uma comichão por todo o meu corpo.

— Se fizerem perguntas demais... — Penny começa a dizer.

Shepard completa:

— Seja tão sincero quanto possível.Você não é daqui, está de férias, ouviu dizer que haveria uma festa.

— É... um bom plano, na verdade — Penny diz. — E se não acreditarem...

—Você bota fogo em todo mundo — corto —, então damos o fora daqui.

Baz sorri para mim. Seus olhos estão brandos. Acho que ainda por causa de ontem à noite. De sei lá qual feitiço que lançamos na caçamba da caminhonete.

— Pensando bem — eu me coloco entre Baz e a porta —, vamos botar fogo neste lugar e dar o fora daqui imediatamente.

Baz abaixa as sobrancelhas, como se não soubesse se estou falando sério ou não.

— E quanto a Agatha?

Acho que estou realmente falando sério.

—Talvez esses vampiros nem saibam dela.Você pode estar arriscando a vida à toa.

—Vou ficar bem, Snow.Tenha um pouco de fé em mim.

Ele volta a ajustar os punhos da camisa. (Qual é a desses punhos de camisa que precisam ser ajustados o tempo todo?) Então pega o celular e faz uma ligação.

O telefone de Penny toca. Ela atende sem dizer nada.

Baz guarda o próprio aparelho no bolso do terno. Ele passa por mim, abre a porta e estica a mão. Eu lhe dou a chave do quarto.

Então ele vai embora.

Penny enlaça meu ombro.

— Ele vai ficar bem, Simon.

Ela me puxa para uma cama e coloca o celular bem no meio, no viva-voz.

Ouvimos o celular de Baz roçando o tecido do bolso enquanto ele anda…

Então o toque anunciando que o elevador chegou…

Portas abrindo. Pessoas falando, rindo.

Após alguns segundos, outro toque, e as pessoas saem.

Então ouvimos o elevador seguindo para o último andar.

— *Tenham um pouco de fé em mim* — Baz sussurra.

Outro toque do elevador. A porta abre.

Ele está se movendo de novo. O corredor está em silêncio.

Baz bate três vezes em algo sólido.

44

BAZ

Bato na porta. O que aparentemente é um erro, porque a mulher que aparece para atender faz cara feia. Faço menção de cumprimentá-la, mas ela se inclina sobre mim e me cheira, então se afasta, fazendo sinal para eu entrar. Imagino que tenha passado no teste.

Entro. A cobertura é muito maior que nosso quarto, e está lotada.

Não de gente — de vampiros. Gente como eu. Estava preocupado de ter me arrumado demais, só que Shepard estava certo: todo mundo aqui se arrumou um pouco demais. Os homens usam ternos, as mulheres usam vestidos longos e capas. Todo mundo usa joias, correntes de ouro e penas...

Não tem nada a ver com o lugar que eu e Simon visitamos em Londres. Aqueles vampiros pretendiam ser discretos. Estes vampiros *querem* ser vistos — e admirados. Eles não são especialmente bonitos. (Só alguns.) É um mito, acho, o da beleza vampírica. O que todos são é especialmente ricos. E especialmente... líquidos. Eles se movem como óleo, como sombras. Como gatos.

Dou essa impressão também? De que fluo perfeitamente?

Todo mundo está bebendo. Então procuro o bar e o encontro junto a uma parede. Me sirvo de uma bebida dourada, só para ter o que fazer com as mãos.

Eu disse a Simon que ficaria bem, e é verdade. Já fui a uma centena de festas com meus pais — sei como parecer entediado em meio a pessoas ricas. Embora estas pessoas não pareçam entediadas...

Algumas dançam. Não tem pista; elas dançam onde quer que estejam. Duas mulheres se beijam muito apaixonadamente em um assento à janela.

Tem normais aqui também. Pelo menos alguns. Sinto o cheiro das batidas de coração. Se Penelope e Simon estivessem aqui, não teria jeito: eles fariam de tudo para salvar essas pessoas.

Mas eu quero salvar Agatha.

E quero acabar com os caras do Novo Futuro antes que seja tarde demais. A dragoa estava certa, vampiros não devem aprender feitiços — ninguém deveria poder ser ambas as coisas.

Vou até um grupo de quatro ou cinco pessoas, com a intenção de me apresentar, mas a roda se separa assim que me junto a ela. Fico ali por um momento, olhando para minha bebida, fingindo que era isso mesmo que eu queria.

Uma mulher muito bonita — mais ou menos da minha idade — tropeça ao passar por mim, rindo. Tem sangue escorrendo de seu pescoço, e ela está descalça. Minhas narinas queimam. Alguns outros vampiros se viram em meio à conversa para olhar para ela. Quatro mãos a pegam pela cintura e a puxam para a multidão.

— Oi — alguém diz por cima do meu ombro. Dou as costas para o cheiro da garota.

É um homem. Bom, um vampiro. Como eu. Embora não exatamente como eu... mais baixo, mais esguio, com um tom de pele pálida diferente. Seus olhos brilham, como se já estivesse se divertindo comigo.

— Posso pegar uma bebida para você? — ele pergunta.

Ergo meu copo ainda cheio.

O vampiro inclina a cabeça e sorri.

—Você... não é daqui, é?

Tento responder no mesmo tom.

— É tão óbvio assim?

Ele sorri, mas noto um lampejo de alguma outra coisa.

— Acho que sim. Londres?

— E, antes disso, Hampshire.

— Conheço bem a região. — Ele oferece a mão. — Lamb.

Eu a aceito.

— Chaz. — (Bunce achou que eu devia escolher um nome que soasse como o meu, de modo que ainda viraria a cabeça se eu o ouvisse.) Sua mão me parece fria, mas na verdade é simplesmente tão fria quanto a minha. Pigarreio. — Já esteve em Hampshire?

Ele faz como se eu tivesse partido seu coração.

— Já parti a tempo suficiente para ser confundido com um americano?

— Desculpe — eu digo. — Retiro o que disse.

Ele me parece totalmente americano. Ou talvez só me pareça totalmente vampiresco — usando camisa azul-arroxeada e com seu cabelo castanho-avermelhado antiquado, cortado reto logo abaixo das orelhas, brilhante e solto. Ele afasta o cabelo do rosto, e as mechas sedosas escorrem para trás. É claramente um dos vampiros que contribuem para o mito da beleza.

— Garanto que você vai me fazer bem, Chaz. Vai me ajudar a arredondar as vogais e firmar meu "t"… O que te trouxe aqui?

— Estou de férias. Sempre quis conhecer Las Vegas.

— É um longo voo — Lamb diz. — Encheu frasquinhos de xampu com sangue O negativo ou ficou muito íntimo de seu vizinho de poltrona?

Dou risada, esperando que seja pelo menos em parte piada.

— Fiz jejum. Ajuda a equilibrar o fuso horário.

Para meu alívio, ele ri também.

— Você fez a mesma viagem, não? — digo.

— De fato. Embora na época fosse de barco. — Lamb dá um gole em sua bebida. — Da próxima vez — ele acena com a cabeça para a porta —, consiga um convite antes de aparecer numa festa. Sabe como somos, ninguém por aqui confia em uma cara nova. E você não deixa de ser uma cara nova pelo menos nos primeiros cem anos…

— Que pena que só tenho duas semanas antes de voltar para casa.

Dou um gole na minha bebida, primeiro me esforçando para não deixar o queixo cair (cem anos? Barco? Será que ele chegou no *Titanic?*), depois tentando não cuspir (o que é isso que eu estou tomando, óleo de lamparina?).

Já pensei a respeito, é claro que sim. Vampiros envelhecem? Podem viver para sempre?

Mas quantos anos tem esse Lamb? Ele parece mais velho que eu, na faixa dos trinta ou trinta e cinco. Mas pode ter cento e trinta e cinco?

Tento me recuperar. *Mantenha a conversa leve, Basilton. Mantenha a conversa casual.*

— Então por que decidiu vir falar comigo? — pergunto a ele, embora ainda não esteja pronto para erguer os olhos da bebida. — Por pena? Ou veio me mandar embora?

— Nem um pouco — ele diz. — Gosto de caras novas...

Levanto o rosto, e nossos olhares se encontram.

Ele estava esperando por isso, e sorri.

— Então você tem duas semanas para provar o famoso charme de Las Vegas.

Confirmo com a cabeça.

— Sinceramente, Chaz, não sei por que voltaria para casa. Eu não voltei.

— É tão bom assim aqui?

— É, sim. — Ele movimenta o pulso, observando tranquilamente o gelo girar em sua bebida, e então me observa. — Mas o que eu quis dizer foi: é muito ruim lá.

— Quando você foi embora?

Lamb balança a cabeça. Seu cabelo a segue meio segundo depois.

— Há muito tempo, quando os feiticeiros estavam começando a se organizar, antes que eles decidissem que nosso tipo não podia ser tolerado. — Ele parece sofrer. — Eu lembro de ter ouvido, nos anos cinquenta, que não havia mais nenhum de nós no Reino Unido. Que o velho Pitch tinha nos expulsado, como são Patrício havia expulsado as cobras da Irlanda. Não foram poucos os britânicos que chegaram à costa deste país naquela época. Conheci um homem de Liverpool que pegou uma carona numa fragata e foi consumindo toda a tripulação, membro a membro, ao longo do Atlântico.

Meu queixo finalmente caiu. Tento erguê-lo, em vão.

Lamb tira o cabelo dos olhos azuis.

— Imagine a disciplina e a premeditação necessárias. O planejamento!

— Bom — eu disse —, agora eu me sinto muito menos heroico com meu voo de oito horas.

É muito difícil fazer graça quando sua cabeça está explodindo. O "velho Pitch" deve ser meu bisavô. Não o conheci, mas...

— Ouvi dizer que as coisas melhoraram desde então — Lamb diz. — Recebemos mais notícias hoje em dia. Com a internet...

— As coisas ficaram mais fáceis, claro — digo.

Ele se aproxima de mim.

— Mas os feiticeiros ainda controlam vocês, não é? As histórias que ouvimos... — Ele parece pessoalmente ferido. — Clubes secretos, batidas, *incêndios*...

— Não é tão ruim. Pra quem mantém a cabeça baixa.

Lamb parece triste por um momento, então se aproxima um pouco mais, inclinando a cabeça para olhar nos meus olhos.

— Bem, erga esse queixo, meu amigo. Você está nos Estados Unidos agora.

Dou risada, e aproveito para recuar um pouco.

— Quão diferente pode ser?

Ele ri comigo, endireitando o corpo e fazendo um gesto com a mão.

— Olhe em volta. Las Vegas é *nossa*. E você vai encontrar nossos irmãos nas principais cidades do país.

— Os magos não se importam?

— Nossos magos não se intrometem. Podem se envolver individualmente se começarmos a afetar os números populacionais. Mas é um país grande, cheio de sangradores. Sinceramente, sangradores... vocês ainda os chamam de normais?

Confirmo com a cabeça.

— Os normais são a maior ameaça para si mesmos. Os feiticeiros daqui se preocupam mais com armas que com vampiros. — Ele volta a olhar para o meu rosto. — Tem certeza de que não está com sede?

O rosto de Lamb está quase rosado, e seus lábios quase vermelhos. Ele deve estar cheio.

— Você age como se saísse sangue da torneira aqui. — Minha voz sai leve, graças a Crowley. — Por acaso mantém normais no frigobar?

— Esta cidade toda é um frigobar. No velho mundo, eu não conseguia nem pensar em algo assim. Uma cidade só nossa, Chaz, consegue acreditar? Uma capital!

— A cidade inteira?

Lamb assente, com o rosto brilhando de satisfação.

— Mas em geral nos atemos à Strip. E para que sair daqui? São mais de seis quilômetros lotados de turistas, trezentos e sessenta e cinco dias por ano. A maior parte deles vem até aqui para fazer loucuras, coisas terríveis, em despedidas de solteiros, convenções de vendas... É quase como se prestássemos um serviço a essas pessoas.

— E os locais não notam? — pergunto.

— O quê?

— Os... corpos.

— Se notam, culpam alguma outra coisa. *Crime organizado.* — Ele levanta as sobrancelhas. — *Crise dos opiáceos.* E em geral somos cuidadosos. É melhor deixar um cliente satisfeito para trás que um cadáver, sabe?

Devo dar a impressão de que não sei. (E não sei mesmo.) Lamb estreita os olhos para mim.

— Chaz — ele me repreende. — Certamente em Londres você não bebe o sangue de *todos* até o fim...

Ainda não sei do que ele está falando. Existe outra possibilidade?

238

Vampiros podem beber um pouco... e parar? Eles transformam todo mundo que tocam?

Dou de ombros. Com indiferença, espero.

— Não podemos nos dar ao luxo de ter testemunhas.

— Não... imagino que não...

Sua cara é de decepção. Sua boca pequena está franzida. Ele parece assustado.

— Desculpe se ofendi você — digo.

— *Não.* — Ele apoia a mão no meu braço. — Eu tinha esquecido. Como era viver em meio ao medo e à vergonha. Faz tanto tempo que deixei as sombras. — Lamb aperta meu braço. — Espero que prove um pouco de liberdade aqui, Chaz. Este é um lugar onde você pode ser quem é, sem medo. — Ele ergue uma sobrancelha. — Quer dar uma volta comigo?

Se um vampiro te convida para ir a outro lugar, mais sombrio e solitário, não vá. É simples bom senso...

... a menos que você já seja um vampiro.

Qual é a pior coisa que pode me acontecer? Imagino que ele possa me matar. Provavelmente sabe todos os modos de matar um vampiro.

Mas preciso de informações, e ele foi o único que veio falar comigo.

O calor parecia insuportável quando chegamos em Las Vegas pela manhã, e a claridade era tanta que eu nem conseguia manter os dois olhos abertos ao mesmo tempo. Mas agora que o sol baixou, a noite está morna e agradável. Estou perfeitamente confortável de paletó. E Lamb parece bem em seu terno creme. Parece mais tranquilo do que já me senti entre normais.

Ele é meu guia nesse tour pela Strip, e aponta para cada um dos cassinos. Me diz o que costumava haver em cada ponto e o que foi feito no lugar. Passa por todos os destaques. Fala de arquitetura. E fofoca.

— Muito bem, vamos parar... aqui — ele diz, na frente de outra fachada grandiosa, com um espelho d'água escuro. — Alguns sentem falta dos velhos tempos, antes dos turistas, do Cirque du Soleil, dos chefs celebridades. Queriam só shows do Frank Sinatra e tudo o mais. Mas, para mim, Las Vegas só melhora.

— Faz quanto tempo que você está aqui? — pergunto.

— Desde o começo.

— Quando foi o começo?

— Oito — ele diz. — Mil novecentos e oito. Demorei quase trezentos anos para chegar aqui da Virgínia.

Ele nem tenta disfarçar o sorriso.

Balanço a cabeça. Tenho certeza de que pareço tão assombrado quanto me sinto.

— Mas você é tão...

Lamb para. Está com as mãos nos bolsos da calça e a cabeça inclinada. Ele continua olhando para mim como se eu merecesse um exame — e sorrisos — de todos os ângulos.

— Sou tão o que, senhor... Qual é o seu sobrenome?

Não posso lhe dizer meu sobrenome verdadeiro e não consigo pensar em nenhum outro que rime com ele.

— Watford — digo.

— Charles Watford. Até seu nome me faz sentir saudade de casa. Mas prossiga: sou tão o quê? Impressionante? — Ele sorri. — Experiente?

Vivo, penso.

— Aberto — digo. — Quanto... bem, quanto à sua história. Você... — Volto a dar de ombros. — Você não me conhece.

— Mas sei o que você é — Lamb diz. — E você sabe o que sou. Tenho muito a esconder, mas não isso.

Assinto.

— Acho que faz sentido.

— E *você* tem muito a esconder, Chaz. Claramente. Mas não... *isso*.

Lamb está certo. Eu lhe dei um nome e intenções falsos, mas ele sabe a verdade a meu respeito. A verdade que nem mesmo minha família próxima é capaz de encarar.

— Fico esperando que você note — Lamb diz.

— O quê?

Ele toca meu ombro e me vira devagar, de modo que eu encare o asfalto. Tem gente em toda parte, ainda que já passe da meia-noite. Todos estão usando roupas para sair à noite. Todos estão meio tontos. Todos...

A constatação me faz perder o ar.

Em cada grupinho, tem alguém se movendo furtivamente, um rosto branco como pérola brilhando sob as luzes. Com normais. Sem normais. Em dois ou três. Totalmente à vontade. Um homem me olha de um Cadillac Escalade e abre um sorriso desprovido de sangue.

Ouço a voz de Lamb vindo logo de trás do meu ouvido.

— Nossa cidade — ele diz. — *Sua* cidade.

Viro para encará-lo. Seus olhos bem abertos parecem brincalhões, sua língua está pressionada contra os dentes da frente, como se esperasse alguma coisa. Como se esperasse que eu compreendesse.

De repente, ouço um violino tocando à nossa volta, quente e doce. Uma centena de jatos de água disparam atrás dele. E então mais cem. É espetacular!

Lamb prefere olhar para meu rosto. Ele ri de novo, tão fácil e abertamente como tudo que fez até agora.

Estamos tomando milk-shake, e eu me sinto meio tonto.

— Tem álcool nisso?

— Tem álcool em tudo — Lamb diz. — E você é o primeiro de nós que conheço com baixa tolerância a bebida.

Ele ri tanto que faz o milk-shake borbulhar.

Começo a rir também, e escorrego da banqueta (que é coberta de pelúcia, e portanto nada prática). Caio em cima do normal sentado ao meu lado. (O cheiro dele é delicioso. De carne orgânica.)

Lamb pega meu braço.

—Venha, príncipe Charles, você precisa de uma bebida.

Ele me arrasta para fora da sorveteria — só que não arrasta de fato, porque fico feliz em acompanhá-lo. É a melhor noite que tenho desde que cheguei aos Estados Unidos.

É a melhor noite da minha vida.

Não costumo sair. Simon e eu não costumamos. (Por causa das asas. E do fato de que eu odeio bêbados.) (Odeio mesmo. Se estivesse sóbrio, odiaria a mim mesmo neste momento. Que mala.)

Lamb segura minha mão. Quando vejo, segura a de outro cara também. Um normal usando um boné de time de hóquei e uma camisa de futebol americano. Ele também está bêbado — mala! —, e todos dançamos. Sempre tem música tocando na Strip. O exterior parece interior. Iluminado como um salão de baile, com alto-falantes escondidos entre as árvores.

A música fala de um lugar chamado Margaritaville. Nunca tomei margarita. Eu devia tomar um milk-shake de margarita. Lamb puxa o homem — e a mim — para um canto, não exatamente um beco, mas um espaço entre dois bares. O normal se debate por um segundo, então a boca já não tão pequena de Lamb está em seu pescoço.

O pescoço do cara fica flácido. Sua cabeça tomba para trás, seu boné cai. Seus olhos ficam imediatamente vidrados. Já vi essa mesma expressão em cervos.

Lamb chupa seu sangue. Ainda segura minha mão.

— Chaz — ele diz, fazendo uma pausa para respirar —, vem.

Ele me puxa para mais perto, e fazemos um sanduíche do normal. O cheiro é irresistível. Minhas presas descem. Parece que não tem espaço na minha boca para a minha língua.

— Eu... não posso — digo.

— Pode, sim.

— Estamos em público.

— Juro que não importa.

Ele puxa a cabeça do normal para trás, expondo ainda mais o pescoço para mim.

Dou as costas para ambos, soltando a mão de Lamb.

— Não posso.

De repente Lamb está em cima de mim — ele soltou o normal —, me empurrando contra a parede, com as mãos nos meus ombros. Seu cabelo cobre completamente um olho seu e roça no meu nariz. Só consigo pensar no cheiro de sangue em seu hálito.

— *Quem é você?* — ele exige saber.

— Já disse.

Minha varinha está no paletó. Talvez eu consiga lançar um feitiço. Eu poderia dar conta dele…

— Qual é o seu nome? — ele cospe. Talvez cuspa sangue também. Mas não lambo os lábios. Não. Ele encosta a testa na minha, pressionando minha cabeça contra a parede de pedra. — Qual é o seu nome?

— Baz — rosno, inclinando a cabeça para me afastar dele. — E o seu?

— Lamb basta. — Uma chama aparece no meu ombro. Ele segura um isqueiro. — Agora me diz por que está aqui.

— Já disse, estou de férias.

Ele aproxima o isqueiro do meu cabelo.

— *Estou procurando pelo Novo Sangue!* — digo, alto demais.

Lamb me solta e recua. A mão e o isqueiro pendem ao lado do corpo.

— Ah, Chaz. Você também não.

— O que isso significa?

Ele vai embora.

— Lamb!

— Você não vai encontrar o Novo Sangue aqui — ele diz, por cima do ombro. — Não mais.

— Mas você sabe onde posso encontrar!

Corro para alcançá-lo.

— Todo mundo sabe.

Pego seu braço. Ainda estou um pouco bêbado, para ser sincero.

— Eu não sei. Não sei onde eles estão. E pegaram alguém que eu conheço.

Lamb para e olha para mim, parecendo pensativo.

— É verdade — ele diz.

— É.

— É a primeira vez que você está falando a verdade.

— Lamb, me ajuda. *Por favor.*

Ele avalia meu rosto por um momento, sem demonstrar nem um pouco de empatia, então desvia os olhos.

— Aqui não. — Lamb afasta minha mão de sua manga. — Amanhã. Às duas. No Lótus do Sião. — Ele já está se afastando, e mal olha para mim. — Agora vai beber alguma coisa.

Então desaparece em meio à multidão.

Fico cambaleando ali por um minuto, tentando lembrar por onde viemos. Estou cercado de pontos de referência, mas todos me parecem iguais. Lamb está certo. Preciso de uma bebida. Qualquer coisa. Ratos. Não vi nenhum por aqui… Só um monte de cachorros pequenos sendo carregados em bolsas de mão…

Eu me inclino para a frente e apoio as mãos nos joelhos. *Calma, Basil. Respira.* Fecho os olhos e inspiro. O mundo cheira a sangue e álcool, a milk-shake e pipoca queimada.

Levanto a cabeça na hora.

Simon Snow está de pé, a meio quarteirão de distância. Suas asas sumiram, e suas mãos estão enfiadas nos bolsos. Ele não sorri.

Puxo o celular do paletó. Morreu.

45

SIMON

Os primeiros dez minutos de escuta pareceram infinitos. Depois de Baz ter entrado na festa. Ele não falava, ninguém falava. E se já o tivessem sacado? E se tivessem quebrado seu pescoço?

Então veio uma voz: "Oi". E um nome: "Lamb". Baz estava sendo muito convincente. Sorri para Penny.

— Ele é bom — eu disse.

— Ele vai ficar bem — ela concordou.

— Devíamos ter conseguido um convite para ele — Shepard disse. — Ou falsificado um.

Penny revirou os olhos.

— Da próxima vez que nos infiltrarmos em um enclave de vampiros, vou lembrar disso.

Shepard franziu a testa.

— Não é exatamente o que estamos planejando fazer a seguir?

— Xiu — eu disse. O vampiro estava falando com Baz sobre a Inglaterra. Sobre batidas e incêndios.

Penny fez cara feia para o celular.

— Ah, por favor. Isso não é genocídio. Os genocidas são vocês!

Fiz "xiu" para ela de novo.

— Baz pode tocar no assunto do Novo Sangue agora — Shepard disse. — Já que estão falando de vampiros americanos.

Mas Baz não o fez.

Ele manteve a conversa rolando, então foi embora. *Com o vampiro.*

— Não — eu disse para o celular.

Penny grunhiu.

— Puta merda, Basilton.

Até Shepard ficou chocado.

— Nunca vá a outro lugar com um sema em quem não pode confiar. É a regra número um! Ou a número dois, não sei. Mas está entre as cinco mais importantes!

— Temos que confiar nele — eu disse. — Baz está lá, e nós estamos aqui. Só ele pode avaliar o clima.

— Vai ver Baz foi embora porque não queria ficar num cômodo com outros cinquenta vampiros — Penny disse.

— É — concordei. — Deve ser mais seguro fora da festa.

— Não é seguro em nenhum lugar nesta cidade — Shepard disse.

— *Vamos descer?* — ouvi Baz perguntar.

— Boa. — Dei um soco na cama. — Diz pra gente aonde está indo.

— *Vamos sair* — Lamb respondeu.

Depois disso, Baz não precisou mais nos dizer aonde estava indo, porque seu novo amigo narrou cada passo.

Duas horas depois, Penelope estava deitada na cama, comendo as jujubas com gosto de champanhe que estavam sobre o frigobar.

— Bem-vindos ao passeio guiado de história dos vampiros — ela disse. — Quer um audioguia?

Shepard fazia anotações num bloquinho do hotel.

— O que foi? — ele disse quando Penny tentou tirá-lo de sua mão. — Não são segredos seus. São dele.

Eu andava de um lado para o outro. Não conseguia processar nenhum dos fatos interessantes sobre o cassino Luxor ou sobre como os vampiros foram vitais para dessegregar a Strip nos anos 1960. Tudo o que eu conseguia ouvir era o *papinho* constante. O "Chaz, isso", "Chaz, aquilo". A voz de Lamb ficava mais alta — mais próxima — a cada minuto. E Baz não fazia nada a respeito! Estava caindo no papo do vampiro! Não falava muito, mas dava para ouvi-lo rindo.

246

Penny jogou uma bala em mim.

— Relaxa, Simon. Temos que confiar nele, lembra?

Lamb mostrou fontes e luzes a Baz. Eles subiram numa roda-gigante. Comeram hambúrguer e tomaram milk-shake.

— Se não der em nada — Shepard diz —, pelo menos foi um ótimo primeiro encontro.

Penny deu um chute nele.

A voz de Baz tinha ficado mais suave e rouca na última hora, mais difícil de ouvir acima da música ambiente constante. Era no mínimo o terceiro drinque dele. (Baz nunca bebe comigo. Ele diz que é chato.)

— *O cheiro deles todos é tão delicioso* — Baz disse. — *Fermentado. De pão quente.*

Eu tinha quase certeza de que ele estava falando de normais.

Lamb riu. Mais perto que nunca.

— *Venha, príncipe Charles, você precisa de uma bebida.*

Penelope sentou.

Shepard mordeu o lábio.

Ouvimos gente rindo, portas se abrindo, a música passando de R&B para um gemido de guitarra. Então, de repente, nada.

— O que é isso? — Olhei para o celular de Penny? — O que aconteceu?

— Ele desligou — ela disse.

— Ou a bateria acabou — Shepard completou.

Fui até Penelope.

— Esconde minhas asas — mandei.

Ela olhou em meus olhos, e vi que decidia se tentava discutir comigo ou não.

— *Toda vez que um sino toca, um anjo…*

Não foi difícil achar a sorveteria — só faltou Lamb desenhar um mapa para a gente —, mas ele e Baz não estão mais aqui. E não consigo encontrá-los na rua. Eles podem estar dentro de qualquer um desses prédios, podem estar em um carro… Preciso que Penelope lance um achados-e-perdidos.

Então eu os vejo: Lamb é pálido, menor que Baz, quase tão bonito quanto ele. (*Quase.*) Tem um daqueles rostos que parecem tirados de *Downton Abbey*. Como se tivesse acabado de voltar do front ocidental.

Baz está segurando seu braço — agarrando, na verdade. Lamb se inclina em sua direção como se eles fossem se beijar.

Ah…

Certo…

Bom…

Cerro o maxilar e os punhos. Acho que é isso que acontece em primeiros encontros mesmo.

Mas então… Lamb parece mudar de ideia. Ele vai embora.

Baz parece devastado.

Acho que devo ir embora também…

Mas talvez seja mais fácil se Baz souber que estou aqui, que vi os dois. Então não vai ter que me contar.

46

SIMON

Baz me vê e vira imediatamente.

Ele tenta passar por mim como se não nos conhecêssemos.

— Volta — diz baixinho. — Não é seguro aqui. Você está *cercado* de vampiros.

Pego seu braço.

— Você também.

Nem assim ele me olha.

— *Volta*. Te encontro depois. Preciso caçar.

— Vou com você.

— Pelo amor de Crowley, Snow.

Aperto seu braço. Devo parecer tão desesperado quanto ele quando estava se agarrando ao vampiro.

— Você está bêbado, Baz.

Ele se solta.

— Só estou com sede.

Então eu os noto — um homem e uma mulher, ambos brancos como papel, recostados contra uma limusine preta, nos observando.

— Estão olhando pra gente — digo. — Vampiros.

Ele coça a testa.

— É claro que sim. — Então enlaça minha cintura e aproxima o rosto do meu pescoço. — Aja como se eu tivesse acabado de te pegar. Aja como se estivesse encantado. Literalmente.

(Rá! *Aja*. Algum dia vou rir disso. Talvez algum dia eu ria de toda a minha vida horrível.) Ele começa a andar, me puxando pela mão.

— Nosso hotel fica para o outro lado — eu digo.

Ele vira e me puxa na direção certa. Me olha como se eu fosse seu quinto drinque. (É fingimento.) Eu o olho como se fosse segui-lo para qualquer lugar do mundo. (Não é fingimento.)

Penny nos deixa entrar no quarto do hotel.

— Graças a Morgana!

—Temos um problema — digo.

Baz está tampando o nariz.

— Não é um problema, só não posso respirar.

— Ele está bêbado e morrendo de sede.

Shepard se afasta de nós.

— Achei que vampiros não ficassem bêbados.

— Quem morreu e te tornou rainha dos vampiros? — Baz pergunta, ainda segurando o nariz.

Vejo que Penny leva a língua à bochecha, como se estivesse tramando alguma coisa.

— Não é um problema. — Ela se vira para a porta, que está fechada, e estica a mão. A pedra roxa está na palma dela. — *Aves da mesma pena andam juntas!*

Depois de um momento, ela abre a porta. Tem uma cacofonia no corredor, entre bater de asas e grasnidos. Dúzias de aves pretas entram voando no quarto.

Depois que a última entrou, Penny volta para a porta e lança um de seus feitiços preferidos no corredor:

— *Não tem nada pra ver aqui!*

Ela fecha a porta e a tranca.

Os pássaros se acomodaram na cama. No abajur. Na cabeceira. Baz pega um papagaio do lustre e torce seu pescoço como se fosse a tampa de uma garrafa de cerveja. Ele começa a chupar seu sangue na nossa frente.

— Pelo amor das cobras, Basil. — Penny espanta as aves da cama.
— Faz isso no banheiro.

Baz cambaleia até o banheiro. Nunca o vi fazer tanta sujeira ao
se alimentar. (Quase nunca o vi se alimentar, e certamente não tão de
perto.) Ele se inclina sobre a banheira, e eu tento ajudá-lo a tirar o paletó chique. Sei que não ia querer que estragasse.

— Aqui — digo, virando-o um pouco. — Está sujando de sangue.

Depois que consigo tirar o paletó, tento fazer o mesmo com a camisa cor-de-rosa.

Baz dá um chupão demorado na ave, então a solta na banheira,
deixando que eu desabotoe sua camisa.

— Vai embora — ele diz. — Não quero que me veja assim.

— É tarde demais pra isso, cara.

Tem sangue em seu lábio inferior. Outra ave bate as asas ao redor
do banheiro (que já era um pesadelo sombrio cheio de espelhos antes
do sangue e dos animais). Baz a pega no ar e a bate contra a pia.

— Para — ele diz. — Para de olhar.

— Tá — eu digo, virando. — Vou pegar as outras.

Shepard e eu fazemos isso — usando fronhas e toalhas —, enquanto Penny se esconde sob uma coberta. (Talvez eu consiga rir dessa parte depois.)

Baz chupa o sangue de todas as aves. A banheira parece uma vala
comum.

Quando ele termina, vou para a porta do banheiro. Ele encara a carnificina, recostado na parede, as costas nuas inflando a cada inspiração.

— Está melhor? — pergunto.

— Estou — ele diz. — Desculpa.

— Posso ajudar a limpar…

— Não. Eu faço um feitiço. Obrigado. Só… me dá um segundo.

Faço como ele pede e fecho a porta.

— Recolhe as penas — Penny diz. — Vou pedir serviço de quarto.

47

BAZ

É...

... um novo fundo do poço para mim.

Me livro dos pássaros com um feitiço. Então do sangue. E preparo um banho.

Reaqueço a água duas vezes, só para evitar encarar os outros. Todos me viram. Até mesmo o normal. Chupando o sangue de aves tropicais. Parecendo mais um mangusto que um homem. Pelo menos vampiros de verdade parecem *descolados* quando se alimentam de pessoas.

Agora sei disso. Vi Lamb. (Será o nome real dele?) Eu o observei e não interferi. (Minha mãe viu a mesma coisa uma vez, e ateou fogo em si mesma para impedir.)

Vi Lamb cravar os dentes no pescoço de alguém, e não fiz nada. Será que o cara é um vampiro agora? *O que me tornei?*

Lamb passou horas falando comigo sobre vampiros, e eu absorvi cada palavra. Para ser sincero, parte de mim gostaria que ele estivesse aqui agora, ainda falando.

Bom, não ia querer ele aqui *neste momento.* Não na minha situação atual, sem roupas. Não que Lamb pareça interessado em mim nesse sentido — e não que eu esteja interessado nele! Não sinto atração por *vampiros.* Por Crowley!

Prendo o ar e deixo a cabeça afundar na água da banheira.

Ouço uma batida impaciente na porta. Bunce.

— Anda, Baz. A comida chegou.

★ ★ ★

Não levei roupas limpas para o banheiro, então volto a vestir o terno. (A camisa estava destruída. Eu a queimei.)

Bunce está sentada numa ponta da cama, com meia dúzia de pratos cobertos à sua frente. O normal está sentado na outra ponta. Snow puxou duas poltronas de couro para mais perto. Fico com a que está vazia, e ele me entrega uma garrafinha aberta de coca.

Penelope começa a revelar os pratos: hamburguinhos, frango empanado, purê de batata e molho. Pego um prato de filé com fritas. Minhas presas já estão descendo. (Porque a humilhação nunca termina.)

Bunce me passa um jogo de talheres embrulhado em um guardanapo de pano, com um olhar severo.

— Come logo, Baz. Foi um longo dia no meio de um monte de longos dias, e já vimos tudo o que tinha para ver.

Suspiro e tiro o celular desligado do bolso.

— Quanto vocês ouviram?

Bunce pega o celular e põe para carregar.

— O bastante para escrever um livro chamado *Vampiros do Oeste.*

— A última coisa que ouvimos foi você pedindo um milk-shake de morango — Shepard diz. — Então a ligação cortou.

— Mas não ouvimos você perguntar sobre o Novo Sangue… — Simon diz, avaliando um hamburguinho. Ele o come em uma mordida só.

— Fiquei esperando por uma oportunidade — digo. Meus dentes extras fazem com que eu soe como um garoto de doze anos que usa aparelho. Apoio o prato com o filé na cama. — Queria que ele confiasse em mim.

— Deu certo? — Bunce pergunta.

Me sinto um trouxa.

— Não. Ele ficou tentando me fazer… beber o sangue de alguém. Eles tratam esta rua como um restaurante vinte e quatro horas. Eu ficava só dizendo: "Não, não, obrigado". Bom, vocês me ouviram. Pareceria muita falta de educação dizer não tanto para o sangue quanto para o álcool. Tudo começou a ficar meio vago. Quando saímos da sorveteria, ele pegou um normal e puxou nós dois para as sombras, então exigiu que eu tomasse seu sangue também. Foi um teste, acho.

Snow faz força para engolir.

— Ele matou alguém? Na sua frente?

Eu o encaro.

— Não. Só bebeu um pouco de sangue e deixou o cara ir.

— Ele *transformou* alguém na sua frente?

— Eu...

Baixo os olhos para minhas pernas.

— Ah, duvido que ele tenha transformado o cara — Shepard diz, mergulhando uma batatinha no ketchup. — Vampiros *odeiam* transformar pessoas. Ou eles dão uma provada no seu sangue e te deixam ir ou te chupam até o fim.

Quando Shepard olha para a gente, estamos todos olhando para ele. Daria para ouvir um gnomo suspirar.

— Mas você já sabia disso — ele diz para mim —, porque é um vampiro...

Simon e Penelope viram para mim, mudos.

É coisa demais para digerir. (Isso, especificamente, e todo o resto. Fora as duas dúzias de pássaros tropicais.) Balanço a cabeça. Então balanço de novo.

— Eu não quis beber — digo, continuando de onde tinha parado. — Disse que não podia. Em público. Mas ele não acreditou em mim. Me pressionou contra a parede e exigiu saber quem eu realmente era... o que eu queria.

— O que você disse? — Bunce pergunta.

— A verdade.

— Ah, não — ela diz.

— Boa, é sempre a melhor opção — Shepard diz ao mesmo tempo.

Esfrego os olhos.

— Eu disse a ele meu primeiro nome, o real. E que estava procurando pelo Novo Sangue porque eles pegaram minha amiga.

— Não foi muito astuto — Bunce lamenta. — Não foi *nada* astuto.

— E o que foi que ele disse? — Simon pergunta.

— Ele disse para nos encontrarmos no Lótus do Sião. Amanhã, às duas.

SIMON

Ele está sentado ali, em uma poltrona de couro preta. Está sentado ali em seu terno de seda azul com rosas vermelhas, as cicatrizes dos tiros brilhando em seu peito pálido. Seu cabelo está molhado. Seus dentes, afiados. Seus pés, descalços.

Ele costumava ser meu.

Talvez ainda seja. Um pouco. O bastante para que eu possa ficar olhando para ele.

Mas é menos meu do que era três horas atrás, isso com certeza. É menos meu a cada minuto que passamos nesta cidade.

— Lótus do Sião — Shepard diz. — Parece um templo.

— Pode ser um código — Baz diz.

Penny procura no celular.

— É um restaurante tailandês… num shopping.

— Fica na Strip? — Baz pergunta.

— Não — ela diz. — A alguns quilômetros. Vamos ter que ir de carro.

— Bom, ele disse que os vampiros em geral se restringem à Strip… — Baz se recosta na poltrona. — Talvez queira privacidade.

Pego outro cheesebúrguer e um pouco de purê.

— Vamos todos.

Baz nega com a cabeça.

— Não. Aí é que ele não vai confiar em mim mesmo. Não pode saber que sou um feiticeiro.

— E não vai — Shepard diz. — Só vai saber que tem amigos.

Baz olha para o teto, sem aceitar.

— De jeito nenhum.

— A gente vai e senta em outra mesa — digo. — Só pra garantir.

—Vocês não vão conseguir ouvir nada! É melhor ficar esperando do lado de fora, ouvindo pelo celular.

— Quero ir — Penelope diz, ainda olhando para o celular. — Aqui diz que eles servem a melhor comida tailandesa de toda a América do Norte.

Shepard bate no fundo de uma garrafinha em miniatura, ainda que suas batatas já estejam nadando em ketchup.

— O que vai perguntar ao sr. Lamb quando estiver sozinho com ele?

— Sobre o Novo Sangue — Baz diz. — Não sabemos nada. Qualquer informação que ele compartilhar vai ser útil.

— E por que ele contaria alguma coisa? — pergunto.

— Bom — Penny diz —, o cara *adora* falar sobre vampiros...

—Vamos esperar do lado de fora e vigiar a porta — digo. — Mas você não pode sair por aí com Lamb dessa vez.

Tenho vontade de acrescentar: *E não pode dar em cima dele.*

Baz olha para mim e assente. Parece arrependido.

— Eu sei.

Então ele levanta e leva seu filé para o sofá, perto da janela.

48

PENELOPE

Ainda que eu não goste de estar escondida em um quarto de hotel em uma cidade cheia de vampiros, simplesmente *adoro* serviço de quarto. Minha mãe nunca me deixa pedir nada quando estamos viajando. É caro demais. Mas imagino que uma fraude de cartão de crédito a mais não vai fazer diferença na atual situação, então peço o equivalente ao resgate de um rei no café da manhã.

— Pode deixar na porta — eu grito quando chega.

— Preciso da sua assinatura, sra. Pitch!

Faço uma careta, mas o funcionário do hotel não pode me ver.

— Eu assino — Shepard diz. —Você faz aquele lance.

Eu me afasto, com a ametista no punho fechado e um feitiço na ponta da língua.

Shepard abre a porta e um homem empurra um carrinho para dentro. Está usando um avental preto por cima de um terno preto, e sua pele é cinza.

— Preciso de uma assinatura — ele diz, sem emoção.

— Deixa comigo — Shepard diz, indo pegar a conta.

Fico imóvel até que o homem acinzentado vá embora, fechando a porta.

— Por que um vampiro trabalharia entregando comida em um hotel? — sussurro, devolvendo a ametista ao meu sutiã. (Morro de medo de perdê-la. Os objetos mágicos são escassos na minha família. Meus pais tiveram que comprar a varinha da minha irmã em uma *loja*. Ela é tão nova que range. E meu irmão teve que se contentar com um *monóculo*.)

Shepard tranca a porta.

—Vai ver ele é novo aqui.

Estremeço diante do que aquilo implica.

Colocamos a comida na cama.

— Você pretendia alimentar um exército com isso? — Shepard pergunta.

— Eu pretendia alimentar *Simon*.

Mas Simon foi para Vampirópolis assim que acordou e descobriu que Baz já tinha saído. Tentei impedi-lo de ir. Me postei na frente da porta e o proibi.

—Vou ficar bem, Penelope. Sai da frente.

— É muito arriscado, Simon.

— Como isso pode ser diferente do resto da minha vida?

—Você sabe muito bem.

— Preciso de ar fresco.

— Não tem ar fresco no cassino lá embaixo.

— Então vou ter que ir para outro lugar. *Sai*.

— Simon, como a pessoa que mais vai chorar no seu enterro, estou *implorando*. Por favor, não vai.

— Penny, se eu não sair deste quarto, vou explodir.

Eu deveria ter dito: *Você não pode explodir, Simon. Não tem mais o que é necessário dentro de si. E não me importo se você está ficando maluco, porque maluco é melhor que morto.*

Em vez disso, escondi suas asas com o feitiço e saí da frente.

Continuo preocupada com ele. E Baz. E Agatha. Começo a chorar. Não posso evitar.

Shepard está sentado do outro lado da cama.

— E aí? — Sua voz é gentil. — Omelete? Ovos beneditinos? Carne com batata?

Aponto para o prato de ovos, e ele o passa para mim.

— Posso sair — Shepard diz —, se precisar de um pouco de espaço.

— Não vou deixar mais ninguém sair para aquela carnificina.

— Penelope. Não sabia que você se importava comigo.

Reviro os olhos, tentando não chorar.

— Como é que um lugar desses pode *existir*? Onde estão os feiticeiros? Se minha mãe estivesse aqui, queimaria a cidade inteira.

— Talvez a gente deva ligar pra ela — Shepard diz.

— Rá! — Cutuco o ovo poché e fico vendo a gema escorrer. — Ela ia me matar primeiro, *depois* destruiria Las Vegas.

— Tenho certeza que não.

— Você não a conhece. Ela é uma força da natureza, é... como é que vocês falam mesmo? Um tornado.

Shepard ri. Está comendo a carne com batata que pedi para Simon.

— Então eu ia adorar sua mãe — ele diz. — Eu costumava ser um perseguidor de tempestades, sabia?

— O que é isso? Um cara que gosta de mulheres mais velhas?

— Não, é só alguém que persegue tempestades. Tornados, especificamente.

— Como se persegue um tornado? — Estou de boca cheia, mas não me importo. Não preciso impressionar ninguém aqui. Ainda vou tentar apagar a memória de Shepard quando tudo isso acabar. — Com magia?

— Com meteorologia. E usando os próprios sentidos. Quando uma tempestade se aproxima, você entra num carro com seus amigos e vai atrás dela.

— Pra quê?

— Só porque é legal! Estar próximo de tanto poder, ver a tempestade em ação... Até o ar fica diferente. Os pelos do braço se eriçam. Não tem nada igual.

— Me lembra outra coisa... — Estou pensando em Simon. Afasto a ideia. — E parece perigoso.

Shepard sorri.

— É incrivelmente perigoso.

—Você disse que *costumava* fazer isso. Ficou arriscado demais?

— Não, só passei a gostar mais de perseguir magia. O barato é maior.

Ah. Claro. Dou uma fungada que parece tão cheia de julgamento quanto eu pretendia.

— O que foi isso? — Shepard pergunta.

— Nada — eu digo.

— Foi você reafirmando sua reprovação do meu interesse em magia.

—Você não pode *perseguir* a gente — digo. — Não somos tempestades. Ou histórias. Somos pessoas.

— Não persigo *pessoas*.

Pigarreio e levanto as sobrancelhas.

— *Em geral* não persigo pessoas — ele insiste. — Só quero… que sejamos amigos.

— E que te contem segredos.

Shepard está enchendo as batatas de ketchup. (Eles mandam uma garrafinha de ketchup não importa o que a gente peça, e Shepard poderia tomar tudo de canudinho.)

— As pessoas me *oferecem* seus segredos — ele diz. — Não tenho que perseguir ninguém. Não tem nada de que as pessoas, e as nixies, e os trolls, e os gigantes, gostem de falar tanto quanto de seus segredos.

— Bom, *eu* não tenho vontade de falar com você sobre nada.

—Você é excepcional. — Ele leva uma garfada à boca. — Assim como essa carne com batata.

— Por que uma criatura mágica entregaria seus segredos voluntariamente a um normal? O risco é gigantesco.

— Elas não contam para "um normal". Contam para mim, Shep! Um amigo!

— Mas você as caça! Só faz amizade com elas porque quer um espécime de cada no seu livro de recordações bizarro!

Shepard parece ofendido.

— Eu nunca pego amostras.

— Afe, olha só como você fala!

Ele se inclina para mim, por cima do café da manhã.

— Tá bom, tá bom, eu procuro e fico amigo de seres mágicos como parte de uma estratégia. Mas minha amizade é sincera!

— Sincera em sua manipulação…

— Eu discordo…

— Não consigo decidir se você é mais tiete ou caçador.

— Nenhum dos dois! Sou um cientista… sou tipo um explorador.

— Ah, claro, e a história sempre acaba bem para o explorado.

— Como posso te convencer de que não tenho intenção de prejudicar ninguém?

— Como posso te mostrar que você causa problemas mesmo sem intenção? Não tem um ser ou criatura mágica que possa confiar nos normais. Mantemos nossa magia em segredo por um motivo. Porque os normais iam fazer salsicha da gente se achassem que poderiam extrair nossa magia assim. Normais vêm aniquilando elefantes e rinocerontes porque *acreditam* que são mágicos. Eles não são, aliás, mas estão à beira da extinção.

Falar só me deixa mais chateada. Solto o garfo sobre o prato com um estrépito e levo as mãos ao rosto.

— Penelope — Shepard diz —, ninguém vai fazer salsicha da sua amiga.

— Como você sabe?

— Porque não ia dar certo — ele diz.

— Não consigo acreditar que estamos sentados aqui, comendo ovos ridiculamente caros, enquanto Agatha está em algum lugar, tendo sua magia extraída dela.

— Não tem mais nada que a gente possa fazer para encontrar sua amiga?

— Não sei… tem alguns feitiços. Mas precisaríamos saber onde ela está, de modo geral pelo menos. E de uma mecha de cabelo dela.

Ou uma foto. Não fiz as malas pensando que precisaríamos de uma sessão espírita.

— Você deve ter uma foto de Agatha.

— Não tenho.

— No seu celular.

Olho para ele.

— Por Merlim, é verdade! — Pego o celular e procuro a conta de Agatha no Instagram. — Tenho milhares de fotos dela...

Shepard se aproxima de mim, ainda comendo ovos e batatas. Ele olha para o meu celular.

— Ela é bonita.

— Eu sei — digo, taciturna. — Isso me deixa ainda mais preocupada. Agatha se destaca.

— E o que fazemos agora? — Shepard pergunta.

— Tá — digo. — Vamos precisar de uma vela.

— Tem uma no banheiro.

— E vou precisar da sua ajuda.

— Da minha ajuda? Não sou nem um aprendiz de feiticeiro.

— Se você tiver uma alma, já serve.

Ele parece um pouco preocupado.

— Shepard, é tranquilo. Não tem perigo.

Ele sorri.

— Minha alma está à sua disposição.

Tiramos os pratos do café da manhã da frente, então volto a sentar na cama, fazendo sinal para que Shepard sente à minha frente. Coloco o celular entre nós dois e pego suas mãos. São agradáveis, objetivamente falando. Noto isso porque as minhas são abaixo da média, objetivamente falando. A relação palma/dedos é desproporcional demais e meus dedos são grossos. Nada cabe neles. Tivemos que alargar o anel da minha avó para que eu pudesse usá-lo.

Mas as mãos de Shepard são perfeitamente equilibradas, e ele tem dedos compridos e proporcionais. Ficaria ótimo com um anel mágico.

Sentamos de pernas cruzadas, e eu mantenho a vela levitando sobre o celular. Achei uma boa foto de Agatha, uma selfie na praia. Ela parece feliz. (Mais feliz do que já a vi em Watford.)

— Quem estamos tentando contatar? — Shepard pergunta.

— Qualquer espírito que possa nos ajudar.

Ele retorce os lábios, como se pensasse.

— Talvez a gente deva especificar que estamos atrás de espíritos "amistosos".

— Fecha os olhos — digo. Também fecho os meus, então sussurro o feitiço: — *Almas afins!*

49

AGATHA

— Agatha... eeeei, bom dia! Aí está você... Tudo bem?

— Não vai tapar minha boca com fita adesiva?

— Na verdade, era uma cola biodegradável. Está substituindo os pontos em cirurgias. Estamos muito animados...

— Quero ir embora.

— Achei que podíamos conversar um pouco.

— Não quero conversar. Quero ir embora.

— Bom. Não posso deixar. Você entende, não é?

— *Não.*

— O que você tem, Agatha... é mais importante que você, sabe?

— E o que é mais importante que *você*, Braden? Qualquer coisa?

— Tenho um papel a cumprir. Sou um agente da história. Desde pequeno, sei que nasci para realizar grandes feitos. Acontece com algumas pessoas. É o seu caso, de certo modo. Acho que você pode ser a pessoa que vai abrir a porta para nós.

— Você não tem meu consentimento para nada.

— Agatha, isso é maior que a liberdade de uma única pessoa. É uma questão de desapropriação.

— Ninguém vai me desapropriar!

— Por que está lutando contra isso? O que está defendendo? Você tem noção?

50

BAZ

Quase liguei para o meu pai hoje de manhã.

Acordei na banheira (Penny e Simon dormiram na cama, Shepard ficou com o sofá), pensando no normal de ontem à noite, e em como cheguei perto de mordê-lo — provavelmente de matá-lo.

Mato sempre que bebo o sangue de algo.

Sempre achei que era mais seguro assim. Se deixasse os animais sobreviverem, eles poderiam acabar como eu. (Um vampiro pode transformar um rato? Um cervo? Um cachorro? Prefiro não descobrir.)

Quando estou com sede, nem chega a ser uma opção. Só bebo até que não saia mais sangue. Nunca tentei parar.

Nunca experimentei sangue humano, nunca mesmo. Tive oportunidades de baixo risco, claro. No futebol, tem sangue em toda parte. Eu dei uma cabeçada no nariz de Simon uma vez, e ele praticamente sangrou na minha boca.

Mas nunca quis cruzar o limiar. Tipo, uma vez que se experimenta, que diferença faz se foi de uma pessoa ou cinquenta?

Além do mais, e se *provar* não for o bastante? E se eu não conseguisse parar de pensar nisso? (Eu meio que já faço isso.)

Mas e aí? Que opções eu teria? Do meu ponto de vista, seria assassinato em massa ou transformação em massa.

Mas talvez eu não soubesse de nada.

Vampiros odeiam transformar pessoas, Shepard disse. Vampiros são capazes de dar "um gole".

Eu poderia ligar para o meu pai, pensei, deitado na banheira vazia. *Ele fingiria que não sou um vampiro, de modo que eu também poderia fingir. Seria um alívio enorme.*

Então Bunce apareceu à porta de novo. Ela foi até a banheira e fez chover notas de cem dólares magicamente forjadas na minha cabeça.

— Vai comprar uma roupa pro seu encontro vampiresco — ela disse. — Anda logo. Tenho que fazer xixi.

Por isso caminho pela Strip, entrando e saindo dos cassinos para ver minhas opções. Tem lojas de luxo em quase todos eles. Não sei muito bem quem faz compras nesses lugares — nenhum dos turistas usa Gucci. Talvez a rua toda só atenda vampiros…

Compro alguns ternos. E roupas para a viagem. Algumas para a Simon também. Vejo um vestido que ficaria lindo na Bunce, mas não tem do tamanho dela. Compro mesmo assim. Podemos resolver isso com um feitiço.

Estou roubando.

Não pagamos realmente por nada desde Omaha.

As notas vão desaparecer dentro da caixa registradora? Ou no caminho para o banco? Esse vendedor tão simpático vai ser demitido? Vão conseguir chegar até mim através das compras? Até nós? Isso importa?

Meu pai ficaria envergonhado.

Não ficaria? Ou talvez compreendesse? O que diria se eu ligasse para ele agora? Viria nos ajudar?

Não.

Ele me arrastaria para casa.

"Os pais de Agatha Wellbelove que se preocupem com essa bobagem em que ela se meteu. Você não pode se envolver nesse tipo de coisa, Basilton, com esse tipo de gente. Você… Bom, você é vulnerável. Já é ruim o bastante que Nicodemus Ebb tenha reaparecido. Não precisamos de alguém fazendo perguntas a seu respeito."

Tia Fiona talvez me desse ouvidos…

Ligo para ela, por impulso. Do lado de fora da Prada. Ao lado de um vaso ornamental gigantesco.

Ela não atende.

Não importa. O que Fiona poderia fazer? Não teria como chegar antes das duas da tarde.

Volto para o Katherine, cheio de sacolas. Um jovem pálido segura a porta para mim. Estou prestes a entrar quando vejo algo azul sendo carregado pelo vento na minha direção: a echarpe da minha mãe.

Solto as sacolas para pegá-la.

Quando entro no quarto, Bunce e o normal estão em meio a uma sessão espírita. De mãos dadas na cama, com uma vela flutuando entre eles.

— Desculpa interromper — digo.

Bunce se joga sobre os travesseiros, frustrada. Shepard pega a vela antes que caia na cama.

— Tudo bem — ela diz. — Não está funcionando. Onde quer que Agatha esteja, é longe demais para o alcance dos meus feitiços.

Bunce não menciona a outra possibilidade, e tampouco o faço.

— Cadê o Snow? — pergunto. Ele ainda dormia quando saí pela manhã.

Ela pega o celular.

— Ele disse que precisava de ar fresco. Eu disse que então ele teria que sair desse estado…

—Você deixou que ele saísse do quarto sozinho?

— Não sou responsável por ele, Baz.

— É claro que é! É seu único trabalho, Bunce.

— Não tive como impedir que ele saísse!

— Esta cidade está literalmente infestada de vampiros, Penelope. Não é segura para ninguém que sangra.

— Foi por isso que passei as últimas vinte e quatro horas neste quarto de hotel. Mas você conhece Simon. Ele ainda age como se tivesse uma bomba atômica amarrada ao peito.

— Da próxima vez, lança um feitiço pra que ele não possa sair da cama. Um fica-aí.

— Não preciso saber dos seus hábitos sexuais, Basil.

A porta se abre. Ergo a varinha. Bunce ergue o punho.

É Simon.

De cabelo cortado...

Ele entra, pouco à vontade, olhando para o chão. Seu cabelo está curto nas laterais, como sempre usou, mas o cabeleireiro deixou mais comprido em cima. Tem uma porção muito generosa de cachos ali. Mais dourados que nunca, depois de tantos dias ao sol.

Esse corte de cabelo deve ter custado mais que o guarda-roupa inteiro dele.

— Olha só pra você — Bunce diz. — É um novo homem.

Simon dá de ombros.

— Estamos prontos? — Então ele se vira para mim. — Seu celular está carregado?

Pego um táxi para o restaurante, e eles me seguem na caminhonete de Shepard. Não quero que me vejam chegando com alguém.

Vesti um terno novo antes de sairmos. Dessa vez é preto, sobre uma camisa florida em lilás e dourado. (Acho que Bunce não é a única que não consegue abandonar o roxo de Watford.)

— Você vai a um shopping — Simon disse. — Não está arrumado demais?

— Boa escolha — Shepard disse, me olhando de alto a baixo.

Mais uma vez, ele está certo. Quando entro no restaurante, Lamb me espera no saguão, usando óculos escuros e um terno de três peças. Azul Tiffany. Poderia ser meio brega, mas não é. Ele fica elegante e ousado.

—Tem espera — Lamb diz. — Sempre tem. — Ele ergue os óculos escuros para me olhar. —Você está ótimo...

Ergo uma sobrancelha, que é o que costumo fazer quando preciso parecer descolado, mas não tenho nada descolado a dizer.

A cautela que Lamb demonstrou na noite de ontem desapareceu. Ele parece ter retornado ao charme fácil de quando nos conhecemos. Então faço o mesmo. (Posso ser charmoso, posso fingir que nada importa. Esse é praticamente meu estado natural.)

Uma mulher nos leva até nossa mesa. O restaurante é tão despretensioso por dentro quanto por fora.

— Eu faço o pedido — Lamb diz, abrindo o cardápio. — O thum ka noon é soberbo.

Ele pede meia dúzia de coisas sem se dar ao trabalho de traduzir para mim. Então se recosta na cadeira e sorri. Ontem à noite, aceitei seus sorrisos sem pensar no que significavam.

— Então... — ele diz. — *Baz.* — Lamb deixa meu nome pairar. — É diminutivo de quê?

— Barry — digo. O que é verdade. Para algumas pessoas. (Prometi a Bunce que faria o meu melhor para mentir hoje.)

— Baz combina com você. — Os olhos de Lamb voltaram a brilhar. Ele deve ser capaz de controlar isso. Sinto o efeito que tem em mim. — Me diga por que quer saber sobre o Novo Sangue, Baz.

— Já falei. Eles estão com alguém que eu conheço.

— Onde?

— Não sei.

— Por quê?

—Também não sei.

— O que é que você *sabe*? — ele pergunta. Seus óculos escuros estão no topo da cabeça agora, e uma mecha de cabelo sedoso cai na frente de seus olhos.

— Que essa pessoa estava num retiro com eles, mas não sabia quem eram. E então desapareceu.

— Então você não está procurando pelo Novo Sangue para se juntar a eles?

Eu me recosto na cadeira. Não tinha percebido que estava inclinado para a frente.

— Quê? Não.

— Porque eles são nossos inimigos, Baz.

Os olhos de Lamb ainda parecem sorrir, mas de um jeito triste, com os cantos caídos.

— Inimigos de quem? — pergunto. — Dos vampiros de Las Vegas?

Ele passa a língua no lábio inferior e faz uma careta.

— Por favor, pare de usar essa palavra. E não me venha com aquela bobagem de ressignificá-la. Chama atenção.

— Inimigos de quem? — volto a perguntar, mais baixo.

— *Nossos* — ele diz. — De toda a irmandade, aqui e em toda parte.

— Lamb. Eu não entendo…

Ele estreita os olhos.

— Estou começando a achar que realmente não entende. Você mente para mim sobre *quase tudo*, mas não sabe mesmo o que está pedindo.

— As coisas são diferentes na Inglaterra, vivemos isolados. Achei que entenderia.

— Eu entendo.

Somos interrompidos. Um garçom trouxe o primeiro prato, feito de porco crocante, ainda chiando da fritura.

Acontece imediatamente, e não sei por que eu não estava esperando (com porco é pior, às vezes eu tinha que sair do refeitório de Watford quando serviam bacon): minhas presas descem.

Lamb está servindo um pouco de porco no meu prato.

— O Novo Sangue — diz. — *Eles* escolheram esse nome, aliás. — Então Lamb me olha e para de falar. Sua expressão se desfaz. — *Baz.*

Ele notou, é claro que sim. Mantenho a boca fechada. (Suas presas não desceram? Vão descer em breve?) Lamb parece chocado. E preocupado.

— Respire fundo — ele diz, baixo.

Obedeço. Só piora tudo. Meus seios da face queimam, e minha boca fica cheia de saliva. Tenho que ficar de boca fechada para não revelar os dentes.

Lamb afasta o prato de mim, casualmente, como se estivesse apenas abrindo espaço entre nós.

— Olhe para mim — ele diz, baixo.

Eu olho. Concentro meu olhar no dele.

— Respire — Lamb diz.

Eu respiro.

— É uma resposta animalesca — ele diz. — E você não é um animal.

Ele nem pisca. Eu assinto.

—Você é um homem, Baz. *Você* está no controle, não a sede. Você não pega o que quer a hora que quer. Notei isso. Você não ficou nem tentado ontem à noite.

Um garçom serve outro prato entre nós. Frango. Leite de coco. Curry.

— Como você se controla? — Lamb pergunta. — Quando está com sede e tem um coração batendo à sua frente?

— Eu...

— Não abra a boca.

Fecho bem a boca.

— Só pense a respeito... — ele diz. — Pense naquele controle.

Assinto.

— Agora *assuma* o controle, Baz. Você sabe qual é a sensação quando elas atravessam sua gengiva.

Assinto de novo. Lágrimas se formam nos meus olhos.

— Imagine que as está puxando de volta. *Sinta* que as está puxando de volta.

Fecho os olhos e deixo a cabeça pender para a frente. É difícil imaginar minhas presas retraindo quando estão ocupando toda a minha boca. Eu nunca consegui impedi-las de descer. Mas já tentei? Minha estratégia costuma ser subterfúgio e esquiva. Não deixo que ninguém me veja comer. Nunca.

Lamb coloca a mão fria sobre a minha.

— Puxe de volta. Coloque pra dentro. Você consegue.

Eu tento, tento *de verdade*. Inalo. Puxo a língua na direção da garganta. Encolho a barriga e sugo as bochechas. Fecho as mãos em punho.

Então… minhas presas estremecem.

Tento de novo, e elas voltam para dentro das gengivas. (Não sei para onde exatamente vão. Aposto que Lamb sabe.) Olho para ele. Meus olhos devem estar desvairados.

Lamb sorri para mim, mostrando seus dentes perfeitamente normais — ainda que um pouco brancos demais.

Ele tira a mão da minha e volta a fazer um prato para mim. Já temos três porções na mesa.

—Você consegue — ele diz, calmo, olhando para a comida, e não para mim.

Lamb empurra o prato cheio à minha frente. Respiro fundo, pensando: *Fiquem, fiquem, fiquem.* Minhas presas começam a descer, mas eu as recolho.

Continuo fazendo isso. Até acabar de comer. Mastigo como não faço desde criança, sem nada no caminho. Sem nada cortando acidentalmente minhas bochechas por dentro. Meu maxilar treme com o esforço.

Nenhum de nós fala. Parece que Lamb nem está prestando atenção em mim. Mas então o garçom tira meu prato vazio e nossos olhares voltam a se cruzar. Devo estar parecendo radiante. Ele sorri, mas seus olhos estão tristes.

— Baz — ele diz. — Quantos anos você tem?

Não tenho uma mentira pronta.

—Vinte.

— Certo. E eu tenho trinta e quatro. Quantos anos você realmente tem?

Olho para as luzes, para o forro acústico no teto.

—Vinte.

Eu o ouço soltando o ar.

— *Certo* — Lamb diz. —Vamos falar sobre o Novo Sangue.

O restaurante está quase vazio. O garçom trouxe café com cardamomo e leite evaporado. Lamb mudou de novo, e agora é uma pessoa totalmente diferente. Não é mais o charmoso entusiasta de Las Vegas que conheci na festa. Não é mais o vampiro assustador que conheci nas sombras. Fala mais baixo agora, e com muita seriedade, parecendo quase gentil.

— Desligue o celular — ele diz. — E deixe-o sobre a mesa.

Levo a mão ao bolso, torcendo para que Simon não esteja pirando. Desligo o aparelho e o deixo sobre a mesa. Lamb mal olha para ele. Não sei se suspeita de alguma coisa ou se está apenas sendo precavido. Ele põe o próprio celular ao lado do meu.

— Os membros do Novo Sangue são como nós em termos físicos, mas muito diferentes culturalmente. São um grupo de pessoas ricas, principalmente homens, que descobriram nosso estilo de vida… Bem… — Ele não consegue evitar revirar os olhos. — Eles *agem* como se tivessem descoberto. E decidiram segui-lo. Eles abordam nossos irmãos pedindo para ser transformados. Mas não costumamos aceitar esse tipo de pedido. — Lamb olha em meus olhos. — Como sabe. Mas um de nós deve ter sido chantageado ou seduzido. Transformou um dos infiéis, que transformou outros. Sucessivamente… — Ele parece enojado. — Os membros do Novo Sangue acham que ser um de nós é como pertencer a um clube exclusivo. Como o Rotary. Eles têm até um conselho diretivo que avalia possíveis membros. — Lamb faz um gesto, como se não conseguisse acreditar naquilo. Sua voz sai um pouco mais alta. — É como receber aprovação de uma associação de moradores. Eles veem nosso estilo de vida como uma extensão de seu sucesso. Como se *merecessem* a imortalidade, como se tivessem o direito de compartilhá-la. Nossos números em San Francisco dobraram no último ano por causa disso.

Fico horrorizado, o que Lamb parece aprovar.

— Nem um deles dá qualquer atenção aos costumes ou à tradição. Não se perguntam por que passamos *milênios* construindo um caminho diferente. Não. Eles são a próxima onda, o Novo Sangue. Não se importam com a história. Estão ocupados demais curando o câncer e reinventando a internet.

Lamb tira os óculos escuros da cabeça e os deixa sobre a mesa.

— Eles ameaçam nossa segurança e nossa liberdade, Baz. O que vai acontecer quando os sangradores se derem conta de que ninguém no Vale do Silício envelhece? A essa altura, ainda restarão sangradores para notar?

— Mas… — gaguejo. — E quanto aos feiticeiros?

—Você tem certa obsessão por eles, não é?

Dou de ombros.

— Bem, é como eu disse: os fluentes nos ignoram. E parecem ignorar uns aos outros. Não posso dizer se sabem o que está acontecendo. Mas vão descobrir se o Novo Sangue conseguir o que quer. O próximo passo que eles têm em mente é desenvolver magia.

— Não se pode *desenvolver* magia — eu digo. — É preciso nascer com ela.

Ele volta a revirar os olhos.

— Os membros do Novo Sangue veem isso como um desafio genético. Esses covardes já estão injetando sangue placentário. Já faziam isso antes da transformação! — Ele se inclina para a frente. — Para mim, essa é a pior parte. Eles nem *chupam* sangue, Baz. Eles fazem *transfusões*. Não tocam nada que não tenha sido testado, congelado e preservado. Ouvi dizer que começaram a *pasteurizar*…

Lamb já não parece tão gentil. Seus olhos agora brilham como aço. Ele olha para mim como...

— Por Stevie Nicks e Gracie Slick — digo. (Bunce é uma péssima influência.) —Você acha que sou um deles!

Lamb abaixa o queixo. Em desafio.

Começo a rir. Não consigo parar.

— Sete cobras! — digo. — Oito cobras e um dragão!

— O que é isso? — ele pergunta. — Está me enrolando? Ou tendo uma crise? Sabe os termos do nosso pacto, e a punição é severa...

— Não, Lamb! Posso ser azarado, não saber de nada e estar me metendo em encrenca, mas não sou *isso*.

Ele estreita os olhos até virarem duas fendas.

Eu levanto.

—Vamos dar uma volta?

Eu vi ao chegar. Um pet shop, no mesmo shopping do restaurante. Sei que Simon e Penny devem estar me vendo. Espero que notem que estou fazendo sinal de positivo com uma das mãos ao lado do corpo. (É o sinal idiota deles para "está tudo bem".)

Compro um coelho. Digo ao dono da loja que tenho um em casa e que já estou acostumado com eles. Então vou com Lamb até a esquina, e vamos para trás de uma caçamba.

— Podem estar olhando — ele diz. — Estamos no meio do dia.

Lamb sacou o que eu estava fazendo assim que entramos no pet shop. Ele parece enojado, mas também um pouco curioso. Eu costumava dividir o quarto com alguém com essa mesma expressão no rosto.

— Me esconde — eu digo.

Ele chega mais perto.

Quebro o pescoço do coelho com as mãos e chupo todo o seu sangue. (Não derramo nem uma gota em seus pelos brancos ou nos punhos da minha camisa.) Então o largo na caçamba.

Lamb parece totalmente desgostoso.

— Ah, Baz — ele diz, horrorizado. — Essa sua palidez não é à toa. Você está desnutrido.

Dou risada.

— Mas não sou um deles.

— Não — ele diz, me olhando com uma sobrancelha erguida. — Você é um filho faminto de uma nação oprimida que mal conhece a si mesmo. Mas não é um deles.

Lamb continua à minha frente, impedindo que me vejam. Estou encurralado entre a parede e a caçamba. Sinto o sangue do coelho subir pelas bochechas. Minhas presas ainda não se recolheram totalmente.

Ele está perto o bastante para que minha vantagem em termos de altura se faça sentir.

— Me ajuda — eu sussurro. — Me diz onde posso encontrar o Novo Sangue. Preciso resgatar alguém.

276

51

SIMON

— Ele está entrando no carro do vampiro — digo. — Temos que impedir.

Penny segura meu braço.

— Ele fez sinal de positivo, Simon. Temos que deixar.

— Não esperava que um vampiro fosse ter um Prius — Shepard diz. Como se tivéssemos tempo para reflexões inúteis.

Abro a porta da caminhonete e pulo para fora.

— Devolve minhas asas!

— *Simon* — Penny fala com firmeza —, entra. Vamos seguir os dois.

O Prius está saindo do estacionamento. Não preciso de asas. Posso correr atrás deles.

Depois de alguns segundos, minhas asas retornam. Então... eu desapareço.

Quer dizer, eu continuo aqui. Sobrevoo o Prius, posso vê-lo abaixo de mim. Mas não vejo minhas próprias mãos.

Me pergunto que feitiço Penny lançou, e quando o efeito vai passar. Não desvio o olhar do carro de Lamb.

52

BAZ

Sei que prometi a Snow que não iria para outro lugar com Lamb. Mas acho que finalmente posso ter feito um avanço com ele. (Lamb.) O que eu deveria fazer? Insistir que continuássemos nossa conversa ao lado da caçamba?

Imagino que Simon e Penelope estejam logo atrás de mim. Vou ligar assim que puder.

Lamb voltou a pôr os óculos escuros. Ele me olha sem virar a cabeça enquanto dirige.

—Você sempre foi...

Ergo uma sobrancelha.

— Chato pra comer?

Ele ri.

— Isso.

— Sempre — respondo.

Lamb faz uma careta.

— Mas por quê?

Porque eu não queria matar ninguém, penso. Mas o argumento não vai funcionar com ele. Então digo:

— Porque não gostei de ser mordido.

Ele olha para mim, dessa vez virando a cabeça.

— Então fizeram errado com você.

Eu me ajeito no banco.

— É que me parece meio incivilizado. Por que eu deveria me voltar contra a humanidade? Já fiz parte dela.

— É a ordem natural das coisas — ele diz. — O ciclo da vida.

— Não tem ciclo nenhum — digo. — Nós não morremos. Não nascemos. Não nos reproduzimos.

— Morremos, sim — Lamb insiste. — E nascemos. E podemos.

É minha vez de ficar surpreso.

—Vampiros têm filhos?

— Alguém te teve.

— Meus pais me tiveram. Um vampiro me matou.

Ele suspira.

— Então me permita dizer que estou desfrutando muito da companhia do seu fantasma.

Olho pela janela. Não vejo a caminhonete de Shepard no retrovisor.

—Talvez não seja o ciclo da vida — Lamb diz. — Mas é a cadeia alimentar. Não vi você lamentar pelo porco que comemos no almoço. Ou pelo coelho da sobremesa. Tudo devora outra coisa.

Viro a cabeça para ele.

— O que devora você?

Lamb levanta uma sobrancelha, me fazendo provar do meu próprio remédio.

— Desespero existencial.

Rio alto.

Seus olhos se demoram em mim por um momento, antes que ele encare a estrada novamente. Quando Lamb volta a falar, sua voz sai suave.

— Você não vai mais se sentir tão próximo deles, os mortais, quando tiver sobrevivido a seus laços com a mortalidade... Um dia, seus pais não estarão mais aqui. Nem seus amantes. Tudo da época em que você foi mordido vai esvanecer... decair... desaparecer. Então você vai se dar conta de que é diferente. Não há como voltar atrás, Baz. Você não tem como suprimir sua verdadeira identidade. Nem todos os coelhos do mundo podem mudar você. Só vão te deixar com sede.

Nenhum de nós fala por um momento. Ainda bem que é ele quem está dirigindo. Assim não pode ficar me olhando.

Finalmente, eu digo:

— Você tem muita sorte.

Lamb inclina a cabeça, à espera.

— De ter encontrado o único vampiro em Las Vegas disposto a ouvir seus discursos.

Ele irrompe em risos.

Lamb *mora* no Katherine. Tem um apartamento em um dos últimos andares, claramente decorado com seus próprios móveis. (Nada de couro preto. Nada de calopsitas pretas.) Tem uma sala de estar em um extremo e o que parece ser um quarto atrás de uma parede de vidro fosco.

Eu sento em um sofá antigo, forrado com um tecido jacquard turquesa. Lamb senta perto de mim, em uma cadeira de madeira bastante elaborada que parece muito velha. Tudo aqui parece. Ele tirou o paletó.

— Então — Lamb diz. — Imagino que não tenham lhe dado opção.

Sei do que ele está falando.

— Não importa.

— Para mim importa, como seu novo amigo.

— Não me deram opção — digo, tirando um pelo branco de coelho da calça. — Como foi com você?

— Sou anterior à escolha — ele diz, tirando o cabelo do rosto com ambas as mãos.

— Como assim?

Ele deixa o cabelo cair.

— Sou anterior a tudo. Meu povo só compreendia a guerra e a fome, e os demônios que vinham à noite.

— Foi isso que aconteceu com você? Um demônio o pegou à noite?

Não estou acostumado a pensar em vampiros assim. Também como vítimas.

— Foi o que aconteceu com meu irmão — Lamb diz. — Então ele voltou para me pegar.

— Porque queria sua companhia?

— Porque estava com sede. Porque já tinha matado nossos pais. Atravessei seu coração com uma perna de mesa antes que pudesse me matar também.

Ficamos ambos em silêncio.

— Sinto muito — digo, finalmente.

— Não foi culpa dele. Meu irmão não tinha ninguém com quem aprender. Não havia uma comunidade. — Lamb se inclina para a frente, apoiando os antebraços sobre as coxas. — A cultura que construímos aqui é resultado de centenas de anos. Nós nos elevamos. O que aconteceu com você... o que aconteceu comigo... não é mais o costume.

— Então vocês não transformam mais ninguém?

— Raramente. A maior parte de nós não quer aumentar o caos e a concorrência. Quase ninguém quer a responsabilidade.

— Então por que não impedem o Novo Sangue?

— Estamos conversando...

— Só conversando?

— É difícil convencer nossa gente a lutar — Lamb diz. — Quanto mais se vive, mais se valoriza a própria vida. Começamos a tratar a nós mesmos como antiguidades preciosas.

— Tem certeza de que não estão só esperando sentados enquanto o Novo Sangue descobre como roubar a magia?

Lamb sorri, sombrio.

— Se eu achasse que eles seriam capazes de dividir, consideraria essa opção. Mas eles não têm interesse em nós ou na nossa história. Não se identificam como nossos irmãos.

— Não se identificam como vampiros?

— Ah, não, eles se identificam como o novo estágio da *humanidade*. Agora me conte. Por que pegaram esse seu conhecido?

— Não sei bem.

— Qual é o nome dele?

— Agatha.

Lamb franze as sobrancelhas.

— Ah.

Me impeço de dizer: *Não é nada disso.*

— E o que querem com ela?

Ele vai descobrir de qualquer maneira, se for ajudar.

— Ela é uma feiticeira.

Suas mãos caem entre os joelhos, e seus olhos azuis se arregalam.

— Isso é o que chamo de amantes desafortunados!

— Poderia ser pior.

Lamb coça o queixo.

— Então… sua namorada é uma das fluentes servindo de rato de laboratório…

— Tem outros?

Ele dá de ombros.

— Bom, deve ter.

Meu estômago se revira. Vou para a beirada do sofá.

— Lamb, por favor. Não estou pedindo que se envolva. Só que me aponte a direção certa.

— Você não conseguiria chegar nem perto deles — Lamb diz. — O Novo Sangue tem guardas, armas, arqueiros…

— Só me diz o que você sabe.

— Vão te matar, Baz.

— Não sou uma antiguidade preciosa, lembra?

— Você certamente não é uma antiguidade.

De repente, em um segundo, Lamb está sentado ao meu lado no sofá. Antes que eu possa reagir, seus lábios estão na minha orelha. Espero que ele me morda. É possível ser transformado duas vezes?

— Tem alguma coisa no quarto — ele diz, com a voz tão baixa que só um vampiro sentado ao seu lado poderia ouvir. — Consegue sentir o coração batendo?

Fecho os olhos. Consigo? Ouço meu próprio coração, fraco e sempre um pouco mais lento. Ouço o de Lamb, seguindo um ritmo similar. Ah... sim. Posso ouvir. E o reconheço.

— Simon — digo, abrindo os olhos

No mesmo momento, a cadeira vazia de Lamb é erguida e arremessada no chão. Uma das pernas de madeira parece se soltar sozinha e voar na direção do peito do vampiro. Ele está com as presas à mostra. Pega a madeira no ar e a levanta, como um taco...

— Não! — grito, pegando o braço de Lamb.

No mesmo instante, a porta é arrancada das dobradiças.

Bunce entra, com o normal, segurando sua pedra roxa.

— Mãos ao alto, chupador de sangue, ou vou reduzir esta cidade a cinzas.

53

SHEPARD

O vampiro milenar segura a estaca no ar, olhando feio para Penelope. Ela não vacila. Ele solta a arma.

Ouço Simon batendo as asas.

À frente de Lamb, Baz se esquiva, erguendo as mãos.

— Snow, juro que vou te matar.

— O que é isso, Baz? — Lamb parece mais confuso que ameaçado. — Está em conluio com esses magos?

— Não. — Baz continua protegendo Lamb de Simon, que está invisível. — Não estou em *conluio*. Eles são meus amigos, e estão tentando me proteger, ainda que não seja preciso. Que parte do sinal de positivo vocês não entenderam?

Simon grita de volta:

— Que parte de "não vai pra outro lugar com ele" você não entendeu?

— Eu estou bem!

—Você está no quarto de um vampiro!

— Eu *sou* um vampiro! — Baz grita. — E isto é uma sala de estar!

— Um vampiro — Lamb diz, então olha para Penelope —, uma feiticeira — então olha para mim —, um…

— Sangrador — eu digo, acenando. — Meu nome é Shepard.

Lamb assente e olha por cima do ombro de Baz, para onde Simon está perturbando o clima.

— E o que é isso?

— O namorado dele! — Simon rosna.

Hum. Eu não tinha certeza sobre isso. Quer dizer, *imaginava...*

Baz cobre o rosto.

— Namorado? — Lamb repete. — Mas e a Agatha?

—A explicação para tudo isso não é simples — eu digo, sorrindo. — Mas é muito interessante. E juro que ninguém aqui quer lhe fazer mal.

Um vaso cai de uma mesa perto de onde Simon bate as asas. Continuo sorrindo.

—Vamos todos sentar e conversar?

Quinze minutos depois, estamos todos sentados nos sofás de Lamb. Bom, com exceção de Simon, o que parece justo. Afinal, ele quebrou a única cadeira que havia. Lamb fica olhando para os pedaços com a testa franzida, como se preferisse consertar sua cadeira chique a ter que lidar com a gente.

Lamb tem uma aparência muito menos *vampiresca* que Baz. (Eu achava que ele vinha de uma longa linhagem de vampiros da Transilvânia, com aquele cabelo preto e comprido formando um V na testa. Mas aparentemente não é assim que o vampirismo funciona...) Lamb tem um rosto suave e cabelo brilhante e macio em abundância. Ele parece exatamente com o que você esperaria dos ingleses se os tivesse visto apenas em adaptações de Jane Austen para o cinema — bonitos, como se desenhados a lápis. Ele é pálido, claro, e tem olheiras cinzentas. Mas não é *todo* cinza, como Baz. Não parece tão fantasmagórico e desprovido de sangue.

Se é assim que se espera que um vampiro seja, então talvez Baz seja um vampiro anêmico.

Lamb definitivamente não tem medo de nós. Ainda que estejamos em maior número e tenhamos a magia ao nosso lado. Ele nos trata como quatro crianças que acabaram de confessar ter quebrado uma janela dele com uma bola de beisebol.

Baz tenta nos defender:

— Eu disse a verdade. Agatha é mesmo minha amiga. Só estamos tentando chegar até ela.

Lamb franze um pouco mais a testa.

— Como pode ser amigo de magos? Eles nos odeiam.

— Crescemos juntos — Penelope explica. — Demoramos anos para descobrir que Baz era um vampiro.

— *Eu* já sabia — Simon diz.

Baz balança a cabeça e revira os olhos.

— Literalmente nada do que você diz ajuda.

Lamb olha para Simon.

—Você também cresceu com eles, garoto invisível?

— Em geral ele não é invisível — Baz murmura.

— Um vampiro, *dois* magos e um sangrador. — Lamb suspira e levanta. Todos nos encolhemos. — Acho que preciso de uma xícara de chá.

— Ah, graças à magia — Penelope diz.

— Chá? — diz Simon, ao mesmo tempo.

— Por Crowley, por favor — completa Baz.

Sempre aceito comida e bebida de semas, embora seja um pouco arriscado. (Minha mãe ficaria horrorizada se eu recusasse comida na casa de outra pessoa.) Mas fico surpreso em ver os outros sendo tão educados. Viro para Penelope, sentada ao meu lado em uma namoradeira antiga.

—Você não se preocupa com a possibilidade de estar envenenado? Ou fervendo?

—Vou me preocupar depois de tomar meu chá — ela responde.

Lamb traz uma bandeja. Simon fica com uma caneca de plástico do cassino. O resto de nós bebe em xícaras de porcelana.

— Andei pensando — Lamb diz, servindo chá para Penelope —, e não consegui chegar a uma única razão para ajudar vocês. Nem para continuar ouvindo o que têm a dizer.

— Por educação — Penelope sugere, e o vampiro ri, contraindo todo o rosto ao fazê-lo.

— Ficaríamos em dívida com você — Baz acrescenta.

Simon bufa.

—Até parece!

—Vocês já estão em dívida comigo — Lamb diz. — Ainda estão vivos.

— O mesmo poderia ser dito em relação a você — Penelope retruca.

O vampiro ri.

—Você é muito engraçada — ele diz a ela. — Mas sei que não é intencional.

Estendo minha xícara ainda vazia, me inclinando um pouco à frente dela.

—Temos um inimigo em comum — digo. — É um motivo para nos ajudar.

Lamb olha para mim e começa a servir o chá. Está me ouvindo.

Aceno com a cabeça na direção de Penelope, Baz e (provavelmente) Simon.

— Eles não são idiotas. Sabem que não têm muita chance contra o Novo Sangue, mesmo com a sua ajuda. Mas vão tentar mesmo assim. E te prometo uma coisa: eles não vão se entregar sem lutar. — Eu me recosto com a xícara cheia. — Esses vampiros do Vale do Silício nunca enfrentaram fluentes. Não sabem como é ser caçado e encurralado com varinhas. Nunca tiveram perdas significativas. Bom... pois vão aprender. Mesmo no pior cenário você tem a ganhar: vamos instaurar o caos dentro do Novo Sangue, seremos um obstáculo no caminho deles.

Lamb voltou a sentar, ao lado de Baz. Ele aperta os olhos para mim.

— Como sabe que considero o Novo Sangue um inimigo?

—Todo mundo sabe que Las Vegas está em guerra com o Novo Sangue — digo. — E você é o rei de Las Vegas.

★ ★ ★

— O rei dos vampiros?! — Penelope grita para mim assim que entramos no elevador. — Quando ia contar pra gente que ele era a porra do rei dos vampiros?

— Eu não tinha certeza!

Não tinha mesmo. Até que disse isso em voz alta e Lamb sorriu, me mostrando os caninos.

—Você precisava ter *certeza*? Podia ter dito: "*Acho* que esse cara é o rei dos vampiros". Ou: "Pessoal, sabia que existe um rei dos vampiros? Pois é! Talvez seja esse cara!".

— Só o descreveram para mim uma vez — eu disse. — E quem fez isso foi um diabrete bêbado.

— O que ele disse?

— Que o rei dos vampiros tinha cara de bebê, era lindo e escorregadio como óleo no gelo.

Simon bufa. Penelope me dá um soco com força.

— É claro que era ele, Shepard! Pelo amor das cobras!

A porta do elevador volta a abrir.

—Vamos pegar nossas coisas e ir embora — ela diz. — Shepard, você busca a caminhonete. Te encontramos na frente do hotel.

Baz franze a testa.

— Mas Lamb ainda pode nos ajudar…

Penelope parece pronta para socá-lo também.

—Acabou, Baz! Não podemos dormir sob o teto do rei dos vampiros! Especialmente agora que ele sabe o que somos.

— Ele não sabe o que eu sou — Simon diz, triunfante.

— Um idiota imprudente? — Baz diz. — Acho que deu pra sacar.

—Você não diria isso se eu tivesse te salvado!

— Eu não precisava ser salvo! — Baz silva. — Estava me aproximando dele. Lamb estava me ouvindo.

— Quem mais ouviu foi você — Simon diz. — Enquanto ele

contava um monte de histórias da carochinha sobre vampiros salvando princesas e matando dragões.

— Pela última vez, Simon Snow, só um selvagem corrompido mataria um dragão.

— Não foi de propósito!

Viramos num corredor. Nosso quarto está logo à frente.

— Cinco minutos — Penelope diz, digitando no celular. — Peguem suas coisas e vamos embora.

Baz e eu paramos.

— Pessoal — ela diz, passando por nós. — Vamos.

— Penelope — eu digo, baixo. Ela finalmente levanta os olhos e vê duas pessoas à nossa porta, um homem e uma mulher, ambos usando ternos que parecem bem caros.

54

PENELOPE

A mulher, acinzentada e graciosa — fiquei muito boa em identificar vampiros —, abre a porta do nosso quarto.

— Entrem, por favor.

— Só vamos pegar nossas coisas — digo.

— Entrem.

Eles nos seguem quarto adentro. Eu já teria botado fogo nos dois se não achasse que o hotel inteiro queimaria.

— Não precisam nos acompanhar — eu digo, tão simpática quanto consigo. — Estamos com um pouco de pressa.

— Sentem — ela diz, fazendo um gesto na direção da cama.

Shepard e Baz sentam. Sinto Simon atrás de mim, desconfiado.

— O que significa isso? — exijo saber. — Não queremos causar problemas, mas pode dizer ao seu rei que não aceitaremos ameaças!

— Não sou rei. Fui eleito. — Lamb está encostado no batente da porta. — Temos um conselho, tempo de mandato, separação de poderes...

— Lamb... — Baz levanta. —Você mudou de ideia.

O vampiro olha para Baz por um segundo, então entra no quarto e caminha na direção dele.

— Eu só precisava de um momento a sós para considerar as possibilidades. Seu sangrador está certo, acho. É uma oportunidade rara.

Ele diz tudo isso para Baz. Como se o resto de nós não fosse digno de contato visual. Baz parece esperançoso, como o trouxa que é.

— Então você vai nos ajudar?

Lamb assente, parando bem à sua frente.

— E vocês vão *nos* ajudar.

Fico pensando em como Simon está digerindo essa conversa. Considero a possibilidade de lançar um feitiço paralisante nele, caso não esteja bem — mas ele poderia cair do alto e se machucar.

Lamb vira a cabeça para onde eu e Shepard estamos, mas seu olhar permanece em Baz.

— Não sou um rei. Esta cidade é maior do que eu. Sou apenas seu servidor público mais dedicado. Mas o Novo Sangue… eles, sim, têm um rei. E dependem dele. Não sei onde sua amiga está, mas podem ter certeza de que Braden Bodmer sabe. É ele quem anda sequestrando fluentes avulsos e os abrindo para ver como funcionam.

De algum lugar ao lado de Lamb, Simon rosna.

Lamb se vira para o espaço vazio.

—Vocês vão me ajudar a matar Bodmer.

Bom, pelo menos temos um plano.

O rei dos vampiros senta em uma das poltronas de couro, ladeado por seus dois amigos bem-vestidos, e explica tudo para nós.

Aparentemente, o quartel-general do Novo Sangue (todo culto vampírico tem um quartel-general? Quantas cidades americanas são refúgios deles?) fica em San Diego. Mas eles têm um posto perto de Reno.

De acordo com o serviço de informações de Lamb (alguns vampiros são agentes duplos), todos os líderes do Novo Futuro se reúnem ali no fim de semana, para participar de algum tipo de cerimônia.

— Vamos tentar entrar tão discretamente quanto possível — ele diz. — Sem ser notados. Mas, se não der certo, faremos um estardalhaço. O sangrador…

— Shepard — ele interrompe.

Lamb sorri para ele, como se precisasse se lembrar de comê-lo depois.

— *Shepard* estava certo: o Novo Sangue não está acostumado a lutar. Seus membros são cientistas e engenheiros de software. O caos talvez trabalhe a nosso favor.

Bom, para isso temos Simon.

Por Morgana, a cara de Lamb quando o efeito do meu feitiço finalmente passa e Simon aparece do nada é impagável. Ele disse tudo o que precisava, e estava indo embora com os dois outros vampiros para convocar seu pessoal, então... *pop*. Simon surge entre eles e a porta, carrancudo.

Lamb nota as asas e o rabo de Simon, então se vira para Baz e balança a cabeça.

— Não só um feiticeiro, Baz, mas um feiticeiro *desfigurado*?

Assim que eles fecham a porta ao sair, Simon atira um abajur contra ela.

—Vai se foder!

Baz põe uma pilha de roupas na cama e começa a dobrar uma camisa.

Simon leva as mãos à cintura.

— Bom, a gente não vai com ele.

— É claro que vai — Baz diz.

— Não vamos entrar em *um carro* com *um vampiro* pra ele nos levar para um *covil*! — Simon grita.

Baz joga a camisa na cama e grita de volta:

— Não foi pra isso que viemos aqui?! Não foi exatamente o que pedimos que ele fizesse?!

—Viemos encontrar Agatha!

— E ele vai nos levar até ela!

—Vai? — Simon está do outro lado da cama, bem na frente de Baz. — Ou vai nos largar no deserto com sapatos de cimento?

— Isso nem faz sentido. Pra que cimento no deserto?

—Você me entendeu!

— Lamb não vai machucar a gente!

— Como você sabe?

— Eu confio nele!

Simon parece a fim de continuar gritando, mas não sabe o que dizer. Ele dá um passo para trás.

—Você confia nele.

Baz assente.

— Confio. Eu não... não acho que Lamb mentiria para mim.

Simon cerra o maxilar. Se ainda tivesse magia dentro de si, eu já estaria me protegendo.

— Ah, é? Bom, ainda bem que ele não sabe que...

— É melhor não supor que temos privacidade — Shepard interrompe. — Enquanto estamos aqui.

Ele está certo. É o hotel do Lamb. A cidade dele. Procurei escutas no quarto, mas isso já faz tempo.

Simon está quase explodindo de raiva.

Baz está mais tranquilo. Ele pega a camisa de volta, deliberadamente.

— Tá. Não precisamos aceitar a ajuda dele. Podemos ir sozinhos, sem nenhuma pista e sem saber que direção seguir. Tenho certeza de que Agatha pode esperar.

— Não — eu digo. — Baz está certo, é nossa única opção. Se Lamb quisesse a gente morto, já teria cuidado disso. Ou pelo menos *tentado*. — Ergo a voz, caso estejam mesmo nos ouvindo. — *A gente se garante numa briga.*

Baz olha para o normal.

— É melhor você ir embora, Shepard. Não há motivo para se arriscar ainda mais.

— Há um monte de motivos — Shepard diz. — Não é agora que vocês vão se livrar de mim.

Baz se vira para Simon.

— E aí, Snow?

Simon derruba o outro abajur, então passa os dedos pelo cabelo.

— Se acha mesmo que ele vai nos levar até Agatha, tudo bem. Mas não vou matar o líder de uma gangue rival pelo cara.

— Certo — Baz diz —, por causa das suas objeções morais a matar vampiros...

Simon só bufa.

Lamb disse para nos prepararmos para partir e aguardar que ele chamasse. Baz acaba de fazer as malas, não sei bem por quê, já que não vamos levar nada na missão de resgate. Visto minha roupa antiga, para pensar melhor. Então deito na cama e faço uma lista mental de feitiços para matar vampiros. Quando o pessoal de Lamb vem nos buscar, já pensei em sessenta e três.

BAZ

Não sei por que confio em Lamb.

Talvez porque ele ainda não tenha mentido para mim.

E porque, quando olha para mim, juro que posso sentir que se preocupa comigo. Talvez seja apenas seu dever. Se ele é o rei, ou o prefeito, ou o que quer que seja, esse é o trabalho dele, né? Proteger os interesses de seu povo? Eu sou parte do povo. Mais ou menos.

Tenho certeza de que Snow adoraria ouvir essa teoria. "Confio nele porque somos ambos vampiros." Pelo menos é melhor do que "Confio nele por causa do jeito como me olha".

Simon nem olha para mim. Está na cama com Penny, sem ter tirado os sapatos sujos, provavelmente pensando no quanto me odeia.

Achei que a gente ia sair na mão agora há pouco. O clima era igual a quando ainda estávamos em Watford, gritando um de cada cama no quarto. (Aqui nem tem anátema do colega de quarto para impedir que nos matemos.)

Aquelas brigas costumavam me fazer bem. Porque permitiam que eu olhasse para Snow. Que chamasse sua atenção. Era onde eu po-

294

dia extravasar todos os meus sentimentos por ele, mesmo que saíssem cheios de espinhos, afiados como uma navalha.

Brigar já não me traz nada de bom. É mais como quebrar algo só porque você não sabe como consertar.

Arrumo minhas coisas, lavo o rosto. Penso em vestir uma roupa menos amassada, mas vamos todos nos espremer no carro.

Não é o momento de remoer isso. Não sabemos o que vamos encontrar esta noite, mas certamente entraremos numa batalha.

SIMON

Tá, tá, tá. Então simplesmente confiamos em vampiros, é assim agora?

Contamos a eles todos os nossos segredos, esperando que façam a coisa certa. De onde eu venho, não se conta segredos a vampiros! Não se *negocia* com eles. E certamente não se deixa que assumam o volante!

O Mago costumava dizer...

Bom, sei que o Mago *negociou* com vampiros... e esse é um dos principais motivos pelo qual ele é condenado! Foi um dos principais sinais de que ele era corrupto!

Vampiros foram *banidos*. São proibidos. É a lei. São como pitbrutos ou víboras, que simplesmente não são permitidos no Mundo dos Magos. Porque não dá para confiar que não vão te matar!

E, sim, sei que Baz é um vampiro. Noto a ironia. Mas ele odeia vampiros mais que qualquer outra pessoa! Esse é o único motivo pelo qual dá para confiar nele!

Bom, não é o *único* motivo.

Só estou dizendo que...

Só por cima do meu cadáver...

O rei dos vampiros! Estamos confiando no *rei* dos vampiros? Porque ele pediu? Porque foi todo educado, e usava um terno azul impecável, e tinha olhos azuis bonitos...

Só por cima do meu cadáver.

Não precisamos da ajuda dele para salvar Agatha. Já a salvei *dezenas* de vezes, literalmente, sem pedir ajuda a *nenhum* vampiro. (Bom, Baz participou uma ou duas vezes.) (E reclamou o tempo todo.)

Cacete de…

Vampiros!

Faz, tipo, trinta e seis horas que estamos aqui e de repente estamos no mesmo time? Talvez a gente devesse invocar alguns demônios para nos ajudar também.

Já salvei todo mundo que eu conheço, inclusive Baz, inúmeras vezes, sem nunca me juntar ao inimigo para isso. (A menos que se conte Baz. No fim. Bom…)

Não é assim que se salva alguém!

Faz trinta e seis horas que estamos aqui e, aparentemente, Baz não odeia mais vampiros. Agora, aparentemente, ele confia em alguns. Ou pelo menos em um, *aparentemente*. "Rei" dos vampiros… isso inclui Baz? É isso que ele é? Um súdito leal?

Não se pode confiar no primeiro vampiro bonitão que aparece! Quer dizer…

Não é assim que a gente faz.

Não é assim que se faz.

De jeito nenhum que vou seguir um vampiro pelo deserto!

Bom…

PENELOPE

Partimos logo que escurece. Lamb tenta nos dividir em dois robustos quatro por quatro, mas Simon e eu nos recusamos a deixar que o façam. Eu, com delicadeza. Simon, nem tanto.

Ele não quer entrar em nenhum dos carros. Quer ir voando acima de nós, numa escolta alada. Lamb não aceita.

— Eu disse "sem ser notados", mago. Não "chamando toda a atenção".

Lamb acaba nos acomodando em um veículo ainda maior, emprestado de outro vampiro muito bem-vestido. Baz enfia Simon no banco de trás e entra atrás dele. Shepard se oferece para ir na frente com Lamb. Eu vou no meio.

É um pouco estranho deixar Las Vegas, com a transição das luzes brilhantes para o céu preto.

Vamos chegar às instalações do Novo Futuro na alvorada, Lamb diz. Penso a respeito.

— Se pretendemos entrar despercebidos, não seria melhor chegar à noite?

— Eles teriam a vantagem durante a noite — Lamb diz. — Por causa dos sentidos apurados.

— Mas vocês não teriam a mesma vantagem?

Lamb discorda.

— Meus amigos e eu sobrevivemos a séculos de luz do dia. Vamos ficar bem. Além disso, estamos tentando inclinar a balança a seu favor, jovem maga. São vocês que vão liderar o ataque.

— Por que somos *nós* que vamos liderar o ataque? — Simon retruca. (Se não fôssemos nós, ele também ia querer saber por quê.)

— Porque vocês têm varinhas mágicas — Lamb responde.

Já falamos sobre isso, no quarto do hotel.

O rei dos vampiros vai nos fornecer informações e apoio. Há uma frota de veículos quatro por quatro avançando pelo deserto atrás de nós. Pelo menos cinquenta vampiros. Eles vão nos deixar na porta dos fundos do Novo Futuro. Mas Lamb diz que vamos ter que usar magia para entrar e iniciar o ataque.

— Se pudéssemos derrotar o Novo Sangue com força bruta, já teríamos feito isso.

— Fala mais sobre o lugar — Simon diz. — Que tipo de defesa eles têm? É uma casa? Um quartel?

Lamb mantém os olhos na estrada.

— É um laboratório.

BAZ

Tá. Bom. A gente sabia que era ruim.

Isso não altera nossas chances. Se bobear, até nos ajuda. É melhor um laboratório que uma fortaleza.

Já escolhi meus feitiços. Para entrar e nos esconder. Abre-te-sésamo. Porquinho-me-deixa-entrar. Agora-você-vê-agora-não-vê-mais.

Sei que Lamb espera que lutemos contra os outros vampiros, e eu até gostaria — adoraria acabar com eles —, mas Snow está certo: a única coisa que *precisamos* fazer é encontrar Agatha. Tenho feitiços para isso também. Mostra-o-caminho. Vem-aqui-já (foi esse que Fiona usou para me encontrar quando fui sequestrado pelos nulidades).

Posso não ser um vampiro muito bom, mas sou um excelente feiticeiro. O melhor da nossa turma. E Bunce *poderia* ter sido a melhor da turma se não tivesse abandonado a escola. E Simon, mesmo sem poderes, não é alguém que você gostaria de encontrar num beco escuro. Ou em um corredor iluminado.

Acho que damos conta. Acho que Lamb acha que damos conta. Por que ele traria um pequeno exército de seus próprios vampiros se não acreditasse que poderíamos vencer essa briga?

— Então nos infiltramos primeiro... — digo. Estou no banco de trás, então preciso gritar para ser ouvido, por causa do barulho do ar-condicionado.

— Você, não — Lamb diz lá da frente. — Os feiticeiros.

Ele está falando de Simon e Penny.

— Mas eles são só dois.

Lamb desdenha.

— Um único mago matou todos os vampiros de Lancashire.

— Beatrix Potter — Bunce explica.

—Você já esteve no laboratório? — pergunto a Lamb, ignorando-a.

— Não. Eles sabem quem eu sou. Além do mais, só os membros do mais alto nível entram lá. Mas sabemos que ele existe. Estamos monitorando… a situação.

— E eles podem mesmo fazer isso? — Simon pergunta.

— Fazer o quê? — Lamb pergunta. — Nos impedir de entrar?

Simon se inclina para a frente.

— Podem pegar a magia de alguém?

Lamb parece irritado, como se Simon não estivesse prestando atenção.

— Eles não estão tentando pegar. Estão tentando *transplantar*.

—Tanto faz. É possível?

— Creio que não — Lamb diz. — Se tivessem conseguido, eles já estariam dominando o mundo.

— Os feiticeiros controlam a magia e não dominam o mundo — Simon argumenta. Dá para notar que ele mesmo não tem certeza disso pelo modo como fala. Nem eu tenho. O que sabemos do mundo?

O Mundo dos Magos é uma panelinha regional.

Watford é um colégio interno isolado.

Meus pais nem me deixavam usar a internet.

— Feiticeiros vivem com medo de ser descobertos — Lamb diz. — O Novo Sangue não tem medo de nada.

PENELOPE

Dirigimos ao longo da noite. Passamos por quilômetros e quilômetros de terra estéril. Não entendo esta parte dos Estados Unidos. O calor, a areia, as cidadezinhas. Por que alguém viveria em um lugar que parece fazer o seu melhor para te mandar embora?

Estamos todos mudos. Não podemos falar de estratégia. Não sem revelar que Baz também é um mago. Eu e ele ficamos trocando olhares, mas não tenho certeza do que estamos tentando dizer um ao outro.

Até Shepard parece ter esgotado o papo furado. Ele tentou iniciar uma conversa com Lamb assim que partimos, mas o vampiro o ignorou, e agora acho que Shepard dormiu — a meio metro de um vampiro!

Pensando bem, eu mesma fiz isso inúmeras vezes.

Bem que Simon podia tirar um cochilo também. Por ele, a luta podia ter começado umas três horas atrás. Dá para ver que não sabe o que fazer — não para de bufar e se mexer. Simon não deixou que eu fizesse suas asas sumirem, então elas estão apertadas contra a lateral e o teto do carro.

É nesse momento — é nessas horas — que eu costumo surgir com um plano. E estou tentando fazer isso. Não tem lousa aqui, mas rascunhei duas colunas mentais: *o que sabemos* e *o que não sabemos*.

O que sabemos desta situação? (Quase posso ouvir Agatha dizer: "Nada".)

1. Vampiros estão com Agatha
1a. Vampiros ambiciosos

E o que não sabemos? Bom, essa coluna é infinita...

1. Se Lamb sabe do que está falando
2. Se podemos confiar nele
3. Se Agatha está bem
4. Como tirá-la de lá

Pensei em outros trinta e quatro feitiços para matar vampiros. Mas todos realmente bons também matariam Baz.

Estou menos preocupada em poupar Lamb e seus amigos. Na real, se sobrevivermos a isso, deveríamos atacar Las Vegas em seguida. Talvez isso nos redimisse com o conciliábulo. "Sim, quebramos todas as regras do Livro. Mas também desvampirizamos o oeste americano."

Mas primeiro precisamos nos dedicar à parte de sobreviver a isso.

Simon e eu encaramos o perigo inúmeras vezes ao longo dos anos. Salvamos Agatha de ameaças mais sérias que essa enquanto dormíamos. (Literalmente. No segundo ano. O Oco invadiu nosso sonho com carneirinhos. Foi épico.)

Mas era uma versão diferente de nós. Penelope e Simon de depois do Oco mal sobreviveram a vampiros bêbados numa feira renascentista, mesmo com a ajuda de Baz. E, sem Shepard, teríamos sido derrotados por uma cabra e um gambá no oeste de Nebraska. Fomos pegos por uma dragoa.

Estamos em águas profundas demais, a quase um hemisfério da nossa zona de conforto. Agora, quando estamos três horas ao norte de Las Vegas, me ocorre que muito provavelmente vamos perder.

Enquanto avança pelo deserto, respeitando o limite de velocidade, Lamb não espera que *vençamos*.

Somos apenas o óleo fervente que ele vai despejar das muralhas do castelo. Ele espera que levemos alguns de seus inimigos conosco. Está nos usando para distraí-lo.

Na verdade, foi exatamente isso que Shepard propôs para ele. Shepard tampouco acha que vamos vencer! Só está esperando um bom espetáculo! Provavelmente vai achar um lugar seguro de onde observar e tomar notas. (Foi assim que os americanos escreveram seu hino nacional.)

Só Simon, Baz e eu estamos preocupados em encontrar Agatha. E agora que penso a respeito, não sei bem por que cheguei a acreditar que isso era o suficiente…

Não sei bem por que achei que tínhamos que fazer isso sozinhos.

Minha mãe é uma das feiticeiras mais sábias do mundo. E uma das magas mais poderosas da Inglaterra. Só que nem uma vez considerei pra valer pedir sua ajuda.

A Penelope de antes do Oco nunca precisou fazer isso. Seu melhor amigo era o mago mais poderoso do mundo. Juntos, éramos invencíveis.

Ah, droga... isso nunca foi verdade, foi?

Eu nunca fui invencível. Só estava ali perto.

Simon não tem mais poder, e eu sou tão poderosa quanto sempre fui. O que, no fim das contas, não é muita coisa.

55

BAZ

Não sei o que eu estava imaginando. Outra cidade improvável se projetando na areia. Mais subúrbios americanos. Prédios comerciais que parecem que saíram desmontados de uma loja de móveis. Não isso...

O Novo Sangue se estabeleceu longe de qualquer cidade. Está quase amanhecendo quando Lamb sai da estrada e entra direto no deserto.

Snow passou a noite inteira na beirada do banco, se mexendo e encarando a nuca de Lamb, observando cada gesto seu. (Lamb não fez nada além de dirigir e ajustar o rádio.) A cada movimento, Simon me empurra com as asas. Tenho que revidar o tempo todo. Aí ele também revida, como se eu estivesse enchendo o seu saco. Ele não deixa que a gente esconda suas asas — que são pontudas, aliás —, nem mesmo durante a viagem de carro. Está se comportando como uma criança, e perdi a paciência ainda em Nevada, horas antes. Já saímos de Nevada, aliás?

Se eu soubesse que ia passar a noite toda no carro com três pessoas cheias de sangue, teria chupado mais que um coelho de pet shop. E comprado mais balas. (Elas são boas para bloquear o cheiro de sangue. Especialmente as de hortelã.) Me recuso a pedir que Lamb pare para que eu possa caçar — ele provavelmente me passaria um cantil.

A asa de Simon cutuca minha orelha.

Eu o empurro.

Ele movimenta a asa para me empurrar de volta.

— Pelo amor de Crowley, Snow! É como estar numa jaula com um urso!

— Estamos quase chegando — Lamb diz, tranquilo.

Simon e eu olhamos pela janela. Não parecemos estar *chegando* a lugar nenhum.

Mas Lamb está reduzindo a velocidade. Pelo retrovisor, ele olha para a fileira de carros atrás de nós. Estacionamos à beira de um monte — um monte de areia —, e os outros carros param ao nosso lado.

— Certo — ele diz, se virando no banco. — Estão prontos?

Bunce assente, ainda que pareça menos pronta do que nunca. Ela sai do carro, com a mão direita cerrada em punho. Snow e eu a seguimos. Shepard ainda dorme, e não consigo pensar em nenhum motivo para acordá-lo.

Os outros vampiros já estão de pé do lado de fora dos carros, olhando para nós.

Lamb nos encara, então fala baixo:

— Não temos tempo a perder. O laboratório vai ficar visível assim que passarmos pela duna. É a única construção. Mandem um sinal quando tiverem entrado.

Snow está estalando os dedos e as juntas das asas.

—Vamos.

— Tá — digo a Lamb. — Mas como mandamos um sinal?

Ele franze a testa e pega meu braço.

— Baz, eu estava falando sério. Os magos vão primeiro. Eles têm a vantagem. Não vamos arriscar a vida à toa.

— Lamb… — começo a falar.

Simon me corta:

— Tudo bem. Penelope e eu cuidamos de tudo. Mandamos um sinal se precisarmos de vocês.

Penelope não parece tão certa.

— Acho que Baz…

— *Tudo bem* — Simon repete, abrindo as asas. Todos os vampiros o observam. Nunca viram nada parecido. Ninguém viu.

Ele deixa o chão, sobrevoando a duna.

Penny continua olhando para mim, e ambos tentamos comunicar algo importante só com os olhos. Como: "Tudo bem. Estarei logo atrás de você. Vamos conseguir".

Ela finalmente se vira e segue Simon. Ele pousa perto dela, então volta a levantar voo. Está cheio de energia, louco para brigar. Penny está vestindo a saia xadrez e as meias altas de novo. Tem dobrinhas na parte de trás de seus joelhos.

Tudo bem, penso. Vai ficar tudo bem. Sempre fica. Aqueles dois são inabaláveis.

Nós os vemos subir a duna, sem nos mexer, sem falar. Quando uma porta de carro abre, viro na hora. Lamb se sobressalta e revela os dentes.

É só Shepard, saindo do quatro por quatro. Ele parece amarrotado e confuso, como se tivesse acabado de acordar de um pesadelo.

— Penelope! — Shepard grita, alto demais.

— Eles já foram — sussurro. — Quieto!

— Já foram — Shepard repete, olhando para mim com a expressão ainda confusa, depois para Lamb.

Aponto na direção de Penny e Simon, que já estão na metade da subida.

— *Penelope!* — Shepard exclama. E vai atrás dela.

PENELOPE

Tentei me comunicar com Baz. Tentei expressar com os olhos: "Estou com um mau pressentimento. Perigo, perigo, sos". Mas não tenho certeza do que esperava que ele fizesse. Mandasse a cavalaria? Pedisse que trouxessem água benta?

Quase lancei um sos de verdade. Mas quem responderia ao chamado nesse lugar desolado? E se alguém *nos* salvasse, quem salvaria Agatha?

Não sou assim. Não me sinto eu mesma.

A antiga Penelope achava que sempre triunfaria, porque estava sempre certa. Queria um pouco daquela confiança de volta. Mesmo que viesse com um uma bela dose de ignorância.

Gostaria de acreditar que o fato de estarmos do lado certo é tudo o que precisamos para tirar Agatha dessa confusão. Que nossa bondade conta. Que nosso poder está *enraizado* em boas intenções, e por isso não pode ser equiparado.

Mas o que este país fez além de provar o contrário?

Olho para Baz lá atrás. E olho para Simon, à frente.

Não tenho para onde ir senão em frente.

Corro para alcançar Simon. Ele voa à minha frente, depois volta. Quer matar vampiros desde que chegamos em Las Vegas, e acho que está louco para botar a mão na massa.

— Simon — digo, quando estamos perto do topo da duna. — Desce por um minuto. Posso lançar um feitiço para te dar uma armadura.

— Não preciso de armadura — ele diz —, mas aceitaria uma espada.

Simon aterrissa à minha frente, e eu pego sua mão, segurando a ametista, tentando pensar em um feitiço.

— Ei — ele diz, apertando meus dedos. — Não fica assim. Sei que não estávamos planejando chegar aqui numa caravana de vampiros, mas chegamos. E se Agatha estiver do outro lado desta duna, vamos salvá-la.

— E se ela não estiver? — sussurro.

Simon engole em seco e pega minha outra mão também.

— É isso que você acha?

— Não sei o que pensar. Estamos tão longe de casa, Simon.

Seguro suas mãos com força. Ele segura as minhas ainda mais forte. Minha ametista marca nossas mãos. Fecho os olhos e sussurro um feitiço:

— *Arma em punho!*

Nada acontece.

SHEPARD

Penelope, Penelope, Penelope.

Eu os alcanço pouco antes de chegarem ao topo da duna e a derrubo na areia.

— Pelo amor das cobras, Shepard...

— Penelope! É uma zona silenciosa! O rei dos vampiros nos enganou!

Ela me empurra, cuspindo areia e sacudindo-a do rabo de cavalo.

— Seria bom se tivéssemos essa informação duas horas atrás, normal. Espero que a soneca tenha sido boa.

Olho dela para Simon, que paira no ar, de cara feia e com os braços cruzados.

— Eu tentei contar! — digo. — Lamb fez alguma coisa comigo. Me hipnotizou, sei lá.

Ambos me olham como se eu fosse um chiclete que não quer desgrudar da sola do sapato deles. O que talvez eu seja.

Eles me dão as costas e voltam a subir a duna.

Corro atrás deles.

— Espera! Gente! É uma armadilha!

— A gente sabe — Penelope diz.

— E aí?

Tento pegar o braço dela.

Penelope vira para mim.

— É uma armadilha se seguirmos em frente e é uma armadilha se voltarmos.

Ela olha por cima do meu ombro. Vislumbro a fileira de vampiros ao pé da duna.

— Você pode voltar — Simon me diz. — Mas nós vamos salvar Agatha.

— Tá, mas como?

— Lutando — ele diz, subindo mais alto.

Penelope não parece tão certa.

— Tá. — Ainda estou um pouco de ressaca por causa do transe vampírico, mas meu cérebro passa por todos os cenários possíveis. — Tá, tá, tá. Talvez a gente consiga se safar na conversa.

Ela revira os olhos.

— *Shepard*. Volta! Ou foge. Mas vai embora.

Eu deveria fazer isso. Talvez tenha alguma chance com Lamb. Ainda posso ser útil para ele. Ou posso tentar avisar Baz de alguma maneira. Posso me arriscar sozinho pelo deserto. Tenho um apito que supostamente deveria invocar uma águia gigante. (Mas não sei bem se a águia viria me salvar ou me atacar.) (Quem me deu o apito foi um trambiqueiro, então deve ser falso.)

Penelope continua avançando. Simon voa ao lado dela.

Eu os trouxe para cá.

Eu os levei para Las Vegas, convenci Lamb a trazê-los aqui...

Corro para alcançá-los, e me posiciono ao lado deles.

PENELOPE

Não sei o que eu esperava encontrar quando chegássemos ao topo. Mas não era Agatha, ao pé da duna, entre dois quatro por quatro verde-escuros. Ela está com as mãos amarradas, acho. Estamos longe demais para ver seu rosto direito, mas parece que está chorando.

— Agatha! — Simon grita, já correndo na direção dela.

— Espera! — eu grito. — Simon! Temos que ficar juntos!

— Ela está servindo de isca — Shepard diz.

Óbvio. Mas temos que morder a isca para ver o que acontece a seguir. Temos que fazer isso porque foi o motivo pelo qual viemos. Começo a correr.

Shepard corre atrás de mim.

—Vocês deviam me deixar cuidar disso, Penelope!

Esse normal realmente acha que quero morrer ouvindo a voz dele.

— Sério, Shepard, *cala a boca*.

Estou fazendo planos. E planos B. Estou pensando em feitiços. Estou apertando a ametista na mão direita. Estou dizendo a mim mesma que talvez a gente tenha sorte, ainda que pareça longe de ser o caso. Mas Agatha está viva, o que já é alguma coisa.

Estamos perto o bastante para ver seu rosto agora. Ela está mesmo chorando. E balançando a cabeça em negativa.

Levo a pedra à boca e a engulo.

AGATHA

Eu sabia. Sabia que viriam atrás de mim, como sempre fazem. Não conseguem evitar.

Idiotas!

Acham que podem continuar enfiando a cabeça na boca do leão só porque não a perderam até hoje. Mas isso não tem lógica! Já falei que não tem lógica! Já falei inúmeras vezes!

Sobreviver a um monstro não te torna à prova de monstros. Escapar uma vez não aumenta as probabilidades de escapar de novo.

Penny sempre discute comigo. "O passado é o melhor indicador do futuro."

Simon se recusa a entrar em qualquer discussão sobre lógica. Sabe o que ele me disse no sétimo ano? "Relaxa, Agatha, sempre vou te salvar. Sou bom nisso. E só fico melhor."

"Você acha que é sortudo porque tem sorte", eu disse. Ele tinha acabado de me encontrar num poço. Meu cabelo ainda estava molhado. "Mas você é só um gato queimando suas sete vidas. E as minhas também."

Simon não me ouviu. Eles nunca ouvem.

E, agora, aqui estamos outra vez.

Aqui estamos finalmente.

No fim da porra da nossa sorte.

BAZ

Shepard correu atrás deles antes que eu pudesse impedi-lo. Lamb não pareceu se importar. Vi os três subindo até o alto da duna, com Snow voando ao lado de Bunce como se fosse seu dragão de estimação. Quando chegaram lá em cima, ele virou e acenou para mim.

Acenei de volta.

Um momento depois, ouvi tiros.

PENELOPE

Acontece depressa.

Simon vai até Agatha, que balança a cabeça com tanto vigor que pende para o lado.

Os vampiros saem de trás dos carros. Não estavam se escondendo. Só estavam lá atrás, com suas armas automáticas.

Tenho vontade de rir. Não estaríamos prontos para as armas nem se ainda tivéssemos magia. Eu teria conseguido lançar um feitiço que fosse?

Simon luta mesmo assim.

Os vampiros — homens jovens, a maioria brancos, vestidos como se estivessem num safári — disparam para o alto, imagino que tentando acertar Simon.

Nem sei como acontece, mas eles me pegam. Colam minha boca e amarram minhas mãos. Me jogam na traseira do quatro por quatro junto com Agatha. Ela chuta minha orelha na tentativa de afastá-los.

É isso. É tudo o que acontece. Então acaba.

Então é o nosso fim.

56

AGATHA

Os tiros prosseguem. Como se houvesse mais do que duas pessoas para derrubar.

Achei que as armas pudessem ser só para assustar — que os bizarros do Novo Futuro iam nos querer vivos. Mas talvez Penny e eu já bastemos.

Ela está sentada ao meu lado, na traseira da Mercedes de Braden.

Olho em seus olhos, meio que esperando que tenha um plano. Tem mais alguém vindo? Me pergunto se Penny tem ideia do quanto estamos ferradas. Tento dizer para ela, com a boca colada: "É pior do que você imagina, Penelope. É pior do que qualquer coisa que já tememos".

Ela olha desvairada para mim. Sem nenhum plano. Sem nenhuma esperança.

Ninguém vem jogar Simon na traseira do carro. Depois de alguns minutos, um cara do Novo Futuro entra no banco da frente, com o rosto vermelho da agitação. Ele sorri para nós, como se esperasse que comemorássemos junto. Devem estar todos se sentindo muito durões e inteligentes.

Penny se debruça para a frente, se recusando a olhar para ele ou deixar que a veja.

Viro para a janela. Estamos estacionados de costas para a luta, então não consigo ver o que estão fazendo com Simon, o que me deixa feliz — isso me torna uma covarde? Bom, não posso mudar quem sou.

Olho para o horizonte. Finjo não notar quando o vampiro do banco da frente tira uma selfie.

Como fui idiota.

Achei que estivesse sendo prática.

Pensava mesmo que podia deixar tudo para trás — como se a magia fosse um lugar. Como se a magia fosse uma pessoa. Um hábito que eu poderia perder.

Quando Simon chegou a Watford, ele não conseguia fazer a varinha funcionar. Mal podia lançar um feitiço. Achava que ia ser expulso, porque não tinha magia o suficiente.

"A pessoa não *faz* magia", Penelope disse a ele. "Ela *é* mágica."

Eu... sou mágica.

Gostando ou não, querendo ou não. Estando ou não com minha varinha.

Está dentro de mim, de alguma maneira. Sangue, água, osso.

E Braden vai tirar isso de mim.

Eu devia ter acabado com tudo antes que ele tivesse a chance. Seria a coisa heroica a fazer.

Devia ter me jogado no poço. É o que Penelope teria feito.

Como vivi tantos finais felizes sem aprender a salvar o dia?

57

BAZ

Quando os tiros começam, Lamb ainda me segura.

— Calma — ele diz.

Não tem como.

Eu o arrasto comigo em direção à duna, com o resto dos vampiros formando um V atrás de nós. Minha mão já está dentro do paletó, pronta para lançar um feitiço assim que valer a pena me revelar.

Os tiros cessam, então vem mais rá-tá-tá-tá, até que cessam de novo.

Lamb me segura no alto da duna, apertando meu braço.

— Calma, rapaz. Preciso que confie que vou te proteger.

Estou louco para seguir em frente.

— Quê? Eu confio. Vou confiar. Seguimos você até aqui.

Lamb me puxa para mais perto, e seu nariz quase toca meu queixo, enquanto seu cabelo cobre um olho.

— Confie em mim *agora*, Baz. Vou te proteger.

Assinto, puxando-o para a frente. Lamb não me solta. Ele segue até a beirada.

Olhamos para baixo e vemos cerca de uma dúzia de vampiros com metralhadoras. Estão apontando uma arma para a cabeça de Shepard. Simon está deitado no chão.

Um dos vampiros olha para nós e acena.

Lamb me segura com tanta força que acho que meu braço vai quebrar. Ele sussurra em meu ouvido:

— Era o único jeito, Baz. Temos um acordo.

— *Não...*

— Todo mago que surge em Las Vegas é entregue a eles, sem exceção. É assim que os mantemos à distância.

Tento empurrá-lo.

— *Não!*

— É o melhor para você!

Seguro a varinha dentro do bolso e a aponto para Lamb, sibilando:

— *Até tu, Brutus!*

Nada acontece.

58

AGATHA

A princípio, acho que é uma miragem.

Porque é exatamente o que eu queria ver.

Eu devia estar no Burning Lad este fim de semana. Ginger e eu passamos meses planejando isso. Um festival de uma semana no meio do deserto. Uma cidade montada. Uma celebração da vida e da morte em um lugar onde nada vive e até mesmo a morte é escassa.

Comprei tinta corporal, costurei penas no meu biquíni. Ia usá-lo no último dia — no grande desfile, o clímax do festival.

Eu tinha visualizado tantas vezes. Toda aquela pele, todo aquele fogo serpenteando no deserto. Tinha imaginado como seria brilhar assim. Ser uma pequena parte reluzente de algo tão mágico sem que ninguém usasse nenhum tipo de magia.

Agora eu vejo, no horizonte.

A cobra cintilando.

Uma miragem, claro. Um truque do sol e da areia.

Eu poderia jurar que está se aproximando…

Vejo a fileira de partes se movendo, de corpos dançando. Vejo a figura à frente — um grande menino de madeira, em chamas.

Eu vejo…

Não é uma miragem! É real!

Está aqui!

E a primeira coisa que eu penso é: *Veio atrás de mim!*

Isso é o tanto que estou acostumada a ser resgatada. Vejo um desfile de pessoas se aproximando e suponho que é para me salvar.

Mas não é.

Nem iam me ouvir se eu gritasse.

O que não posso fazer.

No entanto…

No entanto!

Eu estava errada quanto ao festival! É *totalmente* mágico. Cinquenta mil normais. A terceira maior cidade de Nevada, por uma semana no ano.

Uma cidade montada vindo em minha direção!

A linha do horizonte se adensa, mas os normais ainda estão longe…

Tudo bem. Não preciso de muita magia para esse feitiço. É o único que consigo fazer sem varinha. Sem nem mover os lábios.

PENELOPE

Estou preocupada que não pretendam nos matar. De imediato.

Que nossos corpos representem *anos* de informações úteis.

Os vampiros vão encontrar o que procuram, imagino. Afinal, a magia é genética — deve estar codificada nos magos de uma maneira que possa ser decodificada. Deveríamos ter descoberto isso primeiro.

Mas minha mãe chamaria tal coisa de heresia. Tentar *explicar* a magia.

Mas isso não seria… ciência?

Queria poder ter essa discussão com ela…

Li que cadáveres desaparecem por completo no deserto. Ótimo. Espero que minha mãe nunca descubra o meu papel nisso tudo.

Os tiros continuam por algum tempo. Simon grita.

Então para.

É…

Não posso…

Me inclino para a frente, apoiada no banco dianteiro, engasgando de um jeito que é meio soluço, meio vômito. Meus lábios estão colados. Minha boca e meu nariz estão cheios de bile. Vejo faíscas.

É isso, é isso o que acontece. Não escapar... é isso.

Mais faíscas…

Sobre as pernas de Agatha, sobre suas mãos amarradas.

Eu a encaro. Seu queixo está recuado e suas pálpebras estão pesadas. Ela parece estar lançando um feitiço.

Magia? De onde Agatha está tirando *magia*? E como está fazendo isso sem a varinha? Sem falar?

Ela me nota olhando. Parece tão pesarosa. Suas mãos faíscam.

AGATHA

Penelope está assentindo para mim.

Ela acha que tenho um plano?

Sinto muito, Penny. Não vou tirar a gente dessa. Não sou uma heroína. Não sou uma boa amiga. Tentei te dizer isso.

Ela se agita ao meu lado. O vampiro no banco da frente não presta atenção na gente, porque está mexendo no celular. Faço um sinal com a cabeça na direção da janela, na direção do desfile cintilante. Quando os olhos de Penny se arregalam, tenho certeza de que não estou alucinando. Ela leva o rosto para junto do meu pescoço, e eu sinto minha magia entrar em foco, quase como se eu estivesse segurando uma varinha. A faísca sobre minhas mãos pega fogo.

Penny grunhe. Eu me afasto para olhar em seus olhos. Ela assente de novo.

Eu me inclino para a frente e estendo a chama para o banco da frente.

Acontece muito rápido. Ele brilha ao queimar.

Volto a virar para Penelope. Seu rosto está úmido. Seu nariz escorre. Ela continua assentindo para mim. Apoio a testa na dela e fecho os olhos.

PENELOPE

Isso, Agatha. Menina brilhante.

No fim, quem salvou o dia foi você.

59

SHEPARD

— Meu nome é Shepard — digo. — Sou de Omaha, Nebraska.

— Já te disse para calar a boca! — o vampiro insiste, pressionando a arma contra minha têmpora.

Ele me disse para calar a boca, mas acho que vai me matar de qualquer jeito, então posso muito bem continuar jogando até que não me restem mais cartas.

Ergui os braços assim que ouvi os tiros. Os vampiros pareciam saber que eu não era mágico. Taparam a boca de Penny, mas não a minha. Atiraram em Simon enquanto ele ainda voava.

Ele caiu como um morcego raivoso. Não acho que o vampiro em cima do qual aterrissou vai voltar a enxergar. (Vampiros podem formar novos olhos para substituir os antigos?) Então Simon pegou o rifle do vampiro e bateu com ele na cabeça de outro — era como se fosse um personagem de *Mortal Kombat*.

Voltaram a atirar nele.

Simon não levantou.

Baz está descendo a duna agora. Parece em choque. Como se precisasse que Lamb o mantivesse de pé.

— Minha mãe chama Michele — digo para o homem que me segura. — Com um "l" só. Ela é professora de espanhol. Meus pais são separados. E os seus?

Um dos caras do Novo Futuro dá um passo à frente para encontrar Lamb. Está vestido com roupas e equipamento de acampar, aparentemente novos em folha e caríssimos — todos eles estão. Calças de náilon retrô cheias de zíper. Óculos para neve. Um deles tem até um bastão de caminhada de alumínio. É como ser emboscado por modelos altamente armados de um ensaio da revista *GQ*.

O cara do Novo Sangue está tão puto que cospe ao falar:

— Caralho, Lamb, você podia ter avisado que um deles era um selvagem!

— Eu avisei — Lamb diz, tranquilo como nunca. — Nosso acordo se mantém.

— E você trouxe um qualquer com um celular?!

(Acho que estão falando de mim.)

— Considere um bônus. — Lamb tenta se virar, mas Baz não vai junto. Ele não tira os olhos de Simon.

—Você nos prometeu dois magos! — o cara do Novo Sangue diz, ainda cuspindo.

— E eu trouxe dois magos. — A voz de Lamb falha, como se não conseguisse acreditar que tem que lidar com esse tipo de bizarrice. Ele aponta para Simon. — Não é minha culpa se vocês estragaram um!

— Bom — o outro vampiro diz, todo mal-humorado —, pelo menos leva o garoto com você. Sabe que não gostamos de envolver gente avulsa.

Lamb ri. Mais alguns vampiros de Vegas desdenham.

— Isso significa que não vai me matar? — pergunto ao cara que está apontando uma arma para a minha cabeça. — Porque seria muito bondoso da sua parte. É uma atitude admirável.

Lamb continua sorrindo. É como se estivesse feliz em ter alguém a quem direcionar tamanho ódio.

—Vocês acham que são um modelo superior, o próximo degrau da escala evolutiva… mas não conseguem lidar com um sangrador adolescente? — (Tenho vinte e dois anos, mas decido não interrompê-lo.) — Ainda não criaram um *protocolo* para isso? Então entregue o sangrador, Braden! Vamos mostrar a vocês como um vampiro de verdade faz.

Os vampiros de Las Vegas ficam olhando para mim.

O outro cara, Braden, revira os olhos de maneira descarada.

— Não existe isso de vampiro "de verdade", Lamb! É um conceito apócrifo!

— Garanto que sou de verdade! — Lamb ruge, soltando Baz. Tenho a impressão de que ele e Braden já tiveram essa mesma discussão.

— Não precisamos seguir suas regras! — Braden grita de volta. — Não precisamos seguir suas falácias ultrapassadas!

— Não mesmo. Vocês são livres para se comportar como covardes incultos!

— Não somos covardes! — o vampiro que me segura grita, empurrando a arma contra minha têmpora.

As coisas não estão tomando um rumo muito animador.

— Não ouça o sr. Las Vegas — eu digo, usando minha voz de "só entre nós". — O cara não está nem aí para você.

— Vocês vivem em negação! — Lamb diz, se dirigindo a todos eles. — Com medo!

Com Lamb distraído, Baz dá um passo à frente. Na direção de Simon. Ele hesita.

A arma deixa minha testa. Duas mãos se fecham com firmeza em torno do meu bíceps.

— Não temos medo de fazer as coisas ao seu modo! — o homem atrás de mim grita.

Fecho um olho, me preparando.

— Cara… *por favor*, não faz isso. Não vai acabar bem para nenhum de nós.

Braden vira em nossa direção. Ele é calmo de um jeito diferente de Lamb, mas com toda a certeza é o líder do grupo.

— Josh… não se rebaixe.

— Não faz isso, Josh — concordo.

— Estou cansado deles zombando de nós, Braden! Podemos ser fortes quando necessário!

— Isso não é força de verdade, Josh! — Braden e eu dizemos juntos.

Braden aponta a arma para mim, perdendo a paciência.

— Por que você não tapou a boca dele?

Os vampiros de Las Vegas parecem entediados. Alguns deles continuam rindo. Lamb voltou a segurar o braço de Baz. Tenta mantê-lo afastado de Simon, mas Baz o ignora. Ele se inclina sobre o corpo de Simon, arrancando os próprios cabelos.

— Deixa comigo — Josh diz, me puxando para o peito. Ele inspira fundo e crava os caninos no meu pescoço…

Então cai, com uma fumaça oleosa saindo de sua boca.

— Josh — eu digo, pendendo para a frente. — Eu disse que isso não ia acabar bem.

Antes de eu chegar ao chão, vejo Baz correr na direção de Braden, seus braços voando para o pescoço do outro vampiro.

60

BAZ

É um ponto morto. Deveríamos ter... eu deveria ter...

Simon está deitado no chão. Sua asa está dobrada de um jeito estranho.

Lamb:

— Tá bom, eu traí você. Mas mantenha a calma, Baz, e vai sobreviver para poder me odiar por isso.

Vou sobreviver...

Simon.

Ouvimos os tiros. Do outro lado da duna. Até que não ouvimos mais.

Ele está no chão, com a asa dobrada de um jeito estranho. Alguém precisa consertá-la. Alguém precisa lançar um feitiço. Eu lançaria, mas estou num ponto morto. Estou em uma zona silenciosa. Minha varinha está escondida, enquanto eu finjo ser um vampiro.

— Simon...

Simon Snow.

É como antes. Não havia um único dia em que eu acreditasse que nós dois sobreviveríamos.

(*Sobreviveríamos a quê, a quê, a quê?*)

Lamb:

— Nosso acordo se mantém!

Simon:

...

Simon está no chão. Ouvimos tiros, depois não mais. Sua asa está dobrada de um jeito estranho. Seu cabelo está uma bagunça. Ele está sem espada.

Eu disse a ele que ficaria tudo bem.

Eu disse a ele...

Eu não disse a ele, nunca disse a ele. Não de um jeito que pudesse acreditar. Não de um jeito que pudesse absorver e no qual pudesse se agarrar. Tudo o que ele era para mim. Que ele era tudo.

Simon, Simon...

Você era o sol, e eu era puxado na sua direção.

Acordava todas as manhãs e me dizia...

Eu me dizia...

—Vocês vivem em negação! Com medo!

Simon está no chão. Sua asa está dobrada de um jeito estranho. O sangue que escorre é vermelho e abundante. Cheira a manteiga queimada. Seu cabelo está uma bagunça, seu rosto está apoiado na areia. Ele não sabe o quanto o amo. Nunca me ouviu dizer.

Acordava todas as manhãs e me dizia...

— Simon... amor... levanta. Ainda temos que salvar Agatha.

Ele está no chão.

Isso vai acabar em chamas.

61

SIMON

Vou levantar. Assim que minha cabeça esvaziar. Se minha cabeça esvaziar.

Deve ter furos de bala nas minhas asas... É possível sangrar até morrer em apêndices que não vieram originalmente com meu corpo?

Vou levantar. Assim que conseguir. Estou esperando o momento certo.

O momento certo vai ser quando eu tiver a oportunidade de acabar com um desses cretinos. (Peguei pelo menos um. Arranquei um olho dele.) (Se regenera disso aí, seu puto.)

Estou levantando. Vou cair lutando.

Eles pegaram Penelope.

Não posso...

Não acho que posso...

Os vampiros estão lutando, acho. Talvez matem uns aos outros. Isso facilitaria meu trabalho.

Meu trabalho é levantar.

Meu trabalho é cair.

Lutando.

Salvei Agatha de um lobisomem uma vez. E de um pégaso com a boca espumando. Matei um dragão. Por acidente. Uma vez, o Oco escondeu Agatha no fundo de um poço, sabia? Eu a encontrei. Eu a icei para cima.

Ele enviou corvonstros e eu os peguei com minhas próprias mãos.

Uma vez, encontrei um narvalzebu. No fosso.

E eu...

Houve tantos goblins.

Tantos trolls.

Matei todos.

Um grifo. Um ditongo. Uma assassípide. E eu...

Pegaram a Agatha. Pegaram a Penelope.

Não tem magia aqui, mas tudo bem. Não tenho mais magia em mim.

Vou levar mais um antes de ir. Quando levantar. E cair.

Vou levar pelo menos mais um.

Por Agatha. Por Penelope.

Por...

— Simon...

Baz!

62

SHEPARD

O vampiro que me mordeu está definitivamente morto. Todo mundo aqui estaria mais preocupado com isso se Baz não tivesse acabado de pegar o líder do Novo Sangue pelo pescoço e arrancar metade da mandíbula dele.

O resto dos vampiros de San Diego descarrega seus cartuchos em Baz e Lamb — e, sem querer, uns nos outros. O pessoal de Lamb não vinha levando isso tudo muito a sério; alguns deles tinham até começado a voltar pela duna depois que os fluentes foram oficialmente entregues. Mas agora eles correm para a multidão com a boca aberta e as presas expostas.

Me sinto fraco pra caralho e um pouco tonto, mas me arrasto para trás de uma das caminhonetes Mercedes. Penelope está na outra. Deito de barriga para baixo e percorro o espaço entre um carro e outro apoiado nos cotovelos, torcendo para que as armas estejam apontadas em outra direção. Estou na metade do caminho para a segunda Mercedes quando ela literalmente explode em chamas. Levanto e corro para abrir uma das portas de trás. Sai fumaça. E uma menina loira. Então Penelope. Elas estão vivas. Estão… surpresas, eu acho. Desamarro suas mãos. Mas suas bocas parecem coladas, e não consigo abri-las.

Penelope procura freneticamente no meu bolso até encontrar meu canivete suíço, que ergue no ar.

Tento manter a mão firme. Tento ignorar o sangue.

63

BAZ

Vão em frente, atirem em mim. Esta nem é minha camisa preferida.

Esses vampiros não sabem o que fazer. Estou arrancando pedaços do presidente e CEO deles. Ele é bem forte. Mas eu também sou, e estou com muita raiva e muito determinado a fazer picadinho dele, ainda que o cara possa se regenerar como se fosse uma estrela-do-mar.

Vamos destroçar um ao outro e ver o que cresce de volta. Não vou sentir falta deste terno.

Lamb tenta me segurar. *Vai embora, Lamb. Brutus. Traidor. Vampiro.*

— Baz! — ele grita. — Ainda podemos nos salvar!

Rá! Não tenho salvação. Tudo o que sou foi embora. Meus dentes parecem facas, e eu os uso.

— Baz! Me ouça!

Um dos vampiros pula nos meus ombros. Lamb suspira e o tira de lá.

— Acho que é isso, então…

Lamb luta como alguém que se manteve vivo por trezentos anos. Ele não tem medo de metralhadoras.

— Baz!

Não é Lamb…

Solto Braden (mas tem partes dele grudadas em mim) e viro…

Simon Snow está ficando de joelhos.

Simon Snow está vivo…

De alguma maneira.

— Simon! — grito. — Fica abaixado!

É claro que ele não me ouve.

SIMON

Baz está lutando com vinte e seis vampiros, e eu estou levantando para ajudar.

Provavelmente vou levar outro tiro.

Antes que eu consiga, uma das Land Rovers caras pega fogo. Os vampiros se afastam dela, correndo. Um deles tem uma bengala de metal, daquelas finas. Eu a pego e atravesso seu coração com ela. Não é uma estaca de madeira, então talvez não funcione. Mas pretendo continuar tentando.

Penelope estava naquele carro. Testo minhas asas. Funcionam. Mais ou menos.

Lanceio outro vampiro.

E Agatha.

Bato com a bengala nas costas de alguém. É como atingir uma parede de tijolos com um cano de chumbo.

Estou apenas começando a vingar a morte delas quando vejo Penelope e Agatha saindo das chamas, de mãos dadas, com a boca sangrando. Parecem seus próprios fantasmas ensanguentados.

Penelope ergue a mão e grita:

— *Espadas em enxadões!*

As metralhadoras caem na areia. Penélope as transformou… em enxadões, imagino. Minha bengala também. O que parece justo, dadas as circunstâncias.

— Penelope Bunce — Baz diz, com os olhos brilhando, maravilhado.

Os vampiros de ambos os lados parecem confusos.

Olho para baixo.

Um enxadão é basicamente um machado bem grande. É preciso usar as duas mãos para manuseá-lo.

BAZ

Penelope Bunce é uma feiticeira poderosa, isso é o que eu sempre disse.

Ela acabou de escapar de um carro em chamas, com as mãos atadas. Está lançando feitiços sem a varinha em um ponto morto. Nem Harry Houdini poderia superá-la.

E ela está com Agatha — viva.

— Basil! — Bunce grita. — Temos magia!

Ela aponta para algo à distância. Uma fileira de árvores? Não, está se movendo. São *pessoas*?

Os vampiros se viraram uns contra os outros novamente. Um dos amigos de Braden me ataca. Pego a varinha e a aponto para ele.

— *Cortem-lhe a cabeça!*

Nada acontece.

Mas eu sinto. A magia. Eu a sinto se insinuar no meu pulso e na minha língua. Como um motor na minha barriga, tentando pegar.

— *Cortem-lhe a cabeça!* — arrisco de novo.

Funciona. Não consigo conter um sorriso.

Quando me viro, vejo que Lamb me observa, com os olhos azuis arregalados. O vampiro agarrado ao pescoço dele também.

— Você conseguiu — o vampiro me diz, embasbacado. — Você subiu de nível.

Lamb dá uma cabeçada no nariz dele.

A magia aqui é cheia de caprichos. Metade dos meus feitiços fracassam. Então tenho que lançar o dobro deles. E a maré — embora fosse mais uma escaramuça do que uma maré — vira.

Os vampiros não têm mais armas. Mas Simon tem uma espécie

de foice. Ele parece a própria Morte. Coberto de sangue, com a camiseta tão vermelha quanto suas asas. Uma asa está meio caída, o que deve impedi-lo de voar. Mas ele não precisa disso. Vampiros desarmados e sem treinamento não são páreo para Simon com uma lâmina — e qualquer lâmina serve.

Ainda de mãos dadas, Penelope e Agatha lutam juntas, usando as mãos livres para lançar chamas. Qualquer vampiro que se aproxime delas queima como lenha; as duas e o fogo não fazem distinção. O pessoal de Lamb começa a abandonar a luta: estão todos subindo a duna ou já descendo do outro lado.

Eu me viro, com a varinha empunhada, procurando pelo próximo alvo. Tem mais fogo que inimigos agora.

Lamb continua às minhas costas. (Para me apunhalar melhor, imagino.)

— Baz! — ele sibila. —Vamos! Anda!

—Você só pode estar brincando.

Ele me puxa pelo braço para que eu o encare. Seu terno está manchado. Seu cabelo é uma bagunça.

— Fico feliz que seus amigos tenham sobrevivido — ele diz —, mas isso não muda a realidade. *Nada* pode mudar o que você é.

—Você viu o que eu sou — digo.

Ele assente, pesaroso.

— Sim. Você é um deles. Eu vi. Mas é um de nós também. Isso está em você.

— Eu poderia viver como mago em sua torre, Lamb?

—Você pode viver com eles do jeito que é?

Não respondo. Ele continua segurando meu braço.

—Venha comigo.

Eu me solto.

— Não.

Ele sai correndo. Talvez eu não devesse ter deixado.

Quando volto a me virar para a luta, vejo um último membro do

Novo Sangue correndo na minha direção. Ele está queimando. Aponto minha varinha.

— *Vai pro inferno!*

O feitiço não funciona.

Tento de novo.

Nada acontece.

Então *algo* acontece: Simon Snow me tira do caminho do vampiro e me ergue no ar.

Ele me segura pela cintura. Suas asas batem forte. Eu me seguro nele como se minha vida dependesse disso.

64

SHEPARD

Eu me abrigo na Mercedes que não foi queimada pelo restante da luta. Sou imprudente, mas não idiota.

Os vampiros chamejam e viram cinzas rapidamente. Só suas roupas continuam queimando. Tudo o que resta ao fim são pocinhas de fogo na areia.

Agatha cuidou do último. Ela e Penelope continuam de mãos dadas, com os lábios sujos de sangue. Centelhas faíscam na palma de Agatha.

Simon ainda não aterrissou. Suas asas batem de maneira desigual, e ele fica descendo e em seguida voltando a subir, ainda segurando Baz pela cintura.

Saio do carro e chuto um pouco de areia sobre uma pilha de roupas flamejantes.

— Então — digo. — A chave continua na Mercedes. Vamos cair fora daqui?

Penelope e Agatha ficam só me olhando. Parecem saídas de um filme do Stephen King.

Eu ando até parar na frente delas e bato as mãos.

— Gente! — Bato as mãos de novo. — Galera! Vamos. É melhor sair enquanto estamos ganhando, certo? Penelope?

Toco em seu ombro.

Ela pisca para mim.

— Certo — Penelope sussurra.

Ela começa a puxar a amiga para o carro.

— Vamos, Agatha... — Então olha para Simon e Baz. — Simon! Estamos indo embora, Simon!

Ele continua batendo as asas.

Abro a porta do carro e ajudo Agatha a subir.

— Meu nome é Shepard — digo, pegando a mão dela.

Penelope foi atrás de Simon. Ela está debaixo dele, puxando seu tornozelo.

— Simon! Anda! Desce. Acabou... *Simon!* — Os garotos mais caem do que aterrissam. — Por Merlim — Penelope diz. — Toma cuidado com o fogo, Simon. Ele ainda é inflamável. Você consegue andar, Baz?

Os três seguram uns aos outros para ficar de pé.

— Consigo — Baz diz. — Não se preocupa.

Uma das asas de Simon está caída, manchada de um tom mais escuro de vermelho. Contorno os focos de fogo para ir até eles. De perto, fica claro que os meninos estão sangrando muito. Parece até que Baz tinha bolsas de sangue falso escondidas debaixo da camisa.

— Vem — digo, passando o braço em torno de Simon. Ele se apoia em mim.

Penelope passa o braço de Baz por cima do ombro, mas Simon não o solta. Continua agarrando a camisa ensanguentada do outro.

— Tudo bem, estamos todos indo para o mesmo lugar — digo.

Nem assim Simon o solta. Penelope e eu meio que arrastamos os dois até o carro. Empurramos Baz para dentro primeiro, no meio, e ele puxa Simon pela cintura. Simon desmaia assim que seus pés deixam o chão.

— Podemos ir direto para o hospital — digo.

Baz desdenha.

— Você está brincando, né? Vamos curar Simon com magia. Vamos consertar tudo com magia. Só tira a gente daqui, se puder.

Eu posso. A chave está no console. E o carro tem GPS embutido. Dou a volta correndo e entro no banco do motorista.

— Como vocês conseguiram lançar feitiços? Em uma zona silenciosa?

—Tinha normais no deserto — Penelope diz. — Não muito perto, mas o bastante.

A magia deles volta com força total quase de imediato. Era uma zona silenciosa pequena. Os vampiros sabiam exatamente o que estavam fazendo quando nos levaram para lá.

Penelope cura Simon primeiro, se inclinando por cima do banco e segurando sua asa.

— Cadê sua pedra? — Baz pergunta.

— Está comigo. — Ela fecha os olhos. — *Novo em folha!*

Simon geme e estica a asa, atingindo sem querer Penelope, que cai sentada no próprio assento.

Ela repete o feitiço três vezes, dirigindo-o à cabeça, ao coração e à barriga dele.

Eu os observo pelo retrovisor. Sei que deveria me concentrar na estrada, mas é *espetacular.*

Em seguida, Penelope se dirige a Baz, mas ele a dispensa.

— Estou cheio de chumbo — diz. — Não sei o que aconteceria. Só preciso de sangue.

—Vamos chegar em uma área de criação de gado logo mais — digo. Baz assente.

— Posso esperar. — Ele agarra a mão dela. —Vem aqui, Bunce.

— Estou ótima, Baz.

— Não me faça subir em cima de Simon para ir até aí.

Penelope suspira e se inclina por cima do banco. Baz aponta a varinha para a boca dela.

— *Um beijinho pra sarar!*

— Basil, é um feitiço de família!

— Xiu — ele faz, e beija sua bochecha, depois limpa o sangue da boca dela com a manga da camisa. Seu braço treme. —Você está bem?

Os olhos de Penelope lacrimejam. Ela faz que sim com a cabeça.

335

— Sobrou alguma coisa para Agatha aí? — pergunto.

— É claro.

Penelope volta a se recostar no banco e toca o rosto de Agatha com delicadeza. Não consigo ouvir o feitiço.

Baz está chupando o sangue de uma vaca.

Simon continua dormindo.

Agatha ainda não disse nada.

São dez horas de viagem até San Diego. Baz passa para o banco da frente, para lançar feitiços no carro, acho. Parece que ele se banhou de sangue. Passo rapidinho em uma Target em Reno para comprar roupas novas para ele. Baz se limpa no banheiro de um posto de gasolina. Quando sai, parece pálido e razoável.

Fico com medo de que nos parem, mesmo com os feitiços.

— Vamos largar o carro? Tenho certeza de que nos notaram em algum lugar.

— Vamos destruir este carro — Agatha diz, falando pela primeira vez. — E qualquer um que perguntar a respeito.

Baz suspira.

— Modelo 2018. SUV da Mercedes. Jade metálico.

Fico esperando que eles me larguem também. (Espero que a essa altura não pretendam me *destruir*, depois de tudo o que passamos juntos. Por outro lado, talvez me destruam *por causa* disso.)

Mas quando finalmente chegamos ao prédio de Agatha e eu fico de pé na calçada pensando em como vou fazer para voltar a Las Vegas, Baz segura a porta aberta para mim.

Prólogo

BAZ

Vamos para o aeroporto daqui a uma hora, então eu deveria sair do banho. Eu me alongo, e o que espero que seja a última bala atravessa a pele do meu ombro e cai com um estrépito no fundo da banheira.

Nunca, *nunca mais* quero me sentir assim. Não quero testar os limites deste corpo, ainda que isso possa me trazer uma compreensão maior do que eu sou.

Passamos o último dia dormindo, comendo e lançando feitiços uns nos outros. Agatha se agarra a Penny como uma menininha que se agarra à mãe no metrô. Ela vai voltar conosco. Agatha. "Só para pegar minha varinha", foi o que disse. "Não significa que vou ficar lá."

Quando saio do banheiro, Ginger, amiga de Agatha, está aqui. Ela veio pegar o cachorro, aquele spaniel ridículo que eu roubei em Londres. Aparentemente foi Ginger quem apresentou Wellbelove aos vampiros do Novo Futuro, e está de bico porque não ouviu mais falar deles.

— Josh nem responde minhas mensagens — ela diz.

— Você quer que ele responda? Esse cara te abandonou no Rancho Santa Fé.

— Que nem você!

Bunce está de pé atrás de Ginger, segurando a pedra roxa e se oferecendo em silêncio para lançar um feitiço para confundi-la.

Agatha sacode a cabeça para ambas.

— Ginger, eu falei que foi um saco! E fui embora assim que percebi que você não tinha ido para lá.

Ginger parece à beira das lágrimas. Tem uma mancha vermelha ao redor da boca, e preciso de um segundo para entender que deve ter bebido suco de beterraba.

— Achei que eles fossem me deixar subir de nível — ela reclama. — E nem me convidaram para a festa de despedida!

— Eles não podiam te convidar — Agatha diz, acariciando o braço de Ginger. — Você é boa demais. Teria visto do que realmente se tratava e feito todos se sentirem uns hipócritas.

Ginger inclina a cabeça.

— Acho que sim...

— Não fala mais com o Josh — Agatha diz —, nem se ele ligar. Tenho certeza de que ele não vai ligar.

Ginger funga.

— Vou pensar.

Olho em volta.

— Cadê o Snow?

— Ele foi para a praia faz um tempo — Bunce diz.

— Vou atrás dele — digo. — É hora de ir.

— Renova o... — Ela movimenta os cotovelos. — Se ele precisar.

Assinto, tocando a varinha. Está por baixo da camisa, enfiada no cós do jeans novo (que é barato e horrível). É uma sorte ainda a ter comigo. E o celular. Todo o resto se perdeu.

Ninguém de nós ligou para casa ainda. Mas uma hora vamos ter que falar com nossos pais sobre o que aconteceu. Ou pelo menos sobre o Novo Sangue. Lamb disse que havia mais deles. E Agatha acha que eles têm mesmo um laboratório no deserto.

É revelador que nenhum de nós tenha sugerido procurá-lo. Nem mesmo Simon.

Ele dormiu por todo o caminho até San Diego. Acho que sofreu ferimentos internos na batalha. Bunce acha que o curou, mas vamos levá-lo para ver o dr. Wellbelove assim que chegarmos em casa, só para garantir.

340

PENELOPE

A amiga de Agatha, Ginger, está chorando porque perdeu a chance de se tornar uma vampira escrota, e Agatha está sendo mais legal com ela do que já a vi ser com qualquer pessoa. É por isso que não responde minhas mensagens? Porque não são idiotas o bastante?

Encontro Shepard na sacada. Dá para ver o mar daqui. Ele está olhando para o celular.

— Anotando tudo para o seu blog?

— Não — ele diz. — Faço isso quando chegar em casa. Não digito muito bem no celular.

— Muito engraçado — digo, olhando para a tela. Ele está comprando uma passagem de ônibus. Para Las Vegas. — Shepard, *não*! De jeito nenhum!

— Tenho que recuperar minha caminhonete, Penelope.

— Ela está com *vampiros*.

— Está estacionada num lugar pago. Custa quarenta e três dólares por noite.

— Existem outras caminhonetes, Shepard.

— Verdade. — Ele dá de ombros. — Mas nenhuma que eu possa dirigir.

Então eu vejo, quando ele dá de ombros: duas marcas de caninos por baixo do colarinho da jaqueta. Como Baz disse.

— Ei — digo, tirando minha ametista do sutiã. (Estou muito feliz que tenha deixado meu sistema digestivo. Por Circe, foi bastante desagradável.) — Me deixa ver essa mordida.

— Estou bem — ele diz. — É melhor economizar sua magia.

— Não dá pra economizar magia — digo. — Não é tipo uns trocados.

— Não é?

Seus olhos se iluminam de um jeito irritante.

— Não. Vem. A gente devia ter feito isso ontem.

Ele puxa a cadeira para mais perto da minha, e eu afasto seu colarinho. Tem duas marcas de caninos e um hematoma deixado pelos outros dentes. Estremeço, involuntariamente.

— Está preocupado que possam ter…

— Me transformado? — ele completa minha pergunta. — Não. Não tenho sentido nenhuma sede de sangue. E… Bom, de qualquer maneira, não estou preocupado.

Seguro a pedra preciosa sobre o ferimento e digo:

— *Novo em folha!*

Quando afasto a mão, as feridas continuam ali. Franzo a testa.

— Shepard… você é imune a magia?

— Não — ele diz, passando os dedos pelo machucado, como se estivesse curioso. — Não sou imune.

Me recosto na cadeira.

— Baz disse que um vampiro mordeu você e depois passou mal.

Ele olha na direção da água.

—Vai ver que era um vampiro alérgico.

— Shepard. Achei que você gostasse de respostas diretas.

Ele olha para mim como se estivesse ferido, mas não por causa da mordida do vampiro.

— E gosto.

Me afasto um pouco dele.

— O que você é?

Ele vira de frente para mim.

— Penelope, sou exatamente o que pareço. Sou um falante, um sangrador, um normal.

— E…

— E também sou um pouquinho… meio… — Ele engole em seco. — Amaldiçoado.

Eu não estava esperando isso. Nem sei o que significa.

—Você é *amaldiçoado*?

Ele esfrega os olhos sob os óculos.

— É, eu... Josh, o vampiro tecnológico, não conseguiu minha alma porque, *tecnicamente*, ela pertence a outra pessoa.

— *Quem?*

— Ninguém que você conhece. Espero. Um demônio. Um troço demoníaco. Eu diria o nome, mas talvez isso o invoque. Eu...

Shepard parece constrangido. Pego em flagrante. Ele tira a jaqueta jeans devagar...

Seus braços estão cobertos de tatuagens retorcidas em preto. Runas e números. Espinhos.

— *Shepard.*

— Bem gótico, né? Eu não teria escolhido esse tipo de tatuagem. Já pensei em tatuar uma frase do Vonnegut, mas todo mundo faz isso...

— Como isso aconteceu?

Ele baixa os olhos.

— Ah, sabe como é. Um clássico: lugar errado na hora errada. Um círculo de invocação. À meia-noite. Então... uma série de mal-entendidos e diferenças culturais.

Ainda estou olhando para as marcas da maldição. Pressiono minha ametista contra a pele dele.

— *Saia, mancha maldita!*

O feitiço desce pelo meu braço, então parece se voltar contra mim. Afasto a mão, como se tivesse levado um choque, e a pedra preciosa cai.

O piso da sacada é um deque de madeira, e a ametista fica na beirada de uma ripa. Shepard a pega com cuidado e a entrega.

— Valeu — ele diz. — Mas não acho que tenha como desfazer a maldição. Um pouco de magia funciona em mim, mas nada que vá alterar meu destino...

Cerro a mão em punho com a ametista dentro e a pressiono contra seu pescoço.

— Penelope — ele diz, pegando meu pulso.

— *Melhoras!* — digo. Sinto que o feitiço pega. Shepard também. Sua cabeça pende um pouco para trás, e ele aperta meu pulso.

Afasto a mão. A mordida já parece um pouco melhor. Ótimo.

Ele continua segurando meu pulso.

— Shepard, você não vai voltar para Las Vegas.

— Mas minha…

— Se mencionar a caminhonete de novo, transformo você em um sapo. — Recolho a mão. — Um sapo amaldiçoado por um demônio.

— Preciso voltar para casa.

— Não. — Cruzo os braços. — Você vai para Londres com a gente. Vou te levar até minha mãe, e ela vai resolver isso.

— Obrigado pela oferta, mas a situação está além da…

— *Nada* está além da magia!

Shepard fecha o bico na hora, e eu torço para que tenha cansado de discutir.

Levanto e volto num rompante para o apartamento. Como se dissesse: *Assunto encerrado.*

— Bom — digo, sem virar para ele —, sei que você acha que sabe tudo sobre o mundo mágico, mas nem eu, que sou mais esperta que você e passei a vida toda estudando, sei.

— Não tenho dinheiro para a passagem, Penelope.

— Deixa comigo.

— Não tenho passaporte.

— Ah, homem de pouca fé.

— Isso é um feitiço?

Paro à porta de correr e olho para o reflexo dele no vidro.

—Vem para Londres se quiser descobrir.

SIMON

O oceano Pacífico é mais quente que o Atlântico.

Esta parte, pelo menos.

Estou sentado na areia, sem as botas, com a barra do jeans levantada. Molhei a calça mesmo assim. Penny pode secar depois. Ela está me enchendo de feitiços desde que saímos do ponto morto, e parte do motivo pelo qual vim para cá foi para dar um sossego a ela. E para tentar esvaziar a mente.

Eu tinha uma ideia sobre os Estados Unidos…

Achei que ia me encontrar aqui.

É por isso que as pessoas entram num conversível e pegam a estrada sem mapa. É essa a promessa. De que, quando não reconhecer mais o cenário, você finalmente vai ver a si mesmo.

Talvez tenha funcionado.

Me apaixonei pelo céu azul e pelo sol — então este país me arrastou pelos pés, me debatendo e sangrando. Fracassei em todos os testes. Caí. Não dei conta. Foi só com os feitiços de outra pessoa que consegui levantar e voltar a respirar.

É hora de parar de fingir que sou algum tipo de super-herói. Eu *era* isso — era mesmo —, só que não sou mais. Não pertenço ao mundo dos feiticeiros e vampiros. Essa não é minha história.

O dr. Wellbelove disse que poderia extirpar minhas asas. E meu rabo. Quando eu estivesse pronto. Eu poderia voltar à faculdade, ou arranjar um emprego. Acho que prefiro a segunda opção. Ganhar alguma coisa por mim mesmo. Pagar meu próprio aluguel.

Me sinto bem ao pensar nisso.

Me sinto… merda, estou chorando. Me sinto péssimo, mas parece honesto.

Uma onda vem quebrando na minha direção. Às vezes, elas começam com força, mas a perdem antes de chegar à praia.

Essa nem pisca.

BAZ

Simon está sentado na praia, como um garoto num clipe. De camiseta branca, com as barras do jeans arregaçadas. A cabeça ao sol.

Uma onda se aproxima. Simon deve estar vendo, mas não se move até que suba por suas pernas. Sua cabeça cai para trás. Acho que talvez esteja sorrindo.

Tiro os sapatos e as meias e deixo tudo sobre uma pedra, então vou até ele. Simon levanta o rosto quando nota minha sombra, e fecha um olho diante do sol.

— Oi.

Sorrio.

— Oi.

Outra onda se aproxima. Eu a pulo. Simon ri. A onda se quebra a alguns passos dele.

Decido me juntar a ele na areia. Posso fazer um feitiço para me secar depois. Sento um pouco mais atrás, numa parte ligeiramente mais elevada.

Simon olha para mim.

— Ah — ele diz, como se tivesse acabado de lembrar de algo. Simon se inclina para pegar alguma coisa no bolso: um bolo de seda azul.

— A echarpe da minha mãe!

Estico o braço para pegá-la.

Ele abre a mão. A echarpe desliza dos seus dedos conforme a puxo.

— Desculpa — Simon diz. — Esqueci que estava no meu bolso.

— Achei que tinha deixado no hotel.

— E deixou.

Dobro a echarpe com todo o cuidado. Snow observa por um momento, então desvia os olhos.

— Bom — digo. — Agora você pode dizer que atravessou os Estados Unidos de carro.

— Na verdade, não. — Ele abraça os joelhos. — Começamos no meio, e eu estava em coma durante toda a viagem de Nevada à Califórnia.

— Não perdeu nada.

Ele se inclina para a frente, deixando a cabeça pender.

— Eu queria ver aquelas árvores superantigas. Sequoias.

— Elas ainda vão estar aqui quando você voltar.

Ele balança a cabeça.

— Não vou voltar. Você pode me mandar um postal.

— Eu? Depois disso, acho que nunca mais vou sair de Camberwell. Só se for para visitar meus pais no Natal. Em dezembro eu decido.

Ele volta a olhar para mim. Sentado desse jeito, com a cabeça inclinada, parece uma criança. Parece o Oco.

— Você não tem que ir com a gente, sabia?

— Oi?

Ele volta a olhar para o mar.

— Eu vi você... com Lamb. Ouvi vocês.

— Snow...

— Ele deixaria que ficasse.

— Em um hotel glam rock em Las Vegas? Valeu, mas eu passo.

É a resposta errada. Mas tudo o que Simon disse também é errado. Essa conversa é errada.

Ele ergue as mãos, frustrado.

— Baz, eu estava lá! Você... você se encaixa aqui.

— Eu estava *tentando* me encaixar.

— Você é que nem eles! E Lamb poderia te mostrar como ser *mais* como eles. Você não teria que procurar as respostas nos livros. E você já leu todos eles, aliás. Tudo o que magos sabem sobre vampiros é como dar um fim neles!

— Conhecimento que muito recentemente coloquei em prática.

Simon grunhe e vira para mim, esticando uma perna na areia.

— Baz, você não teria mais que se esconder!

— Sempre vou ter que me esconder! Que nem você!

— Por que não admite que seria mais feliz aqui?

Ergo a voz:

— Como pode não enxergar que eu não seria feliz em nenhum lugar sem você?

347

Ele recua, como se eu tivesse lhe dado um tapa.

— Simon... — sussurro.

Espero que ele entenda. Que finalmente pare de resistir.

Ou que diga que passei no teste.

Em vez disso, ele balança a cabeça.

— Baz... — Simon diz, em voz muito baixa.

— Baz! — alguém grita.

Penelope corre na nossa direção. Está sem fôlego. Nós dois nos levantamos quando vemos sua expressão. Eu a pego pelos ombros.

— O que foi? O que aconteceu?

O terror ilumina seus olhos castanhos.

— Baz, problemas em Watford. Temos que ir para casa. *Agora*!

Agradecimentos

Escrevi este livro depois de uma época difícil e durante uma época difícil. Então estes agradecimentos vêm de um lugar mais trêmulo que de costume.

Em primeiro lugar, agradeço a Thomas Smith, Josh Friedman, Michelle McCaslin e Mark Goodman, quatro pessoas que me trataram com respeito e compaixão absolutos, e nunca deixaram de me ouvir ou de tentar me compreender.

Obrigada a minha editora, Sara Goodman, que poderia ter dito: "Outro livro com Simon e Baz?", mas em vez disso exclamou: "Outro livro com Simon e Baz!". Sara nunca me pediu para ser ninguém além de mim mesma, e eu a estimo por isso.

Tive muita sorte na Wednesday Books e na St. Martin's Press, onde meus livros são tratados com muito cuidado e entusiasmo. Sou especialmente grata à designer Olga Grlic, que combina perfeitamente ousadia e comprometimento com um grande trabalho; e à assessora de imprensa Jessica Preeg, que foi meu porto seguro.

Escrever uma continuação é surpreendentemente complicado...

Agradecimentos sinceros a Bethany e Troy Gronberg, Margaret Willison e Joy DeLyria, por me ajudar a desfazer múltiplos nós. A Ashley Christy, Mitali Dave, Tulika Mehrotra e Christina Tucker, por sua perspicácia e atenção aos detalhes. A Melinda Salisbury, Keris Stainton e Melissa Cox, por sua paciência infinita e sua torcida. E a Elena Yip, que tem os melhores instintos.

Obrigada a meu agente, Christopher Schelling. (Você sabe que pode contar com seu agente quando ele se mostra presente dia após dia, mesmo quando não se está escrevendo nada.)

E obrigada a Kai, que sempre me diz que vai ficar tudo bem e que acredita mesmo nisso.

Finalmente, sei que isso é meio bobo, mas quero agradecer a todo mundo que realmente compreendeu o que eu estava fazendo em *Sempre em frente*. (A ideia era estranha, eu sei.) Obrigada a todo mundo que leu o livro e o compartilhou, que produziu fanart e fanfiction, que fez biscoitos macios de cereja no aniversário de Simon. E obrigada por se animarem com essa continuação, embora quatro anos tenha sido mesmo tempo demais para esperar.

Simon e Baz entraram direto no meu coração, e fico muito feliz por poder continuar escrevendo a história dos dois.

1ª EDIÇÃO [2020] 2 reimpressões

ESTA OBRA FOI COMPOSTA POR OSMANE GARCIA FILHO EM BEMBO
E IMPRESSA PELA GRÁFICA SANTA MARTA EM OFSETE SOBRE PAPEL PÓLEN SOFT
DA SUZANO S.A. PARA A EDITORA SCHWARCZ EM SETEMBRO DE 2021

A marca FSC® é a garantia de que a madeira utilizada na fabricação do papel deste livro provém de florestas que foram gerenciadas de maneira ambientalmente correta, socialmente justa e economicamente viável, além de outras fontes de origem controlada.